LOS HIJOS DEL JAGUAR

John Vaillant

LOS HIJOS DEL JAGUAR

Planeta

Título original: *The Jaguar's Children*
Publicado originalmente en Estados Unidos por Houghton Mifflin Harcourt

Traducción: Berenice García Lozano
Diseño de portada: Liz Batta
Fotografías de portada: © Shutterstock

© 2015, John Vaillant

Derechos mundiales exclusivos en español
Publicados mediante acuerdo con Stuart Krichevsky Literary Agency, 6 East
39th Street, Suite 500, New York, NY 10016, USA

© 2016, Editorial Planeta Mexicana, S.A. de C.V.
Bajo el sello editorial PLANETA M.R.
Avenida Presidente Masarik núm. 111, Piso 2
Colonia Polanco V Sección
Deleg. Miguel Hidalgo
C.P. 11560, Ciudad de México
www.planetadelibros.com.mx

Primera edición: agosto de 2016
ISBN: 978-607-07-3489-2

Impreso en los talleres de Litográfica Ingramex, S.A. de C.V.
Centeno núm. 162-1, colonia Granjas Esmeralda, Ciudad de México
Impreso y hecho en México - *Printed and made in Mexico*

*A mi familia
pasada y presente*

Cualquiera que pretenda clasificar figuras olmecas será llevado de modo imperceptible a la imagen del jaguar. Poco a poco, los rostros humanos tendrán los rasgos felinos, se mezclarán unos con otros antes de convertirse, finalmente, en jaguares. Lo que es importante es la profunda conexión entre el hombre y el animal.

IGNACIO BERNAL, *El mundo olmeca*

1

jue 5 abr — 08:31 [mensaje de texto]

hola perdón por la molestia pero necesito ayuda —soy héctor —el amigo de césar —césar necesita atención urgente —estás en el norte?
creo que nosotros también —en arizona, cerca de nogales, o sonoyta
—desde ayer estamos en este camión y nadie viene —necesitamos
agua y un doctor —y un soplete para cortar metal

jue 5 abr — 08:48

por favor mándame un mensaje annimac —necesitamos ayuda

jue 5 abr — 08:59

estás ahí annimac? soy héctor —por favor mándame un mensaje.

jue 5 abr — 09:52

hubo una tormenta —sólo tengo 1 rayita —ESTÁS AHÍ???

jue 5 abr — 10:09

1 rayita —algo anda mal —a lo mejor fue el rayo —el helicóptero voló

otra vez por aquí pero no se detuvo —cómo es que no nos ven? —ahora nada

jue 5 abr — 10:26 [archivo de audio]

¿Hola? Espero que esto funcione. Sigo con una rayita, pero me puse a grabar y cuando la señal regrese mandaré un archivo de audio con todos los detalles y datos de César. Está malherido, AnniMac, inconsciente. Busqué entre sus contactos a alguien más, pero los números mexicanos no funcionan aquí, y tú eres la única con código americano. Espero que seas su amiga. Yo lo conocí en la escuela, pero no lo había visto en muchos años. Nos volvimos a encontrar para cruzar la frontera hace muy poco y ya me ha dado mucho en este tiempo. Le digo que no está solo, que te envié mensajes y que vendrás pronto, que nos vas a salvar. No sé si me escucha, pero en esta oscuridad, ¿cómo sobrevivirá sin una voz, sin una señal de vida? Así que hablo con él y también contigo.

AnniMac, si recibes estos mensajes y vienes por nosotros, lo que tienes que buscar es un camión de agua, un viejo Dina. El tanque es grande, de diez mil litros, y lo vas a reconocer cuando veas un camión color adobe que dice a los lados AGUA PARA USO HUMANO. Pero eso no quiere decir que puedas beberla. Este tanque es distinto porque alguien le pintó una «j» y una «r», así es que ahora dice JAGUAR PARA USO HUMANO. Me di cuenta en el taller mecánico, antes de subirnos, y no supe si era grafiti o algún tipo de código, el lenguaje secreto de los *coyotes*, pero estaba demasiado nervioso para preguntar y ahora ya es muy tarde.

jue 5 abr — 10:34

Funciona. Hice un archivo de audio. Lo voy a enviar cuando regrese la cobertura, también este mensaje. Los coyotes nos dijeron que era buena idea llenar este camión de gente. Una buena manera de cruzar al otro lado. Nadie sabrá que estamos aquí porque no hay forma de entrar al tanque más que por los dos tubos pequeños que están atrás. La puerta de arriba es muy pequeña para una persona y los coyotes colocaron un contenedor con agua para no levantar sospechas si al camión lo detiene la Migra y lo inspecciona. Esto fue lo que nos dijeron los coyotes, como si estuvieran describiendo las características especiales de un nuevo modelo de coche. Es costoso hacerlo, dijeron, y es por eso que debemos pagar extra, pero sólo un poquito. Hablaban muy rápido todo el tiempo, pero no tan rápido como el movimiento de sus ojos.

Hay cosas que querrás saber sobre los coyotes: justo como en la naturaleza salvaje, no hay gordos ni viejos. Son machos jóvenes que esperan ser algo más un día: un cabrón, un verdadero chingón. Pero primero tienen que hacer esto, cruzar al otro lado, pues así es como aprenden a ser hombres. Los coyotes también tienen otro nombre: polleros. Un pollero es un hombre que lleva los pollos en manada. Esto en realidad es imposible pues los pollos van a donde quieren, pero ése es el nombre para estos hombres. Y nosotros, los que queremos cruzar, somos los pollos. Quizá sepas que el *pollo* no es el animal que anda corriendo en la granja, la que corre es la *gallina*. El *pollo* es la gallina que se sirve en el plato, comida para coyotes. Es *pollo* el que te habla ahorita.

Además de César y de mí, hay otros trece aquí dentro, nueve hombres y cuatro mujeres, todos somos del sur. Incluso dos son de Nicaragua. No sé cómo pueden pagar, a menos que sean pandilleros, porque es caro estar aquí dentro. Para meternos a todos, un mecánico hizo un agujero en el centro del tanque con un soplete. Después nos trepamos y con una soldadora volvió a cerrar el agujero y lo pintó de nuevo. Aquí dentro está tan oscuro que parece que estás ciego y hay sólo un pedazo de metal helado para sentarte. Estamos tan apretados que es inevitable tocar a alguien. Huele a óxido y agua vieja y las paredes albergan algo que crece en lo mojado y oscuro, algo que necesita mucho menos aire que un ser humano.

Si me paro puedo tocar el techo, pero eso que crece aquí es muy resbaloso. Algunas personas se cayeron cuando iban entrando. A menos que estés hasta atrás o hasta delante, las paredes son curvas, así es que es difícil sentarse. Como fuimos los últimos, César y yo tenemos una pared recta, pues estamos donde se encuentran los tubos para las mangueras. Es un buen lugar y debemos protegerlo, igual que el bolero protege su puesto en la plaza.

La promesa que nos hicieron por treinta mil pesos cada uno —*pesitos*, los llamó Lupo, como si fueran chiquitos— fue cruzar rápido la frontera entre Sonoyta y Nogales, no más de tres horas, garantizado. Después, manejar derechito hasta una bodega donde un compadre abriría otra vez el agujero para dejarnos salir. Ahí estaremos a salvo, nos dijeron, con agua y ropa de gringo y tiempo aire para llamar a nuestros contactos. En la bodega hay una puerta secreta donde están las camionetas que nos sacarán sin ser vistos. Ésas fueron las promesas que nos hicieron.

Todos aceptamos esperar hasta esta mañana, hasta que hiciera calor de nuevo, y si los coyotes no regresaban, usaríamos nuestros teléfonos para pedir ayuda. Nadie quiere hacerlo. Nadie quiere encontrarse a la Migra y ser deportado. Hemos viajado desde muy lejos y pagado muchísimo dinero. Así es que esperamos lo más que pudimos —todo el día y toda la noche—, pero la gente tiene miedo ahora porque podemos morir aquí, sabes, y es muy difícil respirar.

Que yo sepa hay cuatro teléfonos: el mío, el de César, el de Naldo y el de otro muchacho de Veracruz que no tiene minutos y ya no habla. Naldo es un joven mixteco, como de dieciséis años, que viene de Puebla. Él tenía unos minutos, pero nada de señal, y gastó su batería leyendo mensajes viejos de su novia, a pesar de que el veracruzano le dijo que no lo hiciera. Ha llorado mucho y eso es malo, por lo de la deshidratada. Tampoco es bueno hablar, pero es peor entregarse solamente a la espera. Ya llevamos más de treinta horas.

jue 5 abr — 10:41

No sabemos de qué lado de la frontera estamos, así que primero marqué al 066. Tenía dos rayitas y tono, pero no salió la llamada, así es que intenté al 911, pero pasó lo mismo. Después traté de llamar a mi tío que me está esperando en Los Ángeles, pero el teléfono hizo un sonido que jamás había escuchado y el mensaje de texto tampoco salió. A lo mejor es todo este metal que nos rodea o quizá la Migra anda interfiriendo la señal de los celulares mexicanos. A saber. No quería preocupar a mi mamá, así que después intenté llamar al celular de mi papá, pero fue inútil. Entonces decidí marcar a mi casa en Oaxaca, fue espantoso porque la llamada entró y fue mi madre quien contestó, pero no podía oírme. Fue como un sueño en el que yo gritaba, pero ella sólo decía: «¿Bueno? ¿Bueno? ¿Quién es?» —hasta adivinó que era yo— «¡Hectorcito!», me dijo —pude escuchar lo preocupada que estaba— «¿Tito? ¿Eres tú? ¿Dónde estás?», grité: «¡Mamá!», mientras la gente en el camión estaba completamente callada, escuchando tan atentamente que hasta pude sentirlo porque todos pensaban que al fin había podido comunicarme. Pensaron que estaban a salvo. Pero como mi madre no me escuchó, finalmente le dijo a mi padre o a mi hermana «No es nadie» y colgó.

Es una gran chingadera, un cuchillo en el corazón, pero la gente me pedía a gritos que llamara de nuevo. En ese momento había mucha esperanza. Debo decirte que fue muy difícil perder la comunicación de esa manera con mi mamá, pero no tanto como perder mi tiempo aire, porque cuando intenté llamar de nuevo recibí el mensaje de Telcel diciendo que ya no tenía saldo. Tenía muchos minutos, pero se fueron muy rápido. Así es como supe que habíamos cruzado la frontera. Cuánta desesperanza. Supongo que viste esa película donde el cable del astronauta se rompe y él se va flotando, cada vez más y más pequeño, y no hay nada en el mundo que pueda hacer para remediarlo.

Naldo también intentó llamar, pero su teléfono es viejo y no pasó nada. El veracruzano ni siquiera tenía una rayita de señal. Por supuesto que lo intenté con el teléfono de César. Su celular es bueno —un Nokia 95—, pero debe de estar conectado a una red distinta, pues cuando llamé a mi casa, la voz era tan rara y lejana que ni siquiera pude reconocerla. Llamé a mi tío en Los Ángeles, también al 066 y al 911, y después marqué a Sofía de mi clase de Atención al Cliente, y a Dani, otra amiga de la universidad, pero nada. Fue entonces cuando busqué entre los contactos de César. Quizá sepas que César estuvo viviendo en la Ciudad de México por cinco o seis años, yendo a la universidad —la UNAM— y también trabajando, así que tiene muchos teléfonos con el código de la Ciudad de México. Los revisé todos, ¿qué otra cosa podía hacer? Fue así como encontré tu número con código americano junto con un correo electrónico. La llamada no salió, así que intenté enviar un mensaje de texto. Tenía dos rayitas bien claritas en ese momento, le dije a los demás que los mensajes sí salían y la gente echó porras. Pero tenía miedo de que los minutos de César también se terminaran, les dije que teníamos que esperar para ver si recibíamos algo. Fue entonces cuando escuchamos el trueno, aporreándonos como un tambor. Y una mujer cerca de mí rezaba «Dios, sálvanos», una y otra vez, como si fueran las únicas palabras que conociera. Ya olía muy fuerte en el tanque —sudor y miedo y otros hedores del cuerpo—, y cada vez hacía más calor.

La mayoría de nosotros sólo trae un litro de agua porque se suponía que era un viaje corto. Eso es lo único que yo traigo, pero no olvido la sensación de ayer en la mañana cuando el camión se detuvo y pensamos que habíamos llegado y César dijo: «Dios, espero que sí». Por esa pequeña oración, a lo mejor por un presentimiento, no lo sé, pero después de eso comencé a cuidar mi agua. Los otros también andan diciendo que hay que cuidar el agua. Pero ahora es demasiado tarde. Algunos ya se la acabaron y la comida que trajeron no es buena —Mars Bars y paletas de caramelo y chicharrones con salsa—, lo sé por el olor. Somos como niños aquí. Encerrados en un cuarto oscuro.

2

Creo que, aparte de César y de mí, nadie aquí habla inglés, pero con la luz del teléfono puedo ver a un hombre con cara de niño sentado cerca de nosotros, un mestizo que parece desconfiado. Él y otros se andan preguntando lo que estoy diciendo. Quieren saber si ya tengo señal, si hablo con una persona verdadera. Les dije que la gente le manda mensajes a Diosito y a los santos a cada rato y que no soy el único que tiene derecho de hablar. Otros también rezan, pero no como anoche cuando no dejaba de escucharse: *Virgencita, ayúdame… Jesús mío, misericordia… Adorada Guadalupe llena de gracia… Ave María, santísima… ¡Señor, por favor!* Era obvio que algunos no habían ido a la iglesia en mucho tiempo.

¿Qué tanto te puedo decir de lo que está pasando aquí? Es difícil verlo, pero más difícil decirlo. Hay cosas que nadie quiere saber. El hijo de la señora que reza no deja de quejarse. Su lamento no es normal, como que hace una musiquita. Su mamá le sostiene la cabeza y le pide que se esté calladito para que descanse, pero él no quiere o no puede. Tal vez sus oídos o su cabeza ya no le sirven. Es difícil pensar algo bueno en medio de tanta oscuridad.

La única voz ahora, además de la suya y la mía, es la de un viejo que está enfrente que también se pone a rezar a ratitos. Todos los demás sólo respiran, como guardando sus fuerzas. No sé si alguien se está muriendo y no lo quiero saber. Lo único que hago es ver la pantalla del teléfono, cuánto queda de batería y tu nombre.

¡Chingada madre! Sigo con una rayita. Tantos mensajes que he escrito y tienen que esperar para después.

Así que te cuento porque la espera es una tortura.

Nos dimos cuenta de que era de mañana por los sonidos que el tanque hacía cuando el metal se iba poniendo tibio primero y después caliente. Todo es desierto alrededor, pero aquí dentro el aire es espeso como en la selva y con el calor empiezan los olores, un manto pesado que puedes sentir pero no ver. A la izquierda, a dos personas de mí, hay una mujer de Michoacán, panadera, que dejó su hogar por las amenazas de los narcos si no les pagaba derecho de piso cada mes. Mataron a su marido por esto y escuché que le preguntaba a la mujer que reza:

—¿Es mejor dejar tu casa o quedarte en un lugar tan lleno de miedo y odio que ni siquiera la masa del pan se levanta?

—Dios sabrá —dijo la mujer que reza.

—Yo creo que Él ya nos abandonó —dijo la panadera.

Ella es quien dijo que debíamos hacer del baño en uno de los extremos del tanque, en una bolsa, pero nadie quería dejar su lugar y nadie quería estar cerca de la bolsa y otros no podían esperar, así que ahora todo el tanque es un gran baño. Todos se avergüenzan de hablar sobre esto, así que hacen lo que tienen que hacer en cualquier lado, quizás en su botella de agua, quizás en una bolsa de plástico o en su mochila, pero de cualquier manera está muy feo, el olor te arrincona y no tienes adónde ir, tienes que respirar a través de la camisa, un calcetín, lo que tengas a la mano. Más de uno ya vomitó. Con esto, el calor y la sed, la gente no puede pensar bien. Lo sé por las cosas que dicen. Algunos piden botellas vacías, pero a cambio otros piden agua. Algunos hasta suplican. Nadie quiere confesar lo que tiene. En la oscuridad, puedes mantener algunas cosas en secreto, pero no el sonido ni el olor.

¡Ay, estamos jodidos! Esto está de la chingada, ¿no es cierto? Cuando esos griegos se escondieron en aquel caballo querían atacar la ciudad, y cuando los terroristas se escondieron en esos aviones querían atacar el país, pero cuando los mexicanos se esconden en un camión, ¿qué es lo que quieren hacer? Ellos quieren recoger lechugas. Y podar el césped.

En mi país hay gente bien luchona, te lo juro, pero casi todos están muertos o trabajan para los narcos.

jue 5 abr — 11:10

Le di a César tantita agua. Sólo puede tomar un poco sin ahogarse, así que tengo que darle a gotas con la tapa. Ya después, yo me tomo una completa.

¿Alguna vez has estado en una situación que simplemente no puedes creer que te esté pasando? Esa última parte es importante. A lo mejor has tenido sueños parecidos a todo esto, pero al final puedes despertar. Yo te hablo de la realidad, el sueño sin fin, un sueño que te negarías a creer si tu poder de negación fuera tan resistente. Por supuesto que hay muchas situaciones tristes, más y más todo el tiempo. Todos nuestros periódicos tienen la sección de nota roja donde aparecen los asesinatos del narco y accidentes espantosos, y pienso que somos como los toros en la corrida, siempre atraídos por el rojo. Pero desde el TLCAN y los narcos, a la gente ya no le interesan los toros, ¿y por qué no? Ahora sacrificamos humanos, justo como en la antigüedad. Estamos tan acostumbrados a este tipo de noticias en los medios que uno ya ni se espanta, pero es distinto cuando te está pasando a ti, ¿o no? En este momento, es difícil creer que esté realmente vivo y despierto.

Está tan oscuro aquí que hace rato me sobresalté al rozarme con mi propia mano.

El teléfono de César me da algo de esperanza, tiene mucha batería y una buena cantidad de minutos. Me sorprende que nadie se lo robara antes de meternos en este camión, pero lo que sí te puedo decir es que lo escondió muy bien. La policía detuvo el autobús afuerita de Santa Ana durante el camino para encontrar a los coyotes, y nos revisó tanto que hasta hizo que nos vaciáramos los bolsillos. Dijeron que buscaban drogas y armas, pero todos saben que todo lo demás que encuentran también lo venden. A los migrantes todo el mundo les dice: «No traigas nada valioso porque te lo quitan, si no es la policía, lo hacen los soldados u otros cabrones». A veces debes pagar una mordida, a veces buscan en tu bolsa y encuentran algo que les gusta. Lo hacen cada que se les antoja y entonces uno siente que va pasando por esas mallas metálicas con las que se separan las piedras para el cemento, con agujeros cada vez más pequeños, hasta que al final sólo te queda arena. Eso es lo único que nos quedaba cuando llegamos a la frontera.

Nos bajamos del autobús en Altar, que está en el estado de Sonora, a ochenta kilómetros de la frontera. Ahí es a donde mi papá me dijo que fuera. Altar es una ciudad pequeña sólo para migrantes y narcos y hay que pagar extra para bajarse ahí. Hay mucho pago extra entre Oaxaca y el Norte. Desde el autobús vi un letrero que decía: ÉXODO 1:12. Estaba medio dormido, cansado de viajar durante tres días y creí que había llegado el momento de bajar. Después vi otro letrero que decía: ÉXODO 3:17 y luego: MATEO 5:5 y otros más. Si tienes una Biblia tal vez puedas explicarme lo que significa.

Cuando bajamos del autobús, nos rodearon los coyotes. Algunos iban a pie y otros en camionetas con ventanas polarizadas. Andaban padroteando y todas las muchachas tenían nombres gringos, bastante sexis.

—Oye, chaparrito, ¿quieres ir a Los Ángeles, Atlanta o Nueva York? Te mando a donde quieras ahorita.

—Oye, ése, ¿te gusta Miami? Te consigo trabajo en un club deportivo a diez dólares la hora. Digo que eres mi hermano. Todo es posible. Salimos esta noche.

—¡Psst, oaxaca! Por acá. ¿A dónde quieres ir, güey? ¿Tacoma? Te lo dejo barato.

En el Norte, *oaxaca* es un insulto que escuché muchas veces durante ese primer día: «¡Ooooye, oaxaquito!». Lo que están diciendo realmente es: «¡Ooooye, pobre indio pendejo del sur, dame el dinero!».

Yo desviaba la mirada pues todos saben que hay muchos pandilleros por allá, pero en silencio respondía: «Chinga tu madre y chupa mi verga oaxaqueña, pinche pendejo».

Aparte de la iglesia vieja del tiempo de las misiones, no hay nada en Altar, casi ningún árbol, sólo unas cuantas cuadras de casas, algunos hoteles y restaurantes, una gasolinera, el Western Union, algunas tiendas pequeñas y muchos cuartos y camas para rentar. En la plaza, todo el tiempo había un viejo barriendo con su escoba hecha de ramas, barría y barría aun cuando no había nada que barrer. Hay puestos con cosas para comprar, pero nada para la casa o la milpa, nada bueno para comer o vestir. Aparte del agua cara, lo que hay es ropa y casi toda es negra o gris —playeras, chamarras, pasamontañas y guantes—. Hasta las bolsas son negras, pues así puedes volverte invisible mientras caminas por el desierto en la noche, porque invisible es lo que un migrante necesita ser para llegar al Norte.

Creo que «altar» significa lo mismo en inglés —el lugar donde se celebra algún rito, como una ofrenda o un sacrificio—. Por la cara y el cuerpo te das cuenta de que la gente viene de todos lados a hacer esto, no sólo de México, sino también de Guatemala, Nicaragua, Panamá, algunos güeros y chinos también. Había cientos, miles de personas —casi todos hombres— que deambulaban por la parada del autobús, la plaza, las calles. Era como los corrales en el matadero, ahí donde dejan esperando al ganado. Había más gente cerca de la iglesia de Nuestra Señora de Guadalupe y adentro también, pidiendo por el viaje. En Altar, la Virgen de Guadalupe está por todos lados: en las chamarras de los hombres, en sus pantalones, en tatuajes, pintada en las paredes y elevándose por las montañas del Norte para guiar y dar consuelo a sus hijos morenos —los migrantes, los peregrinos, los hijos de la chingada—.

La mayoría de las personas va caminando. Es un viaje largo —dos o tres días desde el cruce por Sásabe— y es fácil perderse en el desierto, es fácil morir. A lo largo de la frontera hay señales del gobierno que advierten: ¡CUIDADO! NO VALE LA PENA, con fotos de serpientes y escorpiones y cráneos. Pero cuando miras hacia el norte, más allá de la arena y las piedras y el mezquite, hacia la pared de montañas en la que sólo crecen los cactus, sigues creyendo que la puedes hacer porque ¿quién querría regresar cuando has llegado tan lejos? ¿A qué regresa uno? Tu familia depende de ti. Y si todavía no estás seguro, está la voz del coyote que te dice: «¡Ándale! No te separes. Si te quedas atrás, no te vamos a esperar». Éste es el mensaje del Progreso en el Nuevo Mundo, y los coyotes son los mensajeros. Pero algunos de nosotros sí nos quedamos atrás. En Altar, cerca de la iglesia, vi un mapa que indica, con puntos rojos, todos los lugares donde han muerto migrantes. Del norte de Sásabe a Tucson estaba repleto de puntos rojos. Si alguna vez hacen *El libro de récords Guinness del Tercer Mundo*, seguro que este cruce sale ahí.

A César se le ocurrió que nos subiéramos al camión. Yo iba a cruzar caminando porque es más barato, pero César me contó de su hermano mayor, Goyo, que caminó a California desde Tecate y casi muere. «Había un coyote buena gente que se quedó con ellos», me contó César, «pero de cualquier forma se perdieron». Fue hasta que uno de ellos se trepó a un cerro y vio las luces cuando supieron hacia dónde ir. Para cuando llegaron al punto en la carretera en donde debían encontrarse con la camioneta, ninguno había bebido agua durante todo un día y estaban casi locos. Su hermano le contó que su saliva era como pegamento en sus lenguas, tan espeso que no podían hablar. Y eso había sido en enero.

«Goyo vio algunas cosas allá», dijo César. «Al terminar el primer día, encontraron un cuerpo». Me dijo que era como de catacumba, con la boca abierta en un grito que termina y la piel tan tensa como la de un tambor. «La cara de este cuate —me dijo— estaba llena de espinas de cactus. Porque eso es lo que pasa cuando te vuelves loco de sed: tratas de comerte un cactus y el dolor no te detiene. Nada te detendrá y todo es posible», dijo César. «Goyo me dijo que la cara del muerto se quedó con él, como un fantasma oscuro que lo visita de noche. Hay otra cosa que mi hermano vio allá fuera: pañales. Goyo es papá, sabes, y pensar en bebés y en niños pequeños caminando es un infierno. Se preguntaba quién podría hacerle eso a un niño».

El hermano de César le contó que había miles de cuerpos allá fuera, miles de puntos rojos. Cuando era pequeño, en el pueblo, el padre nos leía sobre el Valle de los Huesos Secos, pero en aquel entonces no sabía que era real ni que esos huesos eran nuestros. César me contó que su hermano le hizo jurar por su mamá que jamás intentaría cruzar la frontera caminando, pero no fue sino hasta que llegamos a Altar y conocimos a Lupo cuando César me habló de esta promesa.

Encontramos a Lupo en su taller frente al mercado Coyote Blanco. Era alto y delgado, con arracadas en las dos orejas y un bigote tan corto y tan fino que podías contarle los pelos. El tatuaje de un animal que estaba como reptando se asomaba por el cuello de su camisa. No pude ver qué era, pero tenía sus garras en la garganta. Cuando Lupo nos ofreció la posiblilidad de caminar por veinte mil o subirnos al camión por treinta, César fue el que me dijo: «Nos arriesgamos un poco a que nos descubran en la frontera, pero te lo juro, mano, tres horas en un camión le gana por mucho a tres días en el desierto».

Pude haberlo dejado en ese momento. Tuve la oportunidad, pero me dio miedo cruzar solo. Llamé a mi papá y le conté del camión y su costo, pero también de la seguridad. Me volvió a llamar luego luego. Don Serafín me daba permiso, dijo, pero era necesario pagar la diferencia. En caso de no hacer los pagos cada mes, mi papá tendría problemas con don Serafín, así es que era importante no quedar mal. Sabía que mi papá temía por mí, pero también tenía miedo de don Serafín y de la vergüenza y de otros problemas si no devolvía el dinero. Ésa fue la última vez que hablé con mi papá, y después de colgar sentí como si llevara al hombro una de sus cubetas de cemento.

César hizo su propio arreglo con Lupo, pero no me contó nada y yo no pregunté. Una vez apalabrados, sólo había que esperar a que el camión estuviera listo. Detrás del taller donde Lupo y sus compadres trabajaban, había una pequeña choza con algunos colchones viejos y pedazos de hule espuma en el piso. El coyote nos dijo que durmiéramos ahí. «Si salen —comentó— tengan cuidado. Los pueden secuestrar. No importa si no tienen nada, extorsionarán a sus familiares, estén donde estén. Y si no pueden, los obligarán a transportar armas o mota. O quizá sólo los maten para sacarles el hígado y los riñones, pues aquí también hay un mercado para eso, y cuando acaben harán un hoyo más en el desierto, que está lleno de oaxacas como ustedes».

No eran mentiras. «Mi hermano Goyo hizo este viaje muchas veces —dijo César— pero la última vez fue hace cinco años. Antes era diferente, podías ir y regresar sin problema. Tal vez te asaltaban, pero no había secuestros ni asesinatos. Ahora la situación está cambiando, en muchas ocasiones transportan gente y droga al mismo tiempo. Yo creo que ya no podrá regresar nunca a México».

Lo mismo le pasa a mi tío en Los Ángeles, pues no tiene papeles. No ha regresado a casa en diez años. Esa parte de la familia ahora está rota, como si se hubiera ido a China.

Lo último que nos dijo Lupo antes de que cerraran el agujero fue: «Pase lo que pase, no hagan nada de ruido».

Bueno, pues algo pasó. Primero la carretera estuvo plana durante más o menos una hora, como si fuéramos en autopista a Sonoyta, pero después ya no. «Caray —pensé— seguro está en construcción». En México los caminos siempre están en construcción. Se lo dije a César, y ahí fue cuando él contestó: «Dios, espero que sí». Ahí fue cuando comencé a tener miedo. Algo en su voz me dijo que debía cuidar mi agua. Como no conozco a nadie aparte de César, me quedé callado después de eso, salvo cuando mi cabeza pegó contra la pared del tanque y se me salió una maldición. La carretera no volvió a sentirse plana, sólo más y más dispareja, así que aquí adentro había un zangoloteo como el de los guajolotes que mi papá lleva en la parte trasera de su camión. La gente comenzaba a asustarse y a enojarse, y el aire se sentía cada vez más pesado. Nuestra ropa estaba mojada por el agua estancada y eso que te cuento que crecía dentro, y todo esto se mezclaba con nuestro sudor seco y nuestras ropas agrias de todos los días que habíamos viajado para llegar aquí. Olía como a comida echada a perder. Era ya muy tarde y, como la mayoría de nosotros es del sur del país, sentíamos que el frío arreciaba. Decidimos, entonces, ponernos toda la ropa que habíamos llevado. Yo sólo tenía unos jeans, una camisa polo y mi sudadera con capucha.

Manejaron lento, en primera, durante otra hora o quizá más, es difícil saber. Algo le pasa a tu sentido del tiempo en la oscuridad. Después el camión se detuvo como si se hubiera incrustado contra una pared. Escuché el sonido de cabezas y cuerpos que golpeaban en la parte delantera del tanque. Hubo llanto y groserías y pedacitos de plegarias, aunque se suponía que debíamos estar callados. El camión estaba ladeado y me imaginé que algo le había pasado a la llanta delantera, quizás estaba ponchada o en un bache. Pero el motor seguía en marcha y teníamos la esperanza de que fuera la frontera y de que pronto volveríamos a avanzar, pues imaginar cualquier otra cosa era intolerable, demasiado.

«¿La frontera?», preguntó alguien muy quedito, «¡Gracias a Dios!», dijo alguien más. Después César le rezó a la Virgen María de Juquila, que no sólo es la protectora de César, sino de todos los viajeros, especialmente los zapotecos. Claro que tenemos muchas vírgenes en México y casi todas son güeras —blancas, quizá como tú—, pero la de Juquila es una morena, de piel oscura como la nuestra. Como la mía. Al contemplar su pequeño rostro, vemos a alguien que nos entiende. Muchos estamos seguros de eso, incluyendo César. Nuestra Juquila es la virgen más pequeña de todas; es del tamaño de una Barbie con larga cabellera negra, y yo pensaba en ese momento: «Sí, Juquilita es la indicada para esta situación». Ella es lo suficientemente pequeña como para caber aquí. Cuando el camión se detuvo, hubo un silencio total, todo el mundo aguantaba la respiración y escuchaba, excepto César, que se puso a rezar por todos nosotros en voz baja y rapidito:

Amada Madre, Virgen de Juquila, Virgen de nuestra vida,
por favor intercede en todos los infortunios que puedan
caer sobre nosotros.
Si, en este mundo de injusticia, de miseria y pecado,
ves que nuestras vidas se vuelven turbulentas,
no nos abandones.
Amada Madre, protege a los viajeros y peregrinos.
Guía a los pobres que no tienen nada y a aquellos
cuyo pan les ha sido arrebatado.
Acompáñanos a lo largo de nuestro viaje, libéranos
del pecado y por favor, llévanos a casa.

Hubo murmullos y palabras quedas, y algunos siguieron con la plegaria; al final se escuchó «Amén» a muchas voces.

Hubo sonidos apenas audibles en la oscuridad, hechos por la gente cuando se persigna y besa el crucifijo, una medalla o sus dedos en forma de cruz. Sonidos de quien cuenta el rosario. Yo sólo tenía la pequeña cabeza de barro que mi abuelo me dio y la apreté muy fuerte dentro de mi puño. Debo decirte que no es la cabeza de un santo o una virgen, sino la de un jaguar que hicieron hace mucho tiempo, cuando los hombres y los animales no estaban tan separados. Mi abuelo conoció bien al jaguar. Aunque nunca fue fácil acercarse a él, ahora es mucho más difícil.

Cuando César dejó de rezar, hicimos lo que Lupo nos dijo, permanecer quietos como agua en un balde. Durante una hora estuvimos inmóviles con el motor todavía encendido. Afuera no había ningún sonido: ni voces ni pájaros ni otros autos o camiones. Me pregunté si no estaríamos en un lugar especial para cruzar en medio del desierto. A lo mejor estábamos esperando a que alguien viniera y leyera las palabras en el camión, el código secreto de los coyotes. César estaba junto a mí y pude sentir que se movía en la oscuridad. «¿En dónde estamos?», susurró, «¿Qué chingados hacen allá fuera?».

Justo después de eso sentí que se paró. No sé por qué lo hizo, a lo mejor estaba impaciente, pero en ese preciso momento el motor rugió y el camión dio un salto hacia delante y después se detuvo en seco, el motor y toda la cosa. El movimiento nos agarró desprevenidos y nos mandó al otro extremo. Me golpeé la cabeza bastante duro con la pared trasera y sentí a César caer sobre mí. Hasta que la gente no dejó de gritar y maldecir no pudimos darnos cuenta de lo que estaba pasando, pero pronto supe que César estaba en problemas. No se movía, sólo estaba tendido junto a mí, con el cuerpo muy pesado. Dije su nombre pero no me respondió. Tanteé para encontrar su cara y cuando lo hice sentí que su frente estaba empapada de algo que no era agua. En la pared trasera, cerca de donde yacía César, estaba la entrada de las mangueras, que no medía más de unos cuantos centímetros, pero que tenía unos bordes lo suficientemente filosos como para lastimar a César. Me lo quité de encima y puse mi oído en su rostro. Respiraba, pero de una manera extraña.

Le decía a la gente a mi alrededor que había un hombre herido, pero una mujer en la parte de enfrente empezó a darle de golpes al tanque mientras gritaba. Los demás le decían que parara. «¡Chis, cállate!», murmuraron enojados, «¡Nos vas a delatar!». Después hubo un altercado que formó como una ola en el tanque y llegó a mí con un golpe. Ésa fue la tercera vez que deseé no haber salido jamás de Oaxaca. Escuché la puerta del camión y alguien afuera le pegó muy duro al tanque con un tubo o una piedra, gritando: «¡Con una chingada, cállense o los descubren y los matan a todos!».

Esto es lo que dicen que puede pasar ahora en la frontera. Los que se dedican a cazar migrantes —o los mismos de la Migra— te suben en un camión verde y nadie te vuelve a ver. Así que nos quedamos callados porque nadie quería morir o desaparecer, y César, mi único amigo aquí dentro, estaba tendido junto a mí respirando y respirando como si fuera una máquina descompuesta.

3

Es difícil hablar de esto, AnniMac. Me avergüenza estar en esta situación. ¿Pero para qué fingir a estas alturas? Quién sabe, a lo mejor tú harías lo mismo si estuvieras en mi lugar. Debo contarte todo para que alguien sepa lo que le pasó a César, lo que nos pasó a todos. A lo mejor encuentras a los responsables.

Luego la cosa sigue así:

El camión está parado, no sabemos dónde; César está junto a mí entre muerto y dormido. Puedo escuchar que los coyotes hablan afuera. Como son coyotes, es difícil entender lo que dicen, pero suena como si estuvieran revisando el camión, tratando de ver qué demonios hacer. Yo vuelvo a decir en bajito que alguien está herido, pero nadie me oye, pues la gente sólo trata de escuchar lo que dicen los coyotes. Así que vuelvo a tocar la cara de César y su frente, y ahí está la herida como aplastada, justo en la línea donde nace el pelo, se le puede sentir la piel y el hueso. Abro mi botella de agua y le echo unas gotas en la frente para limpiarle la sangre, pero sigue saliendo, así que con mi teléfono busco algo que pueda ayudarme a detener el flujo y entonces me doy cuenta de ese pequeño vestido de algodón que sale del bolsillo de su chamarra, el que compró para la Virgen Juquila cuando aún estábamos en Oaxaca. La sangre sale rápido y no hay tiempo para pensar, así que le pongo el vestido en la herida y lo oprimo.

En ese momento escucho a uno de los coyotes subiéndose al cofre y después al techo de la cabina. Se escucha un ruido como de rasguño en la parte delantera del tanque, y después nos cae encima un navajazo de luz tan puntiagudo que nos hace gritar y cerrar los ojos. Casi todos somos hombres y mujeres adultos aquí dentro, pero por la forma en la que nos escondemos y nos tapamos parece como si nuestro padre se estuviera acercando con el cinturón. De un momento a otro sucede todo esto, y con mucho cuidado trato de ver a través de mis dedos. La luz todavía está ahí, cegándonos, gritando por encima de nuestras cabezas —como la Anunciación—, y me doy cuenta de que es la luz de una linterna que atraviesa un pequeño agujero. Después hay como una sombra y lo único que puedo ver son dientes.

—¡Amigos! ¿Qué tal? —dice la sombra de los dientes—. Tenemos un pequeño problema aquí. Se trata de la llanta delantera; se ponchó. Todo lo demás está bien, pero tenemos que traer al mecánico para que la arregle. Llamamos muchas veces, pero no contesta, ahora hay que ir a buscarlo. Estamos cerca, como a diez kilómetros, así que no tardaremos mucho. Les vamos a traer un poco de agua, porque a lo mejor ya tienen mucha sed.

—¿Cuándo? —pregunta un hombre de los que está enfrente.

—Hasta la noche, por la Migra.

—¿Como cuánto es eso?

Pasa un momento y volvemos a sentir el navajazo en los ojos; después, aparece otra vez la sombra.

—No mucho; unas cuantas horas.

Por supuesto que esto no podía ser cierto, porque hacía sólo unas horas que habíamos salido, y un hombre por la parte de adelante dice, con acento zapoteco:

—¿Están locos? ¡Son las seis de la mañana! ¡No podemos esperar aquí todo el día!

—¡Cabrón! —dice el coyote—. Cállate o nos vas a meter en problemas a todos. La pinche Migra tiene sensores potentes por todo el desierto y pueden escuchar todo lo que dicen. Oye, queremos ayudarlos, pero vamos a necesitar un poco de dinero para poder hacerlo.

—Ya pagamos nuestro dinero —dice el zapoteco.

—Sí, pero ése es un dinero diferente, sólo para don Serafín. Es intocable. Nosotros sólo somos los guías, amigo, y ahora tenemos este pequeño problema, así que necesitamos trabajar juntos para resolverlo, ¿no?

—¿Cuánto? —pregunta otro hombre. Se oye viejo y cansado, y me pregunto si ha hecho esto antes.

—Para comprar la refacción y pagarle al mecánico para que venga hasta acá, quinientos —dice el coyote—. Quinientos cincuenta con el agua.

—Quinientos cincuenta pesos —dice el hombre zapoteco.

El coyote hace un sonido desagradable y escupe.

—¡No más pesitos! Ahora estás en los United, cuate.

—¡Entonces déjanos salir! —grita la panadera de Michoacán.

—Tranquila —dice el coyote—. Aquí no es seguro y no tenemos soplete. —Se hace un silencio en el camión—. El mecánico tiene uno, pero no acepta pesos, solamente dólares gringos.

—¿Quién va a tener quinientos cincuenta dólares? —pregunta el hombre zapoteco.

—Si quieren salir de aquí —dice el coyote—, ustedes.

—Un hombre está malherido —digo—. Necesitamos ayuda.

Afuera, lejos del camión, escucho que otro coyote dice:

—¡Flaco! A la chingada. Vámonos de aquí.

Se hace otro silencio, pues la situación se ha salido de control y el zapoteco dice en voz baja:

—¿Alguien tiene dólares?

Nadie quiere contestar, pero la verdad es que casi todos tenemos un dinerito para llegar a nuestro destino. Sin él, estamos atrapados. El hombre mayor dice:

—¿Cómo podemos estar seguros de que no se van a llevar el dinero y nos van a dejar aquí?

Después, muy bajito, como si estuviera revelándonos un secreto especial, el coyote dice:

—Ya escucharon a mi compa. ¿Qué dijo? Está listo para irse ahorita. Yo quiero ayudarlos, amigos, pero no tengo todo el día. Necesitamos apurarnos si queremos encontrar al mecánico y sacarlos de aquí.

Todos comienzan a hablar.

—¿Qué piensan? ¿Pagamos? ¿Confiamos en ellos?

¿Pero qué otra opción tenemos?

El hombre mayor es lo suficientemente viejo como para ser el papá del coyote, así que le dice:

—Hijo, ya les pagamos mucho dinero. Llámale a don Serafín y explícale la situación.

Fue un error.

—Escúchame bien, señor oaxaca. Yo no soy tu puto hijo y a don Serafín le vale una chingada lo que te pase a ti o a mí o a este camión. Mi compa ya se está yendo y en este momento sólo piensa en una cerveza fría y en una *papaya*. Si quieres, podemos seguir hablando hasta que los caza migrantes nos encuentren y quemen el camión, o si la Migra los encuentra primero, pateará sus traseros campesinos de regreso a México. De cualquier manera, pierden su dinero. Les estoy ofreciendo una oportunidad. Tienen un minuto.

¿Cómo podemos saber lo que es cierto y lo que no? La gente empieza a quitarse la ropa para sacar el dinero que tenía escondido. Escucho cómo se desgarran las costuras y también el sonido del velcro. Como nos estamos acostumbrando a la luz, todo esto es vergonzoso —sobre todo para las mujeres—. Tengo cuarenta dólares que mi papá me mandó por Western Union. Los metí en mi tenis y para alcanzarlos necesito quitar las manos de la cabeza de César. Me quito el zapato y paso el dinero hasta delante. Después saco la agujeta y ato el vestido de Juquila alrededor de la cabeza de mi amigo. Trato de hacer el nudo encima de la herida para que haya más presión, pues la sangre no deja de salir y hay un olor como de metal aún más penetrante que el del óxido del tanque. Mis manos están resbalosas y me las limpio en su chamarra.

Los hombres de adelante toman el dinero y lo empujan a través de la ranura. Puedo escuchar al coyote contando y gritando:

—¡No más putos pesos!

Pero no los regresa. Deja de contar a los trescientos cincuenta y cinco.

—Doscientos más —dice—. ¡Pronto, pronto!

Nos movemos rápido y tenemos miedo, y nadie sabe exactamente cuánto dinero hemos dado hasta el momento. Cuando ya nadie se mueve, el hombre de enfrente voltea para ver si no hay más. Yo levanto mis manos vacías y me sorprendo de ver lo rojas que están. Todos nos volteamos a ver y el hombre zapoteco dice:

—Eso es todo lo que tenemos.

—No es suficiente —contesta el coyote.

El hombre mayor aplaude como para apurarnos.

—Por el amor de Dios, no estamos donando para la Iglesia. ¡Si tienen dinero, pásenlo!

Esto es difícil porque nadie quiere confesar que tiene su guardadito. El hombre con cara de bebé voltea a ver a César. Tiene como veinticinco años, una piocha y mucho gel en el cabello.

—¿Qué hay de él? —pregunta.

—¿Qué con él? —respondo.

—Su dinero. Lo necesitamos ahora.

—¿Van a robarle?

—No le estamos robando nada, lo estamos ayudando.

Todo el mundo está mirando y no sé qué hacer, pero no puedo dejar que lo toquen.

—Voy a buscarlo —dije.

—Tiene dinero, mira sus zapatos —dice el hombre con cara de bebé—. Son nuevos, marca Puma —agrega, mientras le quita uno.

—¡No lo toques! —grito y pateo sus manos, pero él todavía tiene el zapato y empieza a sacudirlo y arrancarle la parte de adentro—. ¡Quita tus manos de encima!

Él avienta el zapato de regreso.

—A lo mejor este cuate ya lo tomó —dice el amigo del hombre con rostro de bebé, volteándome a ver—, cuando estaba oscuro.

—Váyanse a la chingada —les contesto.

—A lo mejor el dinero está en sus chones —dice el hombre con cara de bebé.

—¡Mírenlo! —les digo, poniendo la pantalla encendida del teléfono cerca del rostro de César, que sigue lleno de sangre—. Ya tiene suficientes problemas. Déjenlo en paz.

En ese momento, el coyote golpea el tanque con la cosa de metal y todo retumba como una campana de iglesia en mal estado, haciéndonos saltar.

—¡Ahora! —grita.

Cerca de mí, hay una muchacha maya, de Chiapas, que busca debajo de su falda y saca una pequeña bolsa. Ella llora mientras se la pasa al hombre mayor. Todos nos damos cuenta. Él la abre y saca los billetes para meterlos por la ranura.

—Cuatrocientos diecisiete —dice el coyote.

Todos nos miramos con recelo, pero ya nadie saca dinero.

—De verdad que eso es todo —dice el hombre mayor—. Nos dejaste limpios.

—Ni modo —dice el coyote—. Con esto no les puedo prometer nada.

—Necesitamos agua —dice el hombre.

—Van a necesitar más que eso —dice el coyote.

—¿Cuándo regresan?

—Depende del mecánico. Si no es suficiente para él, yo no puedo hacer nada.

—¡Déjanos salir, hijo de puta! —grita uno de los nicas.

—¡Escucha! —vuelvo a decir—. Un hombre está en muy mal estado aquí. ¡Necesitamos ayuda ahora!

—¡No se pueden ir así nomás! —grita el hombre mayor.

Entonces se vuelve a escuchar el rechinido y todo vuelve a la oscuridad.

—¡Ábrele! ¡Ábrele! —grita una mujer por enfrente—. ¡No nos abandones!

Otra mujer llora y puedo escuchar la voz del hombre mayor:

—¡Por el amor de Dios!

Se escuchan más gritos y groserías, y todos los que podemos le damos de golpes a las paredes del tanque.

—¡Vámonos! —dice el otro coyote, mientras se aleja caminando.

«Vámonos» fue la última palabra que escuchamos del exterior, pero aun con los gritos pude oír los pasos de los coyotes, aplastando con los zapatos las piedras y la arena, retomando el camino que nos había llevado hasta aquí. Algunos en el tanque siguieron el sonido, llamaron a voces y trataron de perseguirlo hasta que estuvieron encima de César y de mí, golpeando la pared trasera y gritando a pleno pulmón. Me quedé en mi lugar, con la espalda apoyada en la pared, las piernas alrededor de César y las manos levantadas, tratando de evitar que la gente lo pisara. Ya no pude escuchar a los coyotes, sólo el piar de un pájaro que parecía advertirles a sus compañeros, pues el sonido que provenía de aquí era terrible, frenético. Intentaba alejarlos —gritando, empujando y pateando—, pero éramos como una cubeta de cangrejos con la tapa puesta y sin ningún lugar a dónde ir. Había algunos moviéndose en todas direcciones, pisando a cualquiera que estuviese en su camino, intentando abrir la ranura por la que habíamos pasado el dinero; había otros rezando o llorando o cubriéndose para no ser lastimados. Escuché a la panadera de Michoacán gritar:

—¡No se asusten! Van a regresar. ¡Tienen que regresar!

Naldo y el hombre de Veracruz tenían encendidos sus celulares para poder ver y buscar alguna salida. Los rostros iban y venían, y en las paredes parpadeaba como un fuego azul. Jamás había visto tanto miedo en un lugar tan pequeño, los ojos tan abiertos y las pupilas tan dilatadas que parecían pertenecer a otro animal. Vi que la muchacha de Chiapas se tapaba los oídos y se mecía hacia delante y hacia atrás, diciendo algo en maya que le daba a su voz un tono muy grave, como de hombre. Entonces, por la parte de en medio, el niño Naldo comenzó a vomitar. Fue un sonido fuerte y desesperado, de llanto y arcadas mientras todo salía de su cuerpo de golpe. El sonido y el olor penetrante llenaron el tanque e hicieron que todos se detuvieran en seco, como si los hubieran abofeteado. De alguna manera, creo que ayudó a que la gente comprendiera la situación, el pánico no los salvaría.

Pero eso fue ayer. Ahora es distinto, más callado, pues todos saben que no hay escapatoria. En un camión normal, a lo mejor podríamos encontrar la manera, pero como éste es un camión de agua, no hay grietas ni cerraduras ni piezas que puedan levantarse o romperse. Es la prisión perfecta, lisa por dentro como un huevo. Cuando busqué el recipiente falso de agua del que nos hablaron los coyotes, no encontré nada, sólo una pequeña escotilla redondeada, cerrada por fuera. El agujero por el cual entramos quedó soldado. Cuando los coyotes se fueron, el hombre con cara de bebé y su amigo trataron de abrirlo brincando sobre él, y también muchos de nosotros, pero estaba muy duro. La mujer de Chiapas está sentada sobre él junto con el hombre mayor que siempre está rezando.

La pantalla del teléfono de César hace que todo se vea frío y azul, como si estuviéramos bajo el agua o ya muertos, la gente hace chistes crueles al respecto; y para ahorrar batería, lo apago. Nadie tiene una linterna ni un encendedor, y ni siquiera un cerillo, ¿quién habría imaginado estar en una situación así? De todas maneras, no hay nada que ver, y tampoco tenemos de qué hablar, pues aquí estamos, sabes, ¿y qué podemos contarnos? Nadie tiene ganas de decir «Hola, ¿de dónde eres? ¿Cómo está tu familia?». Sólo dan ganas de llorar y rezar y maldecir a los coyotes. ¡Pinches coyotes! Si alguien tiene un cuchillo o alguna herramienta son preguntas que se han agotado. Sabemos lo que todo el mundo tiene y es muy poco y no ayuda. El zapoteco que está en la parte de enfrente con el hombre mayor tenía un cuchillo, pero lo rompió tratando de meterlo por la ranura del dinero para abrir la escotilla. Se cortó al hacer esto y ahora está en problemas. Le pasé mi teléfono para que pudiera echarle un ojo a la herida, limpiarla y ponerse algo alrededor. Por su acento sé que es de la Sierra de Juárez, igual que yo. He oído cosas de su pueblo, pero está lejos de la carretera y es difícil llegar ahí.

Dicen que los coyotes tienen su propio nombre para un camión lleno de migrantes; lo llaman «carga de ataúdes». Antes de todo esto, pensaba que se trataba de otra historia del gobierno para asustarnos, pero no después de ver todos estos rostros a mi alrededor. Es el semblante de la gente a la que entierran viva. Intenté no mirarlos más, pues sabía que nadie podía ayudarme. Fue entonces cuando no supe si darle las gracias a Dios por mandarme hasta atrás o maldecirlo por mi desgracia. Decir esto es una blasfemia, lo sé, pero también puedes decir que un camión lleno de gente cansada de trabajar y trabajar, que gana apenas para sobrevivir, mientras un hombre se sienta y observa todo tras el vidrio polarizado de su BMW, es una blasfemia. Sí, y también se puede decir lo mismo de los coyotes, ¿no? ¿No es una blasfemia poner toda nuestra confianza en estos hombres que son criminales e incluso asesinos? ¿Y por qué lo hacemos? ¿La Biblia nos enseña estas cosas? ¿Nos enseña a entregarle nuestro dinero y nuestras vidas a alguien a quien no podemos ver y no podemos conocer? ¿Nos enseña a pedir para que cumpla nuestros deseos o su palabra? Cuando te subes al camión, el coyote se convierte en tu dios, justo como lo era antes de que los españoles nos conquistaran. Tu destino está en sus manos, pero Coyote no sabe lo que es una promesa. Quizás habla tu idioma, pero para él las palabras no tienen significado, son como ladridos, vacíos como un tazón de humo. Y no ofrece reembolsos. No, hace lo que Coyote ha hecho desde siempre: engaña, come tanto pollo como puede y desaparece por los montes hasta que vuelve a sentirse con hambre. Preferiría confiar en un jaguar.

Dios mío, hace demasiado calor para hablar.

Debo darle un poco de agua a César.

4

El clima mejora, está más fresco, pero el calor del día es como una fiebre y todos la sentimos. La gente ha tenido la ropa mojada durante tanto tiempo que empieza a tener problemas en la piel. Es imposible sentirse cómodo. El fondo del tanque está mojado y el metal es tan duro que en la noche te extrae todo el calor y en el día algunas partes son tan calientes que te queman. Como mis pantalones están mojados, me los quité y los puse en mi mochila para que se secaran. Estoy sentado sobre mis zapatos, con los pies encima de mi mochila. Giré a César para que estuviera de ladito, pues la panadera me dijo que no era bueno que permaneciera en una misma posición durante tanto tiempo. Intenté hacer una cama para él con su mochila y una sudadera que tenía ahí dentro. Le hice una almohada con sus calcetines, evitando que su piel tocara el metal ardiente.

Ahora sólo el teléfono de César tiene tiempo aire y batería, y espero que ya bien entrada la noche mejore la recepción. Pero lo que más espero es que puedas encontrarnos antes de eso.

Fue un accidente cómo vinimos a parar acá César y yo, de no habernos encontrado, seguiríamos en Oaxaca, que también puede ser una prisión. Me pregunto si sabes siquiera en dónde está Oaxaca, porque está lejos, como a dos mil kilómetros de la frontera. ¿Has oído hablar de Puerto Escondido y los surfistas que van allá? Es en Oaxaca. ¿Conoces Monte Albán, la gran ciudad zapoteca con pirámides a su alrededor? Una vez fui de excursión con la escuela. Mi parte favorita fue ver cómo despegaban los aviones del aeropuerto, tan cerca que podías ver por las ventanillas, pero cuando saludabas con la mano, nadie respondía. Si jamás has escuchado sobre Monte Albán y no haces surf y tienes miedo de ir a México, puedo decirte algo al respecto. Dicen que Oaxaca es el segundo estado más pobre. Tenemos quince lenguas indígenas y cien dialectos. Hay personas en mi pueblo, como mi abuela Zeferina, que jamás aprendieron español. Jamás, en quinientos años. Pero no importa, pues las mismas familias españolas que controlan ahora Oaxaca la controlaron desde que llegó Cortés. No los ves mucho, pero cuando aparecen en una boda en el jardín botánico que está en el centro, puedes espiarlos desde la reja en la esquina de Reforma y Constitución. Mujeres muy altas y hermosas, algunas incluso rubias, con las piernas moldeadas como diamantes y tacones tan puntiagudos que podrían matar a un hombre.

Nuestra capital, espera, se oye un avión…

jue 5 abr — 17:49

El avión desapareció. Ni siquiera estuvo cerca, pero escuchar esos sonidos es razón para tener esperanza, ¿no? Si queremos vivir, no tenemos mayor opción que pensar de esa manera.

Te contaba sobre mi hogar, donde viví hasta la semana pasada. Oaxaca de Juárez es una famosa ciudad colonial con muchas iglesias y mercados concurridos y plazas tranquilas. Su nombre se debe a Benito Juárez, nuestro héroe y libertador, quien se alza en El Llano con la corona de España rota a sus pies. Benito Juárez era zapoteco, uno de nosotros, y tomó el poder y las tierras de la Iglesia española para que los mexicanos pudieran recuperar lo que se les había arrebatado. Mientras ustedes tenían esclavos en el Norte, estaba este indio moreno a cargo de un país en donde el poder y la piel blanca van de la mano como el arroz y los frijoles. Él incluso era amigo de tu Abraham Lincoln. Difícil de creer, ¿no? Lo malo es que no duró mucho porque en mi país hemos aprendido a esclavizarnos a nosotros mismos.

Después de Benito volvimos a tener un dictador, Porfirio Díaz, quien fue la causa de la gran revolución que sucedió hace cien años. Porfirio Díaz también era oaxaqueño, y también era medio indio, mestizo, por lo que su piel era oscura. Se ponía polvo blanco para parecer güero, pero no funcionaba; todos sabían lo que era, sólo se veía como un Michael Jackson bastante feo. Por supuesto que muchos indios y mestizos desearían que su piel fuera más blanca. Hay polvos y cremas que puedes comprar sólo para este propósito, y los han vendido durante mucho tiempo, pero mi mamá no se los pone, y ella es incluso más morena que yo. Una vez estábamos viendo fotos de Michael Jackson en una revista, y ella le dio a la imagen con el dorso de su mano, diciendo: «¡Míralo, como si fuera un payaso! Hacerte esas cosas es un insulto a Dios». Desde la capital, tardas como un día manejando a través de la sierra hasta Puerto Escondido y el océano Pacífico. La carretera no es tan vieja, tiene menos años que mi papá, pero está tan llena de curvas y es tan empinada que marea a los turistas y siempre se ve por ahí algún accidente. Cuando un coche se va por el barranco, el suelo está tan lejos que das con su paradero sólo través del humo. Nunca hay que manejar de noche porque te asaltan. Incluso a pleno día puedes llegar a un pueblo lleno de polvo, cemento, platanares y muchachas indígenas con jeans que, aunque están a la moda, nunca se les ven bien. Por ahí andan sus papás con sombreros y machetes que les cuelgan del hombro, todos ellos parados al lado de la carretera mientras dos hombres fuertes jalan una cadena para bloquearte el paso y la mamá de alguien se acerca a tu ventana con una cubeta para pedirte dinero, y si no les das, no pasas. Pero si eres un peregrino con tu camión decorado con flores y una imagen de la Virgen, nadie te para, excepto la policía.

Si sigues bajando hacia el sur, llegas a Puerto Escondido y después a Juchitán, en donde ahora hay molinos de viento e iguanas en la cabeza y esos travestis que se visten como Frida Kahlo. Sucede ahí donde el país se hace tan angosto que el viento sopla tan fuerte de océano a océano que te enloquece. A lo mejor por eso lo hacen. Y justo después está Chiapas. ¿Conoces al subcomandante Marcos y a los zapatistas? ¿Pasamontañas y puros en la selva? Ahora se ha vuelto una moda. Ellos también son nuestros vecinos y después llegas a Guatemala. El purgatorio.

Si alguna vez vas a Oaxaca, no creo que quieras visitar mi barrio. Supongo que preferirás quedarte en el centro, junto al Zócalo, con sus fuentes y el quiosco y nuestra enorme catedral. Puedes tomar café y helado a la sombra de los laureles y ver a todos por ahí: al vendedor de globos, al millonario, al turista y a la campesina con un letrero que demanda justicia por su hijo asesinado. Y también ves artistas que llegan de todas partes, no para ver el realismo mágico, sino para atestiguar lo real maravilloso.

De ahí es de donde César y yo somos, de distintos pueblos que están como a dos horas manejando del centro. Durante un año fuimos a la misma escuela, pero en aquel entonces yo más bien lo observaba. En el camión que nos llevaba en dirección norte, él ni se sentaba junto a mí y se escondía detrás de un sombrero nuevo y unos lentes de sol. Sólo se dignó a hablarme ahora que esperábamos a los coyotes, y fue entonces cuando le conté que mi mamá era de Santa Magdalena Tlapazetla, que es donde hacen la alfarería roja en forma de animales. Él me dijo que de ahí también venía su abuelo y por un momento nos preguntamos si no seríamos primos. Brindamos por esta posibilidad y nuestra buena suerte en el Norte, pero seguía sin decirme cuál era la razón por la que debía abandonar México con la ayuda de un coyote y sin pasaporte.

Dios quiera, AnniMac, que seas la persona correcta. Pongo mi fe en ti, pues se tiene que ir a algún lado, ¿no? Y Dios no ha sido de mucha ayuda últimamente. Ya sé que te digo todo lo que me pasa por la cabeza, ¿pero qué más puedo hacer? Cuando las cosas salen mal, entonamos «Canta y no llores». Cantar, no llorar. Espero que puedas entender por qué necesito seguir intentando comunicarme, por qué necesito seguir cantando. Además de los coyotes, nadie sabe que estamos aquí, a menos que ese alguien seas tú.

Si logro tener *una* barrita más de señal, sé que lograré comunicarme contigo. ¡Una pinche barrita y estamos salvados! ¡No es *justo*!

¡CHINGAOCHINGAOCHINGAOCHINGAOCHINGAO!

5

Vuelve a hacer frío. Me pongo otra vez los pantalones y volteo a ver a César, que sigue igual, como un muerto que respira. El teléfono sólo tiene una rayita, pero no tengo noticias tuyas. La gente está enojada conmigo por hablar tanto, por gritarle a la nada. Escuché que el amigo del hombre con cara de bebé decía que estoy enloqueciendo, pero no soy el único y ahora ya ni siquiera lo oigo.

¿De casualidad eres católica? ¿Ustedes velan a los muertos? Siempre hay como un olor particular en el velatorio porque la muerte tiene su propio olor, sabes, encerrado y húmedo y agridulce como carne extraña, y no puedes esconderlo, no detrás de la comida o las flores o tu propio sudor. Ni siquiera tras toda la mierda y la orina y el vómito en este camión, pues ahora la huelo, AnniMac. Tenemos un santo para las situaciones desesperadas, pero rezarle no ayuda a nadie aquí dentro. Oye, necesito tu ayuda. Necesito algo más que los sueños guajiros de agua y otra rayita en el teléfono. Ya han pasado casi dos días y la paciencia y las oraciones han sido dignas de un convento, ¿pero quién nos contesta? ¿*Quién* viene a rescatarnos? Nadie. ¡*Nadie*! ¡*Nunca*!

Estamos jodidos.

Porque te voy a decir algo sobre nosotros, AnniMac. El catolicismo es la religión principal en México, pero «chingar» es el verbo oficial. Chingar es «joder», y es un concepto complicado y muy importante para los mexicanos. Si no me crees, pregúntale a Octavio Paz, que es el experto en este asunto, un verdadero chingón de las letras mexicanas. Hay tantas formas de chingar porque hay muchas maneras de hacerlo, pero hay dos que debes recordar. Una es cuando le haces a alguien más, y la otra es cuando alguien más te hace a ti: el Chingón y la Chingada, el que jode y el jodido. Papá y Mamá. El Chingón es quien tiene el poder para hacerle cosas a la gente, sin importar lo que ésta quiera. Es el que controla el dinero, da los permisos y manda matar. Es el sueño de todos los capos desde que son niños, y el sueño de don Serafín también. Es Cortés y Herodes y el Padrino. Y, si le preguntas a Abraham, es Dios.

Un pequeño acertijo de Octavio Paz:
¿Cómo cura un chingón la migraña de su amigo?
Le da un balazo en la cabeza.

Es como oscuro, ¿no? Y no sólo aquí dentro. En estos días, una mujer también puede ser una chingona, como la famosa luchadora la Diabólica o nuestra secretaria de agricultura, que te puede comprar, vender o matar. Pero lo más frecuente en México es que las mujeres sean las chingadas, como el resto de nosotros. Y debo decirte que en estos tiempos esto sucede a cada rato en México.

De todos los chingados —hombres y mujeres— por supuesto que Jesús es el más famoso: el Chingón de las Chingadas. Cada clavo, cada herida de las espinas y esa lanza es una chingadera, una jodedera. Jesús es nuestro espejo, y también Cuauhtémoc, águila que desciende, a quien Cortés capturó y torturó. Hay un dicho que tenemos aquí, que es como un grito de guerra: «¡Viva México! ¡Hijos de la chingada!». Y suena muy bien con ese sonido mestizo que sólo un mexicano puede hacer, el grito al final del verso o después de un trago de mezcal, una mezcla de alegría y tristeza y locura y matanza que confluyen y se dispersan en el mismo momento. Para nosotros, este grito es un honor, una señal de aguante, del número de chingaderas que puedes soportar y las heridas que puedes resistir mientras te mantienes vivo y cantando. Porque en México el sufrimiento es un arte, y hay una infinidad de oportunidades para practicarlo. ¿Conoces a nuestro gran cantante Vicente Fernández? Es de los favoritos de mi papá, y todo un experto en el tema. «Quisiera reventarme hasta las venas», canta, «por tu maldito amor». ¿A poco no es una verdadera chingadera? Así se siente sufrir a la mexicana. ¿Alguna vez has sentido eso en tus venas?

Quizás ahora puedas entender por qué tenemos tantas vírgenes y por qué las adoramos así. Es porque necesitamos a alguien en nuestra vida a quien no se hayan jodido; alguien que cuide a todos a los que sí. Porque la vagina es el origen de todos nosotros y de todo esto. Es una herida que jamás sana, así como la frontera entre nosotros. Si no me crees, pregúntale a Octavio Paz o a Vicente Fernández. O sólo échale un vistazo a este camión.

jue 5 abr — 19:15

A estas alturas, Dios ha dejado de caerme bien, pero de todas maneras rezo. Todo este tiempo hemos creído que los coyotes regresarían. ¿Cómo creer que nos han abandonado? También son humanos, ¿no? Pero no. La respuesta es no. Sólo son coyotes. Quién sabe qué le dijeron a Lupo o a don Serafín, o si fueron a buscar un mecánico, pero no perdemos la esperanza y esperamos. Imaginamos muchas cosas tan bonitas en nuestras mentes: quizás el mecánico llegará en un pequeño camión y en la mano tendrá una caja roja y brillante de herramientas. «¡Hola, amigos! ¿Cómo están? Perdón por tardarme. Sólo me tomará un minuto. ¿Prefieren Corona o Pepsi?».

Debo admitir que yo mismo he tenido semejantes sueños, así que todos juntos escuchamos al mecánico en cada pajarito y en cada avión que pasa. Cuando el tanque se enfría en la noche, con cada chasquido y cada crujido, imaginamos que es él, y cuando el helicóptero sobrevoló esta mañana, susurramos: «Es él. ¡Estamos salvados!». Pero así sucede cuando no tienes nada y estás completamente indefenso, le das el significado que quieres a lo que sea.

jue 5 abr — 19:23

El atardecer y el amanecer son los únicos momentos del día que nos tienen clemencia. Si no estás aquí dentro, no puedes imaginarte lo que cuesta construir estas frases. Así es como la gente se relaja en el café, ¿no? Hablando, enviando mensajes, pero déjame decirte que aquí, donde tu cabeza palpita como si tuvieras dengue, donde el día es demasiado caliente para hacer otra cosa que respirar y la noche es demasiado fría como para otra cosa que hacerte bolita, es difícil.

Pero es más difícil esperar solamente.

jue 5 abr — 19:37

Hola, AnniMac. Me le pego a César lo más que puedo para mantenernos calientes. Le cuento todo lo que te digo. Quién sabe qué es lo que escucha, ¿pero qué más tenemos que el consuelo de las palabras y el calorcito? Porque creo que debe vivir, no sólo por él mismo, sino por lo que lleva cargando.

Si conoces a César, sabes que es demasiado listo para necesitar a un coyote, y que algo en su vida debe de estar roto como para haber llegado a esta situación. Incluso un extraño puede darse cuenta por la manera en la que habla, como si estuviera fabricando palabras con un martillo y pedazos de acero, a muchísima velocidad. ¿Cómo es que un hombre tan joven puede tener tanta seguridad al hablar? Pero siempre fue así desde que nos conocimos en la escuela. Incluso ahora que nos encontramos, cuando me volteó a ver sentí algo en sus ojos que me hizo desviar la mirada. No es sólo porque sea mayor, sino porque su mente es más fuerte, también su alma. Puedo sentirlo, como un animal poderoso. Admito que esto me enoja un poco porque César y yo no somos tan distintos. Somos del mismo lugar, de las mismas montañas a las que nombraron por Benito Juárez. Es en estos bosques escarpados en donde todos comenzamos, hablando el mismo idioma, comiendo el mismo maíz, trabajando en las milpas altas. Pero Benito era un presidente, César es un científico y yo, ¿qué soy?

Fue aquella pregunta la que me condujo a este camión.

En los pueblos, si eres buen estudiante y el maestro o el padre lo notan, a lo mejor puedes hacer la secundaria. Si les pagas una mordida, tus posibilidades son mayores, y eso fue lo que mi abuelo hizo por mí. Él tenía algunos artefactos que encontró cuando era joven y los vendió para que yo pudiera ir a la escuela. Por esta razón, me mandaron a Guelatao, el lugar de nacimiento de Benito Juárez. La diferencia con mi pueblo natal, además de la escuela y una iglesia más grande, es que hay café internet y más chicas. Esto y también la cancha de básquet. Incluso si no hay teléfono en el pueblo, incluso si no hay padre o carretera, siempre hay una cancha de básquet, pero la de Guelatao fue la primera cancha techada que vi. Tenemos dioses del maíz, de la lluvia y las nubes y el trueno, y tenemos a Jesús y a María en todas sus manifestaciones, pero Michael Jordan es nuestro santo patrono del basquetbol. La imagen en la que está saltando con las piernas abiertas está pintada en cada tablero de la Sierra, como si fuera un retablo, y la reconocemos como a la señal de la cruz. La mayoría de los chicos acudían diariamente y con reverencia a ese altar, y algunas chicas también. Cuando cumplí quince, mi tío me mandó una chamarra de los Chicago Bulls desde Los Ángeles, y la usé todo el tiempo hasta que me la robaron.

Pero además de estas cosas y la estatua gigante de Benito, Guelatao es sólo un pueblo más. En los terrenos de la gente hay maíz y frijoles y alcatraces, uno que otro guayabo y níspero, siempre algunas gallinas y quizás un par de bueyes o un viejo

Vocho. En todos lados alrededor de las montañas encuentras el mismo bosque con las mismas orquídeas y bromelias que crecen en los árboles y, junto a los arroyos y las carreteras, las mismas mariposas de cualquier color imaginable, algunas con alas como monedas de plata y otras transparentes como vidrio a través de las cuales se puede ver. Es en este lugar donde conocí a César Ramírez cuando tenía catorce años.

Todo el mundo lo llamaba Cheche, y la primera vez que lo vi flotaba en el aire. Aunque César era el único de nosotros que sabía un poco de inglés, incluso los chicos que no tenían idea del idioma sabían lo que era el *hang time*, pero sólo César lo lograba. Las chicas se dieron cuenta y algunas de ellas se acercaban a la cancha a ver, no sólo porque era guapo, sino también porque era toda una novedad ver volar a una persona. Yo también lo vi, y me tomó un par de días armarme de valor para jugar. César tenía dieciocho años entonces, así que ya estaba haciendo los exámenes para entrar a la universidad. Muchos estudiantes van a la iglesia para pedir que les vaya bien en sus calificaciones, y César también lo pidió, pero no en la iglesia. Él fue a un santuario en las afueras del pueblo, construido para Juquila en un peñasco junto a la carretera, en donde las raíces de un viejo roble forman una pequeña cueva. Es normal para los estudiantes dejar dinero o pepsis o mezcal como ofrendas, junto con una nota y una veladora, pero César dejó sus oraciones a Juquila bajo un montoncito de maíz, que tenía todos los colores del arcoíris. En aquel entonces creí que lo había hecho porque era muy pobre y no tenía más que ofrecer, pero estaba equivocado. Lo hizo porque el maíz es el centro de todo en la Sierra, y él es su apóstol.

Todos en Guelatao saben que el puntaje de César en sus exámenes fue el más alto en la historia de nuestra escuela, y que ganó becas para la UABJO en Oaxaca y, después, para la UNAM en la Ciudad de México, en donde se metió a trabajar en un gran laboratorio para estudiar el maíz. César es algo famoso en la Sierra ahora, no sólo porque es muy listo, sino también porque la hizo en la Ciudad de México, y eso no es fácil para un indio.

La escuela en Guelatao es pequeña, todos se conocen, y César y yo estudiábamos inglés y a los dos nos gustaba leer, así que a veces me hablaba, aunque yo era cuatro años menor que él. De sus conocidos, era el único chico que había oído sobre Charles Dickens o Roberto Bolaño, y yo me sentí orgulloso cuando se fijó en mí. César tenía el primer ejemplar de *Los detectives salvajes* en Guelatao. Se lo pedí prestado y lo conservé, pues deseaba ser lo que él era, tener lo que él tenía.

«Deberíamos mudarnos a la Ciudad de México —me dijo cuando me lo dio—, porque aquí nadie consigue papaya como los cuates de allá».

Él se rio y yo también traté de hacerlo, pero en realidad mi voz no había cambiado del todo y jamás había tenido novia. En otra ocasión, hablamos de Borges, había un maestro en la escuela al que le encantaba y leía para todos nosotros «La escritura del dios». Hablábamos después de la lectura y yo decía:

—Creo que el sacerdote enloquece después de todo ese tiempo en la celda, y por eso cree que puede descifrar las manchas del jaguar.

Pero César contestaba:

—No, es porque todo ese tiempo en soledad lo ayudó a aclarar su mente y entender el lenguaje antiguo. Los patrones en el jaguar, en las alas de la mariposa, en los granos del maíz, son páginas del códice original.

Así son las cosas con César. Si te presta atención, recuerdas los detalles, incluso cuando no sepas de lo que está hablando.

Ahora tomo la botella y vierto unas gotas en la boca de César, pero sólo unas cuantas, porque es necesario que el agua dure.

jue 5 abr — 20:11

Estoy muy cansado, pero es imposible dormir. El tanque está frío y el fondo está lleno de toda clase de líquidos, de manera que tienes que sentarte o acostarte sobre tus zapatos, la mochila o lo que sea que tengas, ¿pero durante cuánto tiempo puedes hacerlo? Debes moverte, ¿pero hacia dónde cuando toda la gente está tan pegada? Una vez, el hermano de un amigo se escondió debajo del asiento de un coche durante tres días, con agua y tortillas solamente. Iba en un Mitsubishi Pajero, y no dejaron que saliera hasta llegar a Virginia, pues dijeron que si la policía ve un carro de mexicanos incluso lejos de la frontera, lo detiene por cualquier razón. Él no pudo caminar durante dos días, pero después consiguió un trabajo matando gallinas. «Se puede vivir con el dolor», decía, «pero no sin el dinero». Pienso en eso y en que jamás se quejaba. Es tiempo de Cuaresma, y cuánto sacrificio hay aquí. Aunque será más difícil manejar el enojo, trataré de no quejarme más. El enojo se hace cada vez más fuerte.

¿Sabes cuántos oaxaqueños hacen esto de irse al Norte a trabajar y a vivir? Leí en el periódico que uno de cada tres. Así que se puede decir que Oaxaca está desangrándose de hombres. Hay barrios zapotecos en Los Ángeles, donde vive el hermano de mi mamá. También hay mixtecos. Aquí arriba suceden cosas muy extrañas. Un amigo mío de la secundaria, al que llaman Blanquito por su piel pálida, desapareció durante cuatro años, estuvo tres meses cosechando manzanas y el resto en la cárcel en las afueras de Spokane, por culpa de la mota. Él jura que sólo fumó y no vendió, pero de todas maneras lo encerraron. Ahora ya está en Oaxaca enseñando inglés, pues en la cárcel tuvo tiempo de sobra para practicar.

Sé que hay algunos en tu país que odian a los mexicanos e incluso tratan de matarlos. Están los vigilantes y los caza migrantes acechando en la frontera. Mi tío me dijo que, aparte de algunos indios, en el Norte hay puro migrante. Así que, ¿cómo deciden a quién cazar? Pero a lo mejor es como en México, entre más blanco, más rico y más libre seas, serás menos odiado y también tendrás menos necesidad de odiarte a ti mismo. Y vivirás más.

Antes del TLCAN no era tan difícil entrar a tu país y muchos mexicanos lo hicieron, unos cuantos meses trabajaban ahí y después regresaban a casa, justo a tiempo para la fiesta del pueblo. Cuando era joven, mi tío trabajaba de esta manera en un rancho en Arizona. Estaba cerca de una gran base militar, y me contó de los aviones que tienen ahí, especialmente uno llamado Cerdo, con cañones y tan desquiciadamente veloz que el ruido —metrallas, motores, explosiones— sólo se escucha cuando el avión se ha ido. Así que el sonido ruge por sí mismo como un trueno en el cielo vacío, y estás muerto antes de saberlo. Me dijo que ni Dios podía salvarte de algo así. También hay bombarderos, y algunos de ellos son tan grandes como la catedral en el centro, pero esos no lo preocupaban tanto. «Puedes verlos venir —decía— y tienes tiempo para rezar».

En una ocasión, mi tío regresó al pueblo para celebrar nuestra fiesta y cuando un buitre voló por encima, dijo: «¡Miren! Ahí va la Fuerza Aérea Mexicana». Sonreía como si fuera divertido. Antes de ese día, yo jamás había pensado mucho sobre la Fuerza Aérea Mexicana, pero ese buitre con sus alas andrajosas y su vuelo vacilante representaba la manera en la cual mi tío se veía a sí mismo, y a todos nosotros, después de trabajar en el Norte. Junto con el Ford Bronco usado, los tenis Air Jordan casi nuevos y el reproductor de discos Sony, ese chiste es lo que había llevado de regreso a casa. Eso y la sensación de que era como la mitad de un hombre entre príncipes y magos. Yo le pregunté en una ocasión si el Cerdo se usaba para cazar mojados en la frontera, y me dijo que quizá. Nunca sé cuándo está bromeando, pero en esa ocasión me dijo que jamás intentara cruzar. «Demasiado peligroso —dijo— y alguien tiene que cuidar a abuelita Clara». Mi tío es el único hijo vivo de la mamá de mi mamá y, cuando dejó de venir a casa, a la abuelita se le hizo todavía más grande la tristeza por lo de su esposo.

6

Es algo extraña la manera en la que un día puedes estar rezando para que nadie te encuentre, pero al día siguiente rezas por que cualquiera lo haga, y puedo decirte que cuando estás en la oscuridad no toma mucho tiempo dejar de preocuparte por el dinero. Todo lo que queremos ahora es agua y luz. Como plantas. Y pronto —mañana— sólo será agua, como las algas en estas paredes. Entonces uno se da cuenta de lo artificial que es la vida, una ilusión: el dinero, la ropa, la plática, los dioses. Todo es una delgada capa de pintura que se desvanece en unas cuantas horas. Somos como los camiones que, en su exterior, pueden ser rojos o azules o cafés, pero debajo de esa capa, sólo hay metal que proviene del interior de las montañas. Al final, este camión es sólo una piedra que va de un lado para otro, fingiendo ser un camión sólo durante un tiempo. Y aquí estamos en el desierto, AnniMac, descarapelándonos.

jue 5 abr — 20:39

Todo este tiempo he creído que César va a despertar, pues no puede ser que su destino sea pararse en el momento equivocado. En la escuela, nadie podía detenerlo. Él siempre pensaba y se movía más rápido que el resto de nosotros y cuando se fue ya no lo volví a ver sino hasta la semana pasada: siete años después, más o menos. En casa, hablamos mucho sobre el Destino y la Voluntad de Dios, porque no mucha gente cree en las coincidencias. Quizás en el Norte tienen un nombre para cuando uno sale borracho del Club KittiLoco, sin chica ni dinero para un taxi, pero alguien se detiene frente a ti y tú de todas maneras te subes aunque no tengas cómo pagarle. Quizá tienen un nombre también para cuando el conductor te dice: «¿Adónde?» y contestas: «A Mártires de Río Blanco». Él dice: «¿Está bien si me voy por Suárez? Chapultepec está cerrada a la altura de Venus».

Bueno, pues son las dos de la mañana y después de tres mezcales y muchísimas cervezas, ¿qué te importan las batallas perdidas o los planetas o las calles en reparación? Pero hay algo familiar en la voz del taxista y miras hacia el espejo, incluso a través de los lentes notas sus ojos, pues te están mirando directamente y en ese momento hay una conexión, un entendimiento, y piensas que has visto a ese tipo antes.

Es entonces cuando digo: «¿Cheche?».

El conductor abre mucho los ojos y desvía la mirada, yo me acerco hasta asomarme por el asiento. Él lleva barba y bigote, pero es como tratar de ocultar la belleza de alguna muchacha bajo un costal de café, hay cosas que no se pueden esconder. Estoy seguro de que quien está ahí es César, y como estoy borracho, le digo:

—¡Vato! ¿Qué haces aquí? ¿Conduces un taxi?

—Me confundes con alguien más.

—¡Claro que no! Te *conozco*, mano. Eres Cheche Ramírez, de Guelatao. ¿Qué pasó?

Él se para en seco y voltea para decirme a la cara:

—Escucha. Crees que soy yo, pero no. ¿Entiendes lo que te digo? Tú no me viste aquí, y no le puedes decir a nadie. Si lo haces, estoy jodido. Y tú también.

Después voltea y acelera. Sus palabras se mueven lentamente a través de la cerveza y el mezcal, como balas debajo del agua, y yo no vuelvo a mirar por el espejo. Meto las manos en mis bolsillos porque afuera está fresco y después recuerdo que todo lo que tengo, además de mi teléfono, es una moneda de diez pesos y esa pequeña cabeza de barro que me dio mi abuelo. No es suficiente para pagar y me pregunto si debo decirle esto, pero me cuesta trabajo pensar y me quedo callado. Así es subirse a un taxi en Independencia: nadie mira, nadie habla. Así es chocar con una camioneta.

Eso es lo último que uno esperaría después de las doce de la noche en Oaxaca, porque todo está tranquilo y las calles están vacías y puedes conducir como quieras; los semáforos están encendidos, pero no importa si están en rojo o en verde, a nadie le importa y pasarte el alto no es pecado. Esto es lo que hace César en Independencia, cerca del Zócalo. No va rápido. Nuestra desgracia es que hay una camioneta de federales que viene por Juárez al mismo tiempo; ellos tienen el verde y van rápido. Bueno, ya te imaginarás lo que pasa cuando una Ford 250 de uso militar embiste a un Tsuru: un desastre para el Nissan. Nosotros salimos prácticamente ilesos, pero el taxi no; el cofre está deshecho y el motor no se encuentra en donde debe. Eso ya no tiene reparación, pero para César y para mí las cosas apenas empiezan.

Estas camionetas de federales llegaron a Oaxaca, junto con todos nuestros problemas, el año pasado. Están pintadas de negro para que no se refleje nada, y llevan una metralleta —del tipo que puede parar un autobús o vaciar una plaza— sobre un tripié en la parte de atrás. Los hombres de estas camionetas también están vestidos de negro: cascos, botas, guantes. Sus cuerpos, completamente acorazados, se ven enormes. Sólo tienen un objeto de color, y es la bandolera que cuelga del arma, y cada bala es del tamaño de la verga de un perro y brilla como el oro en la iglesia. Cada hombre en la camioneta tiene su propia arma, lista para ser disparada en cualquier momento, uno se da cuenta de esto por la posición de los dedos. Es la hora cero de la noche, pues, y estamos dentro de ella, César con su taxi destrozado, yo en la parte de atrás con diez pesos, y cinco federales con probabilidades de iniciar su propia guerra.

Nuestro primer problema es que les metimos un susto a los federales, porque los narcos usan este mismo método para matar policías en México: bloquean el paso con un coche en algún lugar solitario y, después, los compadres que están escondidos les disparan a todos. Así que tan pronto como la camioneta se detiene, todos los hombres de atrás y en la cabina empiezan a gritar y apuntan sus armas en distintas direcciones: puertas, ventanas, techos y hasta por la ventana en dirección a César, que sólo está a un metro de distancia. En ese momento, algo parecido al hielo resbala por mi cuerpo y no me puedo mover, ni siquiera para abrir la boca. Yo creo que a César le pasa lo mismo, porque sólo está sentado ahí, con las manos sobre el volante, como si jamás fuera a soltarlo. Jamás se me había pasado la borrachera tan rápido. No hay nada ni nadie más en la calle, ningún otro coche ni gente, sólo dos construcciones bajas, ya que estamos en una colonia en plena hora de dormir. Algunos que escuchan el choque abren sus persianas para ver, pero las cierran de inmediato. Nadie quiere ser testigo de algo así.

Para entonces, los federales entienden que es un accidente, no una emboscada, pero cuando se bajan del vehículo y se acercan al taxi siguen con las armas al hombro, listos para disparar. El oficial junto a César le hace señas con el cañón para que se baje del auto. Como la puerta del conductor ya no abre, tiene que bajarse por el otro lado. Se mueve lentamente y, cuando sale, el oficial grita: «¿Qué tienes en la mano! ¡Tíralo!».

Todas las pistolas nos apuntan, y tengo miedo de que nos disparen en ese momento, pero lo que escucho es el sonido de las llaves de César al tocar el suelo. Uno de los oficiales apunta con su linterna al piso y puedo ver la medalla. Es la de Juquila, la reconozco por la forma. Yo sigo en la parte trasera cuando el primer oficial voltea a verme. «¡Muestra las manos!». Cuando me bajo, señala detrás del taxi. «¡Allá!». Mis rodillas tiemblan y cuando volteo a ver a César, el mismo oficial grita: «¡No se miren!». Así que volteo al piso, donde puedo ver que el taxi vierte sus fluidos negros y verdes al empedrado. Dos federales examinan ahora el taxi descompuesto y la camioneta, la cual sólo tiene una llanta ponchada y un faro roto. Uno de ellos se sube al vehículo y toma el radio. Otro se coloca el rifle sobre el hombro y camina hacia César, que está parado con el rostro volteado, tratando de evitar la luz cegadora de la linterna. El oficial lo cachea, pero no descubre su teléfono.

—¿Y tu cartera?

—Me la robaron —balbucea César.

—¿En serio? —dice el oficial—. ¿Y tu licencia también?

César dirige la mirada hacia el bolsillo de su camisa. Mientras el oficial se estira para sacarla, el que está parado detrás con la linterna dice:

—Revisen el coche.

Suena como mujer, pero es difícil saberlo con el casco y los *goggles* de militar. Un oficial en guardia se acerca al lado del pasajero y empieza a revisar la guantera y debajo de los asientos, levantando los tapetes.

—César Ramírez Santiago —dice el oficial junto a César, comparando la foto de la licencia con su rostro—. Un largo camino desde la Ciudad de México. ¿Qué te trae por aquí? —Grita el nombre de César y su número de licencia, para que su compañero en la camioneta lo repita por radio. En ese momento, el oficial que revisa el auto sale con dificultad y le entrega algo al hombre que interroga a César.

—¿Robada? —dice, sosteniendo la cartera de César. La abre y saca algunos billetes que se guarda en el bolsillo—. Necesitarás una recompensa más grande para recuperarla. —Después le da con el puño en el estómago, y puedo escuchar cómo le saca el aire—. ¿Qué hace un sabelotodo como tú en Oaxaca? ¿Vienes a armar más desmadre? La huelga terminó, maricón. Nosotros acabamos con ella.

César está doblado con los codos en las rodillas. Tose y balbucea algo sobre su papá.

—Éste no es su taxi —dice el oficial—. Pensé que habías dicho que vivías en la Ciudad de México.

César se levanta, sacude la cabeza y voltea al piso. El oficial saca algunas tarjetas de su cartera.

—Madre, ¿qué hace un campesino como tú en la UNAM? Pensé que eras taxista. —Le echa un ojo a otra tarjeta—. ¿Y qué demonios es SantaMaize?

—Probablemente la credencial es falsa —dice el oficial con la linterna. Veo que César mira de un lado a otro, como si intentara localizar de dónde viene la voz, pero la luz es demasiado brillante. Las mujeres federales no son comunes, pero logro ver la coleta de caballo debajo del casco—. ¿Eres daltónico? —pregunta, fingiendo examinar los ojos entrecerrados de César—. ¿O es que todo el mundo en la Ciudad de México se pasa los semáforos como tú?

César está parado ahí como si no entendiera lo que le están diciendo, y me pregunto si no se habrá golpeado la cabeza. Después, de manera muy suave, dice:

—¿Mande?

—Tus ojos —le dice ella—, quizá deberías ir a que te los revisen.

Otro auto da vuelta en la esquina, pero tan pronto como el conductor ve a los federales, cambia de dirección y se aleja. La mujer da un paso hacia delante y queda hombro con hombro junto al otro oficial y, sin advertencia alguna, le da un golpe con la linterna a César en la frente, lo suficientemente duro como para que su cabeza se sacuda hacia atrás.

—¿Qué haces en este taxi? —le pregunta al tiempo de dirigirle la luz directamente a la cara y acercarse tanto a él que podría besarlo—. Te hice una pregunta, puto.

Para César, la respuesta cambiaría todo el panorama. Pero en ese momento, yo no sabía en qué forma, por eso tengo que contarte sobre los semáforos. En Oaxaca hay de dos tipos, los de autos y los de personas. Los que son para los peatones están hechos de muchas lucecitas que juntas forman la imagen de un hombre que se mueve. Se trata de un hombre verde que camina, pero cuando el tiempo de caminar casi se acaba, el hombre verde empieza a correr, cada vez más rápido, hasta que de pronto se vuelve rojo y se detiene, como un hombre que espera o quizá, si tú lo vieras, como un hombre tirado en la calle. Con el rabillo del ojo, puedo ver el semáforo cambiando una y otra vez. En ese momento yo ya sé que César está metido en algún lío y ahora tiene que tomar una decisión —una especie de prueba— y según su respuesta decidirá si se convierte en el hombre verde o en el hombre rojo.

Escucho una sirena y aguanto la respiración, imaginando qué va a decir César y qué van a hacer los federales. En ese momento, veo que el oficial con la cartera de César voltea a ver la camioneta. Su compañero en la cabina sostiene el radio y asiente en dirección a mi amigo. El oficial se guarda la cartera de César en el bolsillo y extiende su mano para tomar las esposas. Puedo ver que César desplaza su peso de un pie a otro, volteando la cabeza hacia el taxi. Al principio, creo que me está buscando, pero no, busca sus llaves con la medallita de Juquila. A lo mejor está rezando, no lo sé, pero en ese momento ocurre un milagro.

Primero se escucha un grito y después —en la misma avenida Juárez pero un poco más adelante— una explosión. Todos los federales —quienes no olvidan la posibilidad de una emboscada— se hincan sobre una rodilla con sus armas apuntando a todos lados. César y yo estamos tan asustados que ni nos movemos y, entonces, por la esquina de Hidalgo, a una cuadra, aparece un mono de calenda gigante. Se trata de una mujer con chichis enormes y cabello amarillo, y después otro con la figura de Benito Juárez y otro más con pañuelo y cabello largo como Axl Rose, y todos son enormes como una casa y bailan por todos lados. Detrás de los monos, se escucha el sonido de una banda que comienza a tocar y también dobla la esquina: diez músicos con trompetas y trombones y tambores, también una tuba, y todos tocan para que la gente baile. Vuelven los gritos y las explosiones, pero para este momento nos queda claro que son sólo coheteros tratando de despertar a los dioses. «¡Otra calenda!», grita la mujer federal. Todos los demás se dan cuenta de que está en lo cierto, pues viene en procesión una calenda a santa María, por la fiesta de la Anunciación. Se trata de la congregación de una iglesia pequeña, no es una gran procesión, pero junto con ellos y los monos gigantes y la banda y los coheteros, también van las chinas oaxaqueñas, mujeres bailando en su ropa típica —faldas largas y listones en el cabello con blusas sexis y labios muy muy rojos—. Cada una de ellas lleva una gran canasta en su cabeza, llena de flores y adornos especiales. Pero en sus canastas también hay cosas secretas que no puedes ver —ladrillos y piedras—, pues entre más pese la canasta y más tiempo se baile, mayor es la devoción que se le demuestra a la Virgen. Mi mamá también hace esto, especialmente por la Virgen de la Soledad. Jamás creerías lo que carga, y por cuánto tiempo, pues la mayoría de las calendas empiezan a las ocho o nueve de la noche y terminan hasta el día siguiente. En todo ese tiempo se trasladan por la ciudad en un gran círculo que termina sólo cuando regresan a la iglesia de la cual partieron. Durante el recorrido, los monos y las chinas bailan, la banda toca y los coheteros se encargan de encender el cielo con luces como de barco que se hunde. Quizá para ti todo esto tenga la apariencia de una fiesta, pero en realidad es el baile de la esperanza en medio de la oscuridad, nuestra forma de decir: «¡Virgen, Santo, DIOS, por favor! ¡Estamos AQUÍ ABAJO! ¿No pueden VERNOS? ¿No pueden ESCUCHARNOS? ¡Por favor, no nos OLVIDEN!».

Son las mismas palabras que César le reza a la Virgen de Juquila junto al taxi descompuesto.

Pero la calenda no puede seguir toda la noche sin un poco de descanso y algo de comida, y eso es lo que sucede: al doblar la esquina, la gente se detiene en la calle de Hidalgo, sin música ni baile ni cohetes. Por supuesto que para ese momento ya están cansados, y a lo largo del camino se encuentran con amigos y familiares, quizá con los parroquianos de otras iglesias, que saben de qué se trata y les dan tortas con queso y frijoles, cerveza y refresco, para que puedan seguir. Y siempre hay mezcal.

A lo mejor puedes imaginártelo: cientos de personas, algunas veces muchas más, tomando mezcal y bailando pasada la medianoche. Los zapotecos han rezado de esta manera durante dos mil años, y ésta es quizá la razón de que, cuando terminan de descansar, dan la vuelta en Juárez y se encuentran con los federales. Inmediatamente saben lo que está sucediendo, pues es una historia que se saben de memoria: siempre hay un hermano o un padre o un tío que tiene problemas con la policía. Nadie quiere a la policía, especialmente la de este tipo, y no se te olvide que estas personas son zapotecos. Algunos de sus pueblos jamás fueron conquistados por los aztecas. En ese momento, con santa María y el Señor Mezcal a su lado, ¿quién puede detenerlos? De esta manera, todos juntos se desplazan por Juárez, llenando la calle mientras el sonido que los acompaña se vuelve cada vez más fuerte y los federales se ponen nerviosos, voltean a verse entre sí, sin saber en dónde poner sus dedos, hasta que dos de ellos dan unos pasos al frente, con sus armas en la cintura. «La calle está cerrada —dice uno—. ¡Regresen por donde vinieron!».

Es un momento peligroso. La procesión sobrepasa en número a los federales, y la gente no se detiene. La mujer oficial no le quita la vista a César, pero también debe ver la calenda y a sus propios hombres. Todo el mundo dirige la mirada hacia los monos, pues es imposible no hacerlo. Son gigantes que miden seis metros de alto, increíblemente vistosos en sus colores y en sus formas. Muchas personas hacen los suyos como se les antoja. El señor Cacahuate es mi favorito, y cuando estás dentro del mono, hasta atrás de tanto mezcal, como que dejas de ser tú. Eres algo más, pues qué es en realidad el mono sino un tipo de espíritu, una indumentaria vacía sobre un armazón de bambú. Para alguien así, las balas no pueden hacerle más daño que a un fantasma o una nube. De manera que los monos siguen acercándose, girando en círculos con sus largos brazos ondeando y sus cabezas gigantes asintiendo para acá y para allá, como si saludaran a todos en las casas que empiezan a abrir sus persianas, a los pájaros en los árboles, a las estrellas en el cielo y a las antenas de radio que parpadean más allá de la ciudad, en el cerro del Fortín.

El mono que va vestido de mujer con pelo amarillo sigue parado enfrente, y sus chichis son incluso más espectaculares de cerca, rebotando debajo de su vestido rojo, globos de helio llenos de amor del mono que baila. Al mismo tiempo, Benito Juárez —nuestro gran héroe y libertador, el mono MaxiMex— se agacha como si estuviera inspeccionando a los dos federales que están debajo de él y preguntándoles algo así como: «¿Saben de quién es esta calle?».

Entre los monos aparece el hombre del mezcal con su gran botella sin tapa, pues quién sabe dónde se le habrá quedado. En el hombro lleva una bolsa de malla y dentro hay unos tubos de bambú tan largos como un dedo. Éstos son los vasos para el mezcal y saca unos para ofrecerles a los federales, que son hombres y mujeres serios, pero también jóvenes, y hasta la policía puede ser creyente, tal vez algunos son zapotecos. Es difícil permanecer enojado en una situación así; después de todo, las noches en la camioneta pueden ser largas y aburridas. Pero ésos son los pensamientos que llevan por dentro y sus armas las llevan por fuera, todavía en la cadera y apuntando al corazón de la calenda. Así es como confrontan a los monos y al hombre del mezcal, quienes se detienen en la cuadra como a veinte metros de César y de mí. Por la calle siguen llegando las chinas oaxaqueñas y los músicos, y ahora todo el mundo se amontona detrás de los monos y se extiende por las banquetas. El aire se siente cargado de humo y música y cohetes que salen disparados y se mezclan con el sonido de las imitaciones que hacen algunos de los hombres. El ruido es como el de veinte petardos disparados al mismo tiempo.

César está parado a un lado del taxi, observando todo esto como si estuviera en trance, y yo me encuentro a un par de metros detrás de él. Sopla un viento suave, y con él llega el olor del humo y el sudor y los lirios y el mezcal. Es en ese momento cuando Axl Rose, que no ha dejado de girar, se tropieza en la banqueta. Es un mono alto y se derrumba como un árbol. Cuando finalmente se da contra el piso, bloquea casi toda la calle como si fuera una barricada, y su pañoleta gigante de papel maché se va rodando y deja a la vista sólo esa mirada demencial hecha de pedacitos de espejo, que atraviesa el revoltijo de estambre naranja. Todos vitorean al mono caído y otro cohete sale volando. Después, una vez más, el semáforo cambia y el hombre rojo se vuelve verde y, casi a gritos, alguien comienza a cantar *Sweet Child o' Mine*.

Ésta es la señal de César. Juquila lo ha escuchado.

El hombre verde corre y también lo hace César —por su vida— sobre la banqueta y hacia la calenda. La mujer federal empuña su arma, pero hay tanta gente que mejor decide gritar. Los dos federales van detrás de él, pero Axl Rose todavía está rodando y el revoltijo de bambú y ropa gigante estorba su paso —sólo por un momento, pero es suficiente—. Ahora todos ven a César, señalan y gritan, y después yo también salgo corriendo detrás del taxi y la camioneta hasta el otro lado de la calle y hacia la multitud. Cuando los dos federales pueden cruzar, César ya llegó a la esquina y yo he dejado la calenda como unos veinte metros atrás. César mira de reojo una vez más y uno de los federales se detiene para apuntar su arma. Se escucha el chiflido de un cohete y después un disparo. Hay una nube de humo por la explosión cuando el cohete estalla arriba de la calle, y una nube de polvo cuando la bala le pega a la pared de adobe junto al hombro de César. Pero él no lo nota, y es más veloz de lo que parece. Juquila está con él, así que dobla la esquina rápidamente. Todos los federales nos persiguen ahora, pero la banda enloquece, tocando muchas canciones a la vez, y los que bailan entorpecen el paso. El federal que disparó voltea y me ve del otro lado de la calle, pero el miedo te hace más rápido y logro llegar a la esquina. Se escucha un disparo más, y después sólo gritos, música y cohetes.

César va delante de mí, corriendo, y parece saber hacia dónde dirigirse. Él desaparece a través de una reja abierta, y yo lo sigo por un patio, una higuera y la pared de una casa abandonada. Trato de alcanzarlo, pero es rápido y yo llevo una desventaja como de media cuadra. Llegamos a Guerrero y nos encaminamos a Bustamante y al mercado 20 de Noviembre. Escucho más sirenas, pero César tiene alas en los pies —después me confiesa que las llega a sentir— y Juquila lo protege con su pequeño manto. Los autos de los policías aceleran y pasan como a una cuadra, y todo el tiempo nos movemos en dirección suroeste, porque César sabe a dónde debe ir. Durante diez cuadras nos desplazamos así, invisibles, hasta que César ve un taxi. Por el chiflido y las señas con las manos, me doy cuenta de que conoce al conductor, y lo siguiente que hace es saltar en la parte trasera. Está por cerrar la puerta cuando yo llego y la jalo para volverla a abrir.

—¿Qué carajos haces aquí? —dice.

Pues ésa también es mi pregunta.

—¡Vete de aquí! —grita.

—¡No! —le contesto—. ¡No puedes abandonarme aquí!

Él intenta empujarme, pero me aferro al asiento delantero, no me suelto del respaldo y el que empieza a gritar es el conductor.

—¡No quiero peleas en mi taxi o los dos se salen!

Bueno, César tiene más ganas de huir que de pelear.

—¡Abastos! —dice—. ¡Pronto! Pero por vida tuya no te pases ningún alto.

Entonces el taxi avanza y yo cierro la puerta y los dos tratamos de recuperar el aliento. Volteo para ver si distingo a la policía, pero César empuja mi cabeza hacia abajo. Después de más o menos un minuto sin sirenas, César suspira por largo rato y voltea a verme.

—No puedo creer que lográramos escapar de esos hijos de la chingada.

—¿Por qué corriste?

—Habría sido peor si no lo hago. Es peligroso estar cerca de mí en este momento. Cuando lleguemos al mercado, tienes que bajarte.

Jesucristo, qué demonios…

7

Se escuchaba pleito en la parte de adelante. Por el acento, eran los nicas quienes habían empezado. Creo que sólo tenían una botella de agua para los dos y cuando trataron de que la panadera michoacana les diera una, no quiso. Entonces la insultaron y el hombre con cara de bebé y su amigo dijeron que también eran de Michoacán, y amenazaron a los nicas. Nadie puede ver nada aquí dentro, pero uno de los nicas siguió sus voces y dio un puñetazo en medio de la oscuridad. Escuché que alguien gruñía y maldecía, y creo que el hombre con cara de bebé o su amigo agarraron el brazo del nica y le hicieron algo, pues escuché un sonido como de palo mojado tronándose, y el nica gritó y maldijo durante mucho tiempo.

¿Cómo puede ser el Infierno peor que esto?

Pero ahora todo se ha tranquilizado, y no puedo pensar más en ellos. Sólo en César y la historia.

Nos dirigimos a la zona de la ciudad a la que ningún turista querría ir. No hay cafés ni plazas hermosas alrededor de la Central de Abastos, sólo cemento roto y metal laminado, carros descompuestos y burdeles y tiendas de ropa china, y ni un solo árbol a la vista. Es una Oaxaca paralela en donde la gente como yo vive cuando nos mudamos a la ciudad. Ahí hace mucho calor durante el día, pero ahorita ya está oscuro y la noche se extiende húmeda y vieja a nuestro alrededor. Incluso en el piso del taxi, donde los dos parecemos sardinas, reconocemos el rumbo. Distinguimos el lugar por los olores que entran por la ventana —como el del chocolate de ayer en los molinos en Mina— y también por el traqueteo de las ruedas que cruzan las vías del ferrocarril en Mier y Terán, la gran vuelta a la derecha en Mercaderes y la siguiente a la izquierda en Cosijopi. Puedo ver que César sonríe para sí.

—Conduces como un profesional —le dice al chofer.

—Por supuesto —contesta su amigo, sin preguntarnos qué hacemos allá atrás escondidos. Él sabe lo que necesita saber. Algunas veces suceden estas cosas.

César después me dijo que en ese momento se sintió más libre que nunca, como si flotara. Quién sabe lo que le habrían hecho los pinches federales si lo hubieran atrapado y hubieran descubierto quién era, pero gracias a la Virgen de Juquila bendecida pudo escapar de esos pendejos. Era más pronto de lo previsto, pero sabía qué hacer.

El taxi se para en el lado oeste de la Central de Abastos, cerca del río, o lo que queda de él. Ni siquiera son las cuatro de la mañana, pero los primeros camiones que vienen de la costa empiezan a entrar con pescado y naranjas, conchas marinas y cocos, quizás algún pedido especial de huevos de tortuga escondidos en el vientre de un atún, o un cráneo de cocodrilo con todos sus dientes. Y desde el sur vienen con café y mangos, chocolate, iguanas y huipiles de terciopelo; de la Sierra, con lirios de agua, carne de res, alfarería llena de cicatrices del horno, quizás incluso la piel de un jaguar. Del norte llegan con monturas de caballo o yugos para el arado, hechos a mano con el tronco de un árbol. Quizá necesites un buey para el yugo, un burro, una cabra, algunos guajolotes o pajaritos que canten. Quizá maíz, mole, mezcal, vainilla, gusanos o chapulines —sí, ésos son grillos, amiga— grandes o pequeños, como los quieras. Las señoras de los pueblos los atrapan en el pasto, mis abuelas lo hacían.

Y, si tienes suerte, habrá huitlacoche, el hongo del maíz que hace explotar las semillas, y con un pedazo de bistec sabe de rechupete. Todas las cosas famosas de Oaxaca las puedes encontrar en este mercado, y la mayor parte de otras cosas también, incluso La Última Cena, no la pintura sagrada que cuelgas en la pared, sino el veneno para ratas. Ni siquiera las megatiendas en Gringolandia tienen tales cosas, y los precios son mejores, pero sólo si regateas.

La Central de Abastos es una paradoja, pues ahí puedes encontrar lo que sea, pero también puedes perder a quien sea, y ésa es la razón por la cual a César le gusta visitar el lugar. La Central es el mayor mercado en el estado de Oaxaca y es un laberinto, no se sabe qué hay en el centro o dónde está ese centro. Puedes vivir toda tu vida ahí, de hecho algunas personas lo hacen. El lugar puede ser turbador para un güero o un campesino no acostumbrados a tanta gente y tantas cosas en un solo lugar. Hay todo tipo de gente: zapoteca, mixteca, mazateca, trique, huave, chinanteca. Hay rostros y vestimentas variados, dialectos y productos antiguos: copal, cochinillas, papel amate para atar medicinas, hierbas o semillas, hongos e ingredientes mágicos con artículos de brujería —como picos amarillos de tucán o pata negra de changos—. Todo esto puedes encontrarlo en los puestos junto a figuras de acción del Undertaker y Blue Demon, o una estatua de la santa Muerte, navajas para los gallos de pelea y todo tipo de mezcal. Aquí hay magia para todos.

Para César, es la magia de la desaparición, pues escapar de los federales no es cualquier cosa. Estos tipos no te olvidan, te cazan como perros y, si no te encuentran, dan con tu familia. El taxista se estaciona en el mercado, más allá de los camiones de reparto, abriéndose paso debajo del techo con retazos de plástico, lona y viejos carteles de cerveza Sol y Corona. Ahí se detiene con el motor aún andando.

—Arriba.

César levanta la cabeza para ver dónde está, y con el cabello desordenado y algo de cautela en la mirada me recuerda al muchacho de la escuela, cuando llegaba tarde a clase. Pero el momento pasa rápidamente y cuando está por bajarse el calcetín para tomar un billete, el conductor sacude la cabeza.

—Para la próxima.

—Claro, caballero —le dice César dándole una palmadita en el hombro.

Después sale del taxi y desaparece en el laberinto. Yo lo sigo, sin saber exactamente por qué, pero sé que también tendré que esconderme durante algún tiempo.

—¿Adónde vas? —pregunto detrás de él.

—A encontrar un vestido para Juquila —dice sin voltear—. Ella me salvó anoche. Fue un milagro haber salido de ésa. Ella también te salvó a ti, cosa interesante.

—¿Lo crees?

—A lo mejor tiene un plan para ti.

—¿Qué tipo de plan?

—¿Cómo voy a saber? —dijo—. Ahora tienes que irte.

—¿A dónde?

—Ése no es mi problema.

Corro para seguirle el paso al tiempo que se escurre por el mercado oscuro, a través de pasillos angostos entre mesas y puestos cubiertos, agachándose para esquivar las cosas que cuelgan por encima —piñatas, canastas y bolsas de cuero, un triciclo de plástico, vestidos para la primera comunión—.

—Yo no era quien manejaba el taxi —le digo—. Y tú te escapaste. Nos vieron a los dos, así que no puedo quedarme por aquí.

Jamás había visto a César quedarse sin respuesta, pero permaneció en silencio después de mi reclamo, caminando y maldiciendo en voz baja.

—Nada está abierto. Voy a tener que esperar.

Es una decisión peligrosa, pero César la toma porque Juquila es la virgen del lugar y no va a encontrar un vestido de su tamaño —hecho sólo para ella— en ningún otro sitio en México. Cuando pasa debajo de una luz en el mercado, se da cuenta del polvo que trae en el hombro derecho, polvo de adobe mezclado con yeso.

—Otro milagro —dice, sacudiendo la cabeza y persignándose.

Después voltea hacia una esquina oscura, encuentra una mesa con una tela encima y se esconde debajo. Yo también me arrastro para esconderme debajo de la mesa que está al lado. Siento que César me trae mala suerte, pero no sé qué más hacer.

—Cuando encuentres su vestido —susurro—, ¿a dónde irás?

—Eso no te importa. Ahora déjame en paz.

No sé cómo lo hace, pero en cinco minutos se queda dormido. Puedo escucharlo respirar como a un metro, profunda y rítmicamente en la oscuridad, y eso me hace sentir más tranquilo.

En algún momento después del amanecer, alguien me despierta con una patada. Al principio, siento confusión y miedo, aunque después me alegro porque el pie que me patea no tiene una bota y pertenece a una viejita. Pero ella no está contenta y también patea a César.

—Esto no es un hotel —dice—. Levántense.

—Lo siento, doña —dice César—. Necesito comprar un vestido para la Virgen Juquila.

—Eso no es cierto —contesta—. Necesitas irte a casa a que se te baje la borrachera. Ahora váyanse de aquí, que estoy ocupada.

Nos arrastramos por debajo de las mesas y, al salir, estamos completamente rodeados de flores —rosas, aves del paraíso, gladiolas, manojos de orquídeas de la Sierra—. La cantidad y la cercanía de las flores me recuerdan a mi abuelo —su tumba— y siento una opresión en el pecho. César ya se adelantó, abriéndose paso por el mercado, que para ese momento ha despertado por completo. Él no voltea hacia atrás, pero yo lo sigo. Escucho que pregunta por las señoras que le hacen ropa especial a la Virgen de Juquila. Por el olor de la carne, me doy cuenta de que estoy hambriento cuando un hombre con una bata ensangrentada y una pata de vaca al hombro nos da un empujón para pasar. Estamos entre los carniceros. Es temprano, de manera que la carne se amontona en los estantes y cuelga de los ganchos: trozos de carne asada, salchichas como cuentas unidas con hilo de cáñamo, panza, pilas de cabezas de cabra que miran ciegamente, pirámides de gallinas que bloquean el pasillo con sus patas amarillas. Cuando César pasa por un puesto de jugos, compra un litro y se lo va tomando por el corazón del mercado hasta el extremo más lejano, que está más cerca de las vías del tren y del centro. Llegamos a una sección de ropa, así que vuelve a preguntar por las señoras de Juquila y lo mandan con una jovencita zapoteca en jeans y una playera llena de diamantes falsos, que lee una revista de moda y escucha su reproductor MP3 con unos audífonos pequeñitos.

—Disculpa —dice César—, ¿anda tu mamá por aquí?

—¿Mande? —dice la muchacha, sacándose uno de los audífonos.

—Tu mamá, ¿anda por aquí?

—¿Quién eres?

—Nadie. Necesito un vestido para Juquilita.

—¿Por qué no me lo dijiste?

El puesto de la chica está hecho de barras y rejas de metal ligeras que la rodean, como una jaula gigante. En cada barra hay ganchos con playeras y blusas de colores vivos, cubiertas de pequeñas flores bordadas. La muchacha apunta a sus espaldas con el pulgar y, hasta atrás, en lo alto, vemos una fila de vestidos pequeños —en tallas más chiquitas que las de un bebé— cubiertos de una capa de polvo.

—Eso es todo lo que nos queda —dice la chica—. Desde ahora hasta noviembre.

César escoge el más llamativo, uno de color verde claro con hilo dorado. La chica lo baja con una vara larga, le da una sacudida y se lo entrega a César.

—Quinientos —dice.

Uno puede comprarse hasta cinco camisas con esa cantidad de dinero, pero César ni siquiera se molesta en regatear. Él se hinca, saca unos billetes de su calcetín y le paga. Después dobla el vestido en uno de los bolsillos de su chamarra y se abre paso a través del mercado en dirección al río, asegurándose de tomar un camino distinto. Aunque es más difícil encontrar un taxi en la parte trasera del mercado, es peligroso estar cerca de la entrada. Siempre hay policías por ahí. Sigo a César al exterior, en donde le pregunta a la gente sobre los colectivos que van en dirección norte. Me paro un tanto alejado de él, y me ignora. Después de unos minutos de espera, una minivan se aparece y él se apretuja en la parte de atrás con trescientos kilos de monjas que van a Nochixtlán. Yo agarro el último asiento libre, uno que está detrás del conductor. Puedo darme cuenta de que César está enojado, ¿pero qué puede decir en medio de todas esas monjas?

El conductor se espera para cobrar hasta que sale del tráfico de la ciudad y vamos en la carretera. Éste es un momento difícil para mí, pues sólo tengo diez pesos. También me muero de hambre. Tengo la esperanza de que el conductor no se dé cuenta de mi presencia, con todas esas monjas, pero lo hace, y después de que todos han pagado me voltea a ver por el espejo retrovisor y alza las cejas.

—¿Qué no pagó por los dos? —le digo, mientras señalo a César con el pulgar. Volteo y César me lanza una mirada fulminante, como de «¿qué chingados haces?».

—Ahorita estaría durmiendo en casa si no fuera por ti —le digo. César está furioso, pero las monjas voltean a vernos y él lo último que quiere es llamar la atención.

—Cincuenta y cinco —dice el conductor.

—Te lo voy a pagar —le digo a César.

Sin mirarme, César pasa el dinero al frente y después voltea a ver las rocas grises y las colinas desnudas y terrosas de la Mixteca, un desierto comparado con nuestra verdísima Sierra.

Nos bajamos a las afueras de Nochixtlán, ambos permanecimos atentos por si veíamos federales o a la policía, pero no había nada, sólo camiones de carga y autos. Estábamos en el corazón de la Mixteca, a dos horas al norte del centro, y en las colinas a nuestro alrededor prácticamente no había árboles. El camino era ancho con muchos baches y poca sombra, y en ambos lados había vulcanizadoras con autos y camiones sin llantas, elevados con gato o piedras amontonadas. Eran sólo las diez de la mañana, pero el viento ya estaba caliente, y olía a caucho y basura y carne en la lumbre. César cruzó del otro lado hasta una taquería y le pidió a una señora memelitas al pastor, algo que definitivamente me habría gustado comer a mí. Había dos mesas de metal con sillas plegables a su alrededor, y ahí fue donde César se sentó y esperó bajo el sol calcinante, sin sombrero que lo protegiera. Cuando el hijo pequeño de la señora trajo tres memelitas a la mesa, esperé hasta que César se acabara una. Después crucé el camino, me senté a su lado y le agradecí por pagar mi pasaje, pero él ni siquiera volteó a verme.

—¿Por qué me andas persiguiendo, güey? Ya tengo suficientes problemas.

—¿Qué querías que hiciera? —le dije—. ¿Esperar otro taxi?

César no contestó, y le dio una mordida a la segunda memelita. Había sudor en su frente. En la mesa, había un plato con servilletas y dos cazuelitas de barro con salsa verde y roja, tan brillantes y redondas como las luces del semáforo. Las moscas nos rodeaban, aterrizando en todos lados, incluyendo las cucharas. Cuando eligieron el plato de César, no las espantó.

—¿Me recuerdas? —le pregunté.

César miraba hacia el sur, hacia la ciudad.

—Eres el chico que me pidió prestado mi libro de *Los detectives salvajes* y nunca me la devolvió. ¿Tino? ¿Nico?

—Tito. Todavía la tengo.

—No mames. ¿Lees tan lento?

Se acabó la segunda memelita. Eran pequeñas, y vio que lo observaba. Le echó un ojo a la última y empujó su plato hacia mí.

—Y sigues gorroneando.

—Sí, por ahora, pero tengo algo de dinero en casa. Lo he estado ahorrando.

—¿Para qué? ¿Taxis y memelitas?

Mi boca estaba muy llena como para contestar, de manera que negué con la cabeza.

—Para la universidad —dije—, pero mi papá dice que debería irme al Norte.

César llamó al mesero y pidió dos cocas. Yo saqué mi moneda de diez pesos y la puse sobre la mesa, pero César la ignoró. El niño trajo dos botellas, las abrió y las puso frente a nosotros. César le dio un trago largo, y después se inclinó hacia delante en su silla y me miró directamente a los ojos. Ésa fue la primera vez que vi su miedo y también lo cansado que estaba.

—Necesito irme del país —dijo—. Inmediatamente.

Cuando escuché esto, me sentí más preocupado por César que por mí.

—¿Qué pasa? —le pregunté.

—No es sólo el taxi. Eso es lo único que puedo decirte.

—Iré contigo.

Me sorprendió lo rápido que salieron esas palabras. También César se sorprendió y apoyó la espalda sobre la silla.

—Pues bueno —dijo—, nos vieron a los dos, ¿no es así? Y ambos corrimos.

César dejó caer la cabeza, meneándola de atrás para adelante, como un burro tratando de abrirse camino bajo una cerca.

—No entiendes —le dije—. Mi papá ha estado chingándome desde hace años para que me vaya pa'rriba. La mayoría de mis amigos ya se fueron. Lo hará muy feliz verme partir.

César le dio otro trago a su coca y se talló los ojos.

—Podría ayudarte —dije.

Levantó las cejas y me barrió con la mirada.

—No lo creo.

—Mi papá tiene un contacto.

—Todo el mundo tiene un contacto.

—Es don Serafín.

César resopló como burlándose.

—¿*Tu* papá conoce a don Serafín?

—Trabaja para él todo el tiempo —le dije.

César se sentó derechito en la silla.

—¿Don Serafín puede conseguirte un buen coyote?

—Si mi papá se lo pide, sí.

Don Serafín es lo que conocemos como cacique, un chingón rico y poderoso con muchas propiedades e influencia, alguien que puede desencadenar una guerra si se le antoja. Antes de la llegada de los españoles, ya había caciques, y siguen existiendo. Don Serafín es zapoteco, pero su bisabuelo era medio español, un hacendado con mucha tierra al este del centro. Ahora, en ese lugar, su familia cultiva agave para hacer mezcal. A gente como mi papá, don Serafín le encuentra trabajo, le presta dinero, le concede algún favor, le da consejo. A cambio, mi papá le es completamente leal y hace lo que él le pida.

—Si le vas a hablar a tu papá, supongo que vas a pedirme prestado el teléfono —sonrió un poquito—, junto con mis libros y mi dinero y mi comida.

—Tengo mi propio teléfono —le dije.

Después nos reímos, y ésa fue la primera vez que lo escuché hacerlo desde que estábamos en la escuela.

—Nomás no menciones mi nombre.

Cuando mi papá contestó, estaba mezclando cemento. Al principio se molestó, pero cuando le dije que estaba listo para irme al Norte, se sorprendió mucho. Le dije todo lo que pude de la verdad; que tenía un pequeño problema con la policía, pero le juré por la virgencita que no era mi culpa, y que ésa era la razón por la cual no podía regresar a casa a despedirme. Supongo que se dio cuenta de que no estaba soltando toda la sopa, pero él también se ha visto en esa situación y no me presionó. Debes entender una cosa, mi papá ha tenido este sueño desde que yo era niño. Sobre todas las cosas, ha querido creer que se convertirá en realidad, no sólo por mí, sino también por él.

César encontró un patio con algo de sombra cerca de la parada del camión, y esperamos con una cerveza a que mi papá volviera a llamar. César no sacó su teléfono ni una sola vez, y cuando el mío sonó al ritmo de *Back in Black* irrumpiendo en la serenidad de la tarde, se sobresaltó.

—Bueno —dijo mi papá—. Lo consulté con don Serafín y estuvo de acuerdo en ayudarnos, pero debes entender que es un favor especial que nos está haciendo, al prestarnos tanto dinero. Debes prometerme que lo vas a pagar tan pronto como puedas, y no puedes olvidarte de los intereses. Sería muy malo para mí, para la familia, si tiene que venir a cobrarme.

—Te lo prometo, papá, tan pronto como encuentre trabajo. El tío me ayudará.

Era evidente que mi papá estaba nervioso.

—Dejó que me sentara en su auto, Tito. Es la primera vez en todos estos años.

Yo he visto los autos de don Serafín en el centro. El nuevo es un BMW 760. En todo Oaxaca, sólo hay dos o tres como ése. Para alguien como mi papá, es todo un honor sentarse en un coche así, pero también una carga. El problema con el favor es que siempre llega el día de devolverlo. No puedes saber qué te van a pedir ni cuándo tendrás que hacerlo, pero si la solicitud viene de un gran chingón como don Serafín, dolerá y no podrás decir que no. Fue entonces cuando sentí miedo por mi papá y no supe qué decir, entonces le pregunté cómo era el carro.

—Si Pancho Villa estuviera vivo hoy —dijo—, su auto sería como éste. Cada asiento es un trono. Y cuando llamó a su hombre, Lupo, ¡el auto se convirtió en un teléfono!

Después de esto, mi papá me dijo a dónde ir y cómo encontrar a este Lupo. Yo se lo agradecí, pero no era suficiente.

—Espero que algún día regreses —dijo—, pero no hasta que haya una razón para tener esperanza. Los Ángeles es lo mejor para ti, yo creo. Le diré a tu tío que vas para allá. Tu mamá va a estar preocupada; llama cuando puedas. Suerte y que Dios te acompañe.

8

El tiempo, tú sabes. Los minutos. Cuando mi abuelo era joven, no sabía lo que era un minuto, porque en zapoteco no hay minutos, sólo días y estaciones y cosechas. No estoy seguro de lo que son los minutos ahora. Pero sé que importan, especialmente cuando tratas de contar cuántos te quedan. Y esto no lo sé. Somos muchos aquí, AnniMac, pero nunca hubo un plan para algo así, todos reaccionan pensando en sí mismos, dándose por vencidos o aferrándose a alguna esperanza secreta, de la misma manera en la que se aferran a sus crucifijos o a las botellas de agua o a los celulares.

Sin agua, a lo mejor aguantamos otros dos días aquí dentro, si nos mantenemos callados y no nos truena el golpe de calor; quizás un poquito más si bebemos nuestra orina. Alguien tiene que encontrarnos para ese momento. Necesito creer esto porque ya casi se me acaba el agua. La hice durar más de cuarenta horas. Es más fácil cuando no te mueves, cuando respiras este aire que está tan húmedo, incluso si huele a cloaca. Es más fácil cuando imagino que es mi abuelo quien sostiene la botella, diciendo: «Sólo una probadita cada hora». El calor te pone tonto y enojado, y la sed puede hacerte enloquecer, así que tienes que llenar tu mente con algo más, algo que sea más fuerte. Para mí, es mi abuelo, el papá de mi papá. Aunque en realidad no era su padre, la relación con mi abuelo siempre fue más fuerte que una de sangre.

El único medio de escape es la mente, de manera que ahí es adonde voy, intentado descansar y respirar sólo a través de mi nariz para no perder demasiada agua. Cuando bebo es sólo una tapa a la vez, y mantengo el trago en mi boca tanto como puedo. Después imagino la voz de mi abuelo para que me transporte lejos. Creo que no dormí anoche, pero soñé muchas cosas y mi abuelo estaba ahí también. Se llamaba Hilario Lázaro, por un santo y la familia española que alguna vez fue dueña de la tierra que rodea nuestro pueblo. A esto, mi abuelo decía: «¡Hilario! ¡El Dios español es un bromista cósmico!». Mi abuelo también era bromista, un tipo gracioso, y cuando tomo entre mis manos esta pequeña cabeza de jaguar, siento que está conmigo.

En mi sueño, afilaba su machete. Es algo que hacía muchas veces al día, hasta que murió el año pasado. No puedo decir que era un buen cristiano, pero sentarse a afilar era para él como contar las cuentas de un rosario, y funcionaba muy bien. Le sacaba tan buen filo que podía rasurarse con el machete, y cortar un hueso de buey en el aire.

—¡Aviéntalo así! —me decía en zapoteco, y me mostraba cómo hacerlo para que el hueso flotara ahí, frente a él. Después tomaba su machete con las dos manos y decía—: ¡*Lédá*! —Yo aventaba el hueso para arriba y había un momento en el que se quedaba flotando y esa hoja del machete era sólo luz que cantaba en el aire ¡y *ya*!, dos huesos caían al suelo.

—¡Abuelo! —le decía—. ¡Puedes jugar para los Guerreros!

Se reía y hacía cantar al machete de nuevo.

—Sólo si quieren tener dos bolas de beisbol.

El abuelo era todo un campesino, el tipo de trabajador que quizá no tienen en el Norte. Él era incluso más bajito que yo y las plantas de sus pies eran tan gruesas como llantas de coche. Las arrugas de su rostro eran tan profundas que no podías ver el fondo, y su nariz era una montaña oscura que se erigía por sí misma. Él siempre me pareció viejo, pero cuando era pequeño, si te atrapaba con la mano, no había manera de escapar, sin importar cuánto te retorcieras. Trabajó toda su vida en la milpa que él solito preparó en el bosque, en la cual plantó maíz y frijoles, calabaza y chile, y muchas otras plantas. Desde fuera parece sencillo porque sólo ves el maíz creciendo, o quizá los frijoles que suben por los tallos muertos y doblados, pero dentro es una pequeña jungla, un mundo de plantas conectadas entre sí. Es un sistema complicado y toma mucho tiempo conocerlo. Yo sólo lo comprendo a medias.

El pueblo en el que nací está construido en la cima de un monte y llegas a él por un camino sin pavimentar que sale de la carretera. En un día soleado puedes ver, hacia ambos lados, distintos valles con sus ríos y sus verdes montañas. Cuando yo era niño y mi papá no estaba, iba con mi abuelo a la milpa y, tras la quema del viejo esquilmo del maíz, plantábamos juntos el nuevo. El abuelo se metía primero con su machete, golpeando la tierra para hacer un hoyo, y yo lo seguía, tomando las semillas de la pequeña bolsa que mi abuela hizo para mí, soltándolas en los huequitos y apilando la tierra encima. Era un buen trabajo para manos pequeñas, y juntos llevábamos un ritmo regular, de acá para allá, a través de las hileras, desde la parte de abajo hasta la punta de la milpa, y debo decirte que la pendiente era empinada, tanto que casi no se podía arar.

Cuando el sol daba de lleno, nos sentábamos bajo una palapa, con sopa y tortillas, y a nuestro alrededor sentíamos el aroma del humo y las gallinas y la tierra quemada. Si teníamos suerte, veíamos un arcoíris o un águila en pleno vuelo allá abajo. En días así, yo le preguntaba a mi abuelo cómo es que algo tan pequeño como una semilla de maíz podía crecer tanto y alimentar a tantos, y él me decía: «Es el dios que está dentro quien lo hace, *Pitao*. Algunos dicen que hace mucho tiempo, *Pitao* nos hizo del maíz. No sé si eso es cierto, pero lo que sí sé es que sin el maíz, no existiríamos y, sin nosotros, el maíz no existiría. ¿Y si nos separan? Nos convertimos en cosas distintas, perdemos nuestra fuerza, nuestro entendimiento de lo que somos».

Al abuelo le gustaba la noche e incluso después de un largo día de trabajo se quedaba despierto cuando ya todos estaban dormidos. Le gustaba fumar una pequeña yerba, escuchar los sonidos de la noche y contemplar las estrellas que, me parece, antes eran más. Él podía hablar como una lagartija y trató de enseñarme en varias ocasiones: «Pon el lado izquierdo de la lengua junto a tus dientes y succiona fuerte. ¿Puedes escuchar ese sonido hueco como de chasquido?». Pero yo jamás lo hice bien. Lo intentaba y el abuelo me decía: «Ay, no, ¡ahora insultas al animal! Es así». Y las lagartijas respondían. A él siempre le gustó más la oscuridad.

Una vez mi mamá le trajo un kilo de naranjas del centro. Las naranjas no crecen en las montañas donde vivimos, y se las comió con todo y la cáscara. No porque fuera ignorante, sino porque creció en la época de la Revolución sin un padre, y nunca olvidó lo que era tener hambre.

Al menos una vez a la semana, mi abuelo se iba con su burra a la montaña, a cortar leña para cocinar. Esa burra todavía está viva y es más vieja que yo. Cuando vives cerca de esos animales durante largo tiempo, se vuelven parte de tu familia. Aprendes a reconocer todas sus mañas, y ellos también las tuyas, pues en el campo hay mucho tiempo para observar. Uno de los pequeños trucos de Isabel es que te muerde el trasero cuando no estás viendo. Es un juego para ella, pero duele como el carajo. Mi abuelo se ponía a las vivas y ella casi nunca pudo morderlo, pero una vez lo hizo y fuerte, así que la agarró del labio, se lo retorció y muy cerca de ella, le dijo: «¿Qué te pasa, burra mala? ¿Crees que ahora eres un lobo? Pues mira bien, yo soy un jaguar». Sus ojos brillaban. Ella siempre trabajó duro para él y él nunca se montó en ella por los caminos inclinados, como muchos otros lo hacen.

Un domingo, mucho antes de que yo naciera, el sacerdote se acercó al abuelo para pedirle el diezmo, pero él se rehusó a darle el dinero y le dijo ahí mismo, en la iglesia, que los dioses a los que él servía no le piden pesos. Muchos no estuvieron de acuerdo con esto y la esposa del mayordomo lo acusó de ser brujo. Hay un brujo en nuestro pueblo, pero no es mi abuelo. De todas maneras, no importó. Desde ese momento, cuando el consejo municipal decidía quién tenía permiso de cortar leña o recibir el agua para la milpa, el abuelo siempre estuvo al final de la cola, y lo mismo pasó con mi papá. En el pueblo, uno carga los pecados de la familia, y la carga de mi padre era más pesada que la de la mayoría.

Si ahora visitaras mi pueblo y le preguntaras a alguien qué hora es, probablemente extendería su brazo al cielo, y con la mano apuntaría al ángulo trazado por el sol. Si le dices que está equivocado, probablemente escucharías lo siguiente: «Nosotros seguimos las horas de Dios, no las del diablo», a veces con una sonrisa, pero otras no. Cuando yo era joven, no se veían muchos gringos, y cuando los veíamos eran sólo evangelistas, como si necesitáramos más dioses. Los aleluyas eran altísimos y blancos, tenían el pelo color de perro y los ojos de cristal; mi hermana y yo nos atrevíamos a mirarlos sólo desde lejos. Algunas veces nos llevaban bolsas con ropa vieja y zapatos. Una de las playeras que le tocó a mi mamá decía: «Jesús odia a los Yankees». Cada vez que nos portábamos mal o no hacíamos caso, ella amenazaba: «¡Cuídense o los yanquis van a venir en la noche a llevárselos!». Y sabes, AnniMac, mi madre tenía razón. Mira cuántos mexicanos hay acá ahora.

Pero no mi abuelo ni mi abuela. Ellos se quedaron en la Sierra hasta el final. Mi abuelo siempre trabajó con la burra, jamás tuvo un camión, y tú sabes que un burro no es como un caballo, pues es incómodo subirse en él. El albardón es de madera y muy duro, pero sin montura el espinazo del animal te tronaría en dos. Si montas uno durante un buen tiempo, te duelen los riñones, la cola y otras partes también. Al final del día, cuando volvían al pueblo, la burra y el abuelo llevaban tanta leña que, si los veías por detrás, no sabías quién era el animal y quién el hombre. Así es la cosa en los pueblos, muchas veces no puedes distinguir.

Y es por eso que, cuando tenía cinco años, papá me llevó al Norte.

9

Cruzamos por Presidio, en Texas. En aquel entonces, sólo estaba el puentecito y detrás de una curva del río había un bote esperando, escondido en la maleza, pero papá no tenía suficiente dinero para un coyote, así que tuvimos que nadar. Mi tío en Los Ángeles también había hecho esto, y le dijo a papá a dónde ir y cómo hacerlo. En un mercado en la frontera, papá compró una caja de bolsas de plástico para basura. Después nos alejamos de la ciudad, caminando durante un buen rato hasta encontrar un lugar tranquilo donde no hubiera gente. Ahí, debajo de un árbol, nos quitamos toda nuestra ropa y la pusimos en una de las bolsas. Papá la infló como si fuera un globo y después la ató. Después de esto, la metió en otra bolsa que volvió a atar y a inflar para meterla en otra bolsa, y así se siguió con una buena cantidad de bolsas. Después nos metimos al agua en chones solamente. El Río Bravo era más grande y más lento que los ríos que conocía en casa, y era del color de la arena; incluso si sólo metías un tobillo no podías ver tu pie. Papá sostuvo la bolsa en sus brazos como si fuera un costal de maíz y se metió al agua. Ahí se agachó y me dijo:

—Súbete a mi espalda y agárrate fuerte.

Pero era diciembre, atardecía y la temperatura del agua era baja. Yo tenía miedo y recuerdo que decía:

—Quiero irme a casa.

—Ahí es a donde vamos —decía papá—, a una casa nueva. Ahora agárrate fuerte y el río nos llevará a donde necesitamos ir.

Hice lo que me dijo y me atraganté cuando se sumergió. La bolsa era grande, pero como ya estaba llena con nuestra ropa, se hundió. Cuando salimos a flote, sólo la cabeza de mi papá estaba por encima del agua. Mis brazos lo rodeaban como si fueran enredaderas y podía escucharlo atragantarse cuando nos jalaba la corriente.

—Tranquilo —murmuró—. Sólo vamos por una zambullida.

Yo me trepé todavía más, metiendo mi nariz detrás de su oreja, y el olor de su cabello me calmó. Entonces relajé el abrazo, pero sólo un poco. Podía sentirlo patalear debajo —no muy fuerte, pero repetidamente—, y de esta manera dejamos México atrás. Yendo a la deriva lentamente, llegamos hasta una hilera de sauces en la otra orilla. Cuando mis pies tocaron el suelo, pude oler el lodo del Norte. Entre los dedos de mis pies se sentía tan suave y resbaloso como el interior de mi boca.

Papá me tomó de la mano y corrimos hacia los árboles. Nos sentamos en las hojas y él rasgó las bolsas. «Bienvenidos al Norte —dijo, bajándome los chones mojados y secándome con su playera—. A lo mejor un día serás un verdadero americano».

Papá aventó las bolsas de basura y nuestros chones mojados a los arbustos y me dio una tortilla. Cuando le pregunté por qué no comía, dijo que ya lo había hecho. Durante un rato nos sentamos ahí, secándonos al viento y observando cómo descendía el sol por las ramas. A la orilla del río, en la arena, había una jaula de metal oxidado tan alta como mi padre. Recuerdo que, a la luz del atardecer, esta jaula era tan naranja que parecía de fuego, y le pregunté a mi papá si se trataba de algún circo.

—No —dijo—, es para criminales y migrantes.

—¿Qué es un migrante?

—Es un buen hombre que intenta tener una vida mejor.

—¿Por qué hay una jaula para él?

—Hay muchas jaulas, mijo, de todas las formas y de todos los tamaños. Ahora ven, vamos a buscar al tío Martín.

El tío Martín estaba a cuatro mil kilómetros de ahí. Es el primo mayor de mi papá, y él siempre tuvo suerte. Durante muchos años trabajó en un hotel en Massachusetts que estaba en el campo, y le dijo a mi papá que se fuera para allá, una y otra vez le dijo eso. «Hay trabajo —decía— en la cocina, podando el césped, hay muchas cosas que hacer. Es seguro y tranquilo aquí y lejos de la ciudad, así que la Migra no te encuentra». Para nosotros, eso casi se vuelve realidad.

Después de cruzar, caminamos durante un largo rato en la oscuridad por un camino lodoso, en donde los árboles eran bajos y formaban como un túnel. Hacía frío y estaba húmedo, como el invierno en la Sierra. Se podía oler el río, fangoso y lleno de cosas que se pudrían, y sabías que era grande, aunque no pudieras verlo. Creo que mi papá me cargó durante la mayor parte de la noche. Él es tan grande como un gringo, y fuerte como una máquina. Puede cargar una cubeta de veinte litros llena de cemento con una mano, ponérsela al hombro, después hacer lo mismo con otra y caminar tanto como sea necesario. Desde que era joven, lo llamaban el Biche, por sus ojos verdes. Su mamá, mi abuela Zeferina, le puso Ezequiel, porque Ezequiel veía el futuro y no tenía miedo. También porque Dios le dijo en la Biblia: «Hijo del Hombre, yo te enviaré a la nación que se ha rebelado contra mí. Ellos y sus antepasados se levantan contra mí, incluso ahora».

Creo que la abuela siempre supo que su hijo se iría al Norte.

Recuerdo haber dormido con papá en el bosque, envuelto en su chamarra, y también recuerdo las tortillas. En casa sólo comíamos tortillas de maíz, y estas blancas parecían uno de los lados de una caja. Yo me las comía sólo porque tenía mucha hambre. Viajamos así como por tres días, hasta que llegamos a un pueblo con cemento en las calles. Era de mañana y papá dijo que buscáramos un perro blanco que no paraba de correr. Al doblar cada esquina, recuerdo que me inclinaba y me colgaba de su mano para encontrar al perro, y me sentí orgulloso porque fui yo quien lo vio primero. «¡El perro blanco! —grité—. ¡El perro blanco!». Estaba ahí corriendo al lado de un edificio bajo y parecía muy delgado y muy rápido. Mi papá suspiró profundamente, como cuando te metes a un río helado. No podía entender por qué era tan importante el perro, pero ahora por supuesto que lo comprendo. Ese perro nos condujo hasta el tío Martín.

En la estación de autobuses nadie nos trató bien. Algunos volteaban la cara cuando pasábamos. Mi papá no sabe leer muy bien. Sus ojos y las palabras nunca se han llevado bien; se acercó a la ventanilla equivocada, y ahora me alegro de que no hayamos entendido lo que el hombre nos dijo. Él nos miró como si le estuviéramos pasando un plato de mierda. Su labio se torcía al hablar, y después, con la mano, nos indicó que nos fuéramos, al tiempo de cerrar la ventanilla. A través del grosor del vidrio pude ver cómo se daba la vuelta y encendía un cigarro. Después de eso, mi papá y yo nos quedamos parados a un lado de los teléfonos públicos, mirando. Había otra ventanilla en una pared distinta y la gente iba y venía de ahí. Observé atentamente a un hombre que salía con un boleto en la mano. Era viejo y llevaba una chamarra de mezclilla, y su piel era oscura como la mía, pero su cabello era blanco y lanudo como el de una oveja. Yo nunca había visto a un negrito antes, y me quedé viéndolo a la nariz y a los labios, hasta que mi padre, molesto, me dijo: «basta», y empujó mi cabeza hacia otro lado.

Fuimos a la ventanilla de donde venía el negrito y mi padre dijo: «*Espriinfil*». Después levantó dos dedos, y la señora de la ventanilla nos volteó a ver a los dos, con los ojos entrecerrados, como si el sol le estuviera dando de lleno. Sus párpados eran color azul plata y brillaban, como algunas de las mariposas que puedes ver en nuestro pueblo. El cabello encima de la frente era amarillo, y estaba como tieso, y yo me preguntaba cuál sería el truco.

—*Esprinfil* —volvió a decir mi papá, un poco más alto—. *Masachuses.*

—¿*Sprangfail*? —contestó ella—. ¿*Massatoochits*?

Mi papá se mordió el labio y asintió, esperando que estuvieran hablando de lo mismo. La señora le echó un ojo a una lista que tenía, y dijo algunas cosas que mi papá no pudo entender. «¿Cuánto cuesta?», dijo, pero la señora sólo lo miró. Él hizo un movimiento con la mano, como si estuviera escribiendo, y ella anotó algo. Miró al papel y asintió. «Ven», me dijo, y nos alejamos de la ventanilla. La señora dijo algo más y mi papá hizo un gesto con la mano y después me llevó al baño. Nos metimos en uno de los que tienen puerta y se bajó los pantalones. Ahí, cosido a la parte interna de la pierna de su pantalón, estaba uno de los calcetines de mi hermanita bebé y, adentro, el dinero: dólares. Él contó los billetes, puso algunos en su bolsillo y nuevamente colocó el resto, no mucho, en el calcetín de mi hermana y se amarró los pantalones. Después bajó el asiento del escusado y me dijo que hiciera del baño. Me dejó ahí y se salió, podía escuchar el agua del lavabo. Yo jamás había usado un escusado. Las paredes eran de piedra y todo resonaba y olía a químicos y a pino. Era como un palacio allá dentro, pero cuando alguien al lado le jaló, corrí tan rápido que me tropecé con mis pantalones.

Salimos del baño y volvimos a la ventanilla. Mi papá empujó el dinero y dijo: «*Espranfail*».

La señora vio los billetes sucios y arrugados, sacudió la cabeza, resopló y los billetes aletearon. Esto hizo que sus cachetes se inflaran y, con sus ojos brillantes y su cabello amarillo tieso, parecía como una de las marionetas que alguna vez vi en una fiesta en Tlacolula. Mi papá se estaba poniendo nervioso, y sus ojos se desplazaban rápidamente de las manos al rostro de la señora y luego otra vez a sus manos. Ella le dijo algo a alguien que no alcanzábamos a ver, volvió a sacudir la cabeza y contó el dinero, sosteniendo los billetes sólo de una esquinita. No los puso en la caja registradora, sino que los dejó a un lado. Ella devolvió un solo billete y algunas monedas a través de la ventanilla, junto con los boletos. Después alzó un pequeño mapa con el perro blanco en él, y empezó a hablar lento y fuerte y no tuvimos la menor idea de lo que decía. Señaló un punto rojo en el mapa, después a mi papá y después hacia la estación de autobuses. Luego trazó una línea hacia un punto rojo más grande y dijo: «¡Dallas!» como cinco veces, como si fuera algo muy importante. Y a continuación hizo otra línea larga que pasaba por muchos otros puntos rojos y dijo: «New York».

—¿Nueva York? —preguntó mi papá.

—*New* York —dijo ella nuevamente. Después hizo otra línea hasta un punto más pequeño y dijo la palabra mágica: «*Sprangfail*».

Ésa fue la primera vez que vi a mi papá sonreír desde que habíamos cruzado el río. Cuando nos subimos al autobús esa tarde, le dio una palmadita a la pared y dijo: «Perro bravo». Me dio una palmada en la rodilla. «¡Perro bravo! ¡Vámonos!».

Estuvimos tanto tiempo en el autobús que fue ahí donde cumplí seis años. El tío Martín nos recogió en la estación y se rio al abrazar a mi papá. «¡Híjole, Biche, hueles peor que de costumbre!». Caminamos hacia el estacionamiento y lo que más recuerdo es el frío y la camioneta Chevy del tío. Era un modelo que no teníamos en Oaxaca, de color verde oscuro con un toldo en la parte de atrás, y se veía nuevecita. Yo jamás había estado adentro de una camioneta nueva, y no podía creer lo limpia que se veía. Desde el momento en el que el tío Martín abrió la puerta, el olor fue como el de la farmacia: perfecto, inmaculado. Yo tenía mucho frío, pero me dio miedo subirme, de manera que le di la vuelta al coche para montarme en la parte de atrás, como en casa. Mi tío abrió la ventanilla trasera del toldo y aventó la bolsa de mi papá. Cuando comenzaba a treparme, me detuvo. «Puedes ir en las piernas de tu papá», dijo.

Durante todo este tiempo, lo único que hizo mi papá fue ver la camioneta. «¿Es tuya?».

Jamás había escuchado que la voz de mi papá sonara así: sorprendida y triste al mismo tiempo, como si dijera: «¿Cómo es posible que tú tengas todo esto?».

El tío Martín dijo, riéndose, que la camioneta era suya y de su jefe y del banco. La verdad es que a mí no me importaba si la tenía que compartir, esa Chevy era la cosa más bonita que jamás había visto.

—¡Bienvenidos a El Dorado, donde puedes tener todo sin ser dueño de nada! —dijo.

—¿No estamos en *Esprangfail*? —susurré, pero papá no contestó.

Era diciembre y yo jamás había visto la nieve. Condujimos a través de la alta ciudad de piedra y hacia la carretera con las ventanas cerradas. Nuestra camioneta en casa era una vieja Chevy Apache, que ni siquiera tenía todas sus ventanas, pero ésta era tan nueva y silenciosa que parecía como si flotara sobre el camino. Mientras papá y el tío Martín se ponían al día, yo me quedé embobado viendo el parpadeo del radio, la pintura brillante del exterior y las enormes señales verdes de la carretera que se hacían más y más grandes, hasta que las dejábamos atrás y desaparecían.

El lugar en el que el tío Martín trabajaba estaba en el campo y, salvo algunos pinos altos, todos los árboles se veían como muertos. El hotel era grande y gris y estaba hecho de madera con marcos negros para las ventanas y un techo de piedra. Todo en su interior era también de madera: los pisos, las escaleras, el asiento del escusado. No se parecía en nada a Oaxaca, y yo no podía entender por qué alguien querría quedarse en un lugar tan frío y tan oscuro. Del otro lado de la carretera había un campo, pero ninguna señal de maíz o flores. Todo había muerto por el frío. En su lugar, había luces en las ventanas, en los árboles, en el techo; parpadeaban día y noche, como fuegos artificiales que jamás terminaron. Yo sabía que era por la Navidad, ¿pero dónde estaba el Nacimiento? ¿Los camellos y los reyes? Esto no parecía ser una fiesta dedicada al niño, sino a los foquitos.

Nos quedamos en un cuarto arriba de la cochera. Papá trabajaba para el tío Martín, y yo lo seguía con un par de botas rojas de plástico que mis pies sentían frías y pesadas. Había unos niños gringos a los que les gustaba mirarme. Saludaban con la mano y decían cosas incomprensibles para mí.

—¿Por qué todos estos gringos hablan como bebés? —pregunté.

—Es su propio idioma —dijo papá—. Es el inglés, y tendrás que aprenderlo. Ése es tu trabajo aquí, para eso te traje.

Esta especie de misión me hacía sentir miedo y orgullo al mismo tiempo. Era pequeño y joven, pero quería trabajar porque eso es lo que hacemos. En el pueblo siempre ayudaba a mis papás. Este trabajo que me había dado mi papá, en el que podía pasar días sin hablar, llenaba de sentido mi vida. *Ése es tu trabajo aquí.* Así que trabajé duro. En la noche, le decía todas las palabras nuevas que había aprendido, él asentía y me decía: «Vuélvelas a decir». Cuando trabajaba paleando la nieve o sacando la basura o cortando leña, podía ver cómo se movían sus labios, tratando de pronunciar esos sonidos nuevos para él, pero no lo conseguía. Lo intentaba y después sacudía la cabeza, juntaba una buena cantidad de flema y escupía en la nieve. Era como si esas palabras fueran espinas de pescado atoradas en la garganta.

Había una mujer que se llamaba señora Ellen, y dirigía el hotel junto con su esposo, el señor Ron. La señora Ellen era lo opuesto a mi madre: tan alta, tan delgada y tan blanca que podías ver sus venas azules a través de su piel. ¿Has visto una planta pequeña tratando de crecer dentro de una maceta o en un lugar oscuro? Se ve así y yo pensaba, incluso en aquella época, que la pobrecita necesitaba más sol y tortillas. Al principio, me asustó porque se veía como la Catrina, la señora esquelética y alta que se aparece durante el Día de Muertos. Aunque no aparece en el juego de lotería, es famosa en Oaxaca, y antes del año pasado, cuando los turistas dejaron de venir, la podías comprar en cualquiera de sus formas. Algunos de los trabajadores del hotel le decían «Catrina» a la señora Ellen sin que se diera cuenta, pero ella era amable conmigo, me daba galletas y me enseñaba cancioncitas. Fue entonces cuando descubrí que tenía poderes especiales. Sin saber cómo, recordaba sus canciones perfectamente, sin entender las palabras.

> *The peace of Christ makes fresh my heart,*
> *A fountain ever springing.*
> *All things are mine since I am His.*
> *How can I keep from singing?*
>
> *Is a gift to be simple, is a gift to be free,*
> *Is a gift to come down where you want to be.*
> *And when you find yourself in a place just right,*
> *It will be in the valley of love and the light.*[1]

Y podía cantarlas como ella lo hacía, incluso las tonadas, todo permanecía de manera perfecta en mi cabeza. Podía ver que esto la ponía contenta, porque ella sonreía y me daba más galletas. Cuando tienes seis años, las Oreos americanas pueden ayudarte a olvidar casi cualquier tristeza, al menos durante un tiempo. Ella también me daba muchos abrazos, y eso era algo que yo sí sabía hacer, así que se los devolvía, empujando mi mejilla en su pecho que era puro hueso —como el de un hombre viejo—, muy distinto del pecho de mi mamá y cualquier mexicana que

---

[1] La paz de Cristo renueva mi corazón,
   una fuente que siempre mana.
   Todas las cosas son mías puesto que yo soy de Él.
   ¿Cómo puedo evitar cantar?

   Es un don ser sencillo, es un don ser libre,
   Es un regalo llegar a donde quieres llegar.
   Y cuando estés en el lugar justo,
   Será en el valle de luz para amar.

conocía, y entonces me preguntaba qué clase de mujer era ésta. ¿En dónde están sus chichis? Algunas veces me abrazaba durante largo tiempo y me sentía raro, como cuando le das la mano a alguien y no te la suelta, y tienes que seguir sacudiéndola incluso cuando el momento del saludo ya pasó. Pero los abrazos la ponían contenta y yo quería que ella se sintiera feliz, necesitaba que lo estuviera. Ella tenía muchísimas galletas.

—Eres un pequeñín muy listo —decía—. ¡Y muy guapo! Qué no daría yo por un niño igualito a ti.

Y yo repetía estas palabras inmediatamente como un loro, su periquito.

—Tienes que ir a la escuela —decía.

La señora Ellen hablaba con papá. Él se sentía nervioso por la Migra, pero la señora decía que no, no en esa escuela. «Es pequeña», decía, y ella era amiga del director. Todos van a la misma iglesia, una rara sin colores ni padre. Papá también se preocupaba por el dinero, pero la señora le decía: «No, la iglesia lo paga», porque ella pensaba que yo era un niño especial y quería ayudar. Fue difícil que mi papá aceptara, pero para eso me trajo al Norte. Yo debía aprender para después poder regresar a trabajar y a vivir, para poder traerme a toda la familia: a papá, a mamá y a mi hermana Vera. La señora Ellen me llevó al doctor, quien me puso tres inyecciones y me dio medicina para los parásitos. Lo siguiente fue comprarme ropa nueva y una mochila espléndida con muchos cierres y fui a la escuela, que estaba en una casa de madera, como el hotel y la iglesia. Todos eran gringos, excepto yo, pero para entonces ya hablaba algo de inglés y las palabras salían sin problemas, aunque fuera tan difícil para papá. Esto duró más de un año, y yo ya hablaba mucho, aprendía mis letras y mis números, y sus juegos, pero nunca aprendí a disfrutar la nieve. La maestra, Miss Morris, era linda conmigo y muy bonita y muchas veces durante la hora de lectura me sentaba en su regazo. Fue ahí, en su calidez y suavidad, donde empecé a olvidar que era distinto de ellos. Empecé a olvidar de dónde venía, qué aspecto tenían mamá y Vera y mis abuelos. Había una foto que papá guardaba, pero después de un tiempo era difícil reconocer a esa gente.

Siento que sucede nuevamente, y eso es peligroso porque cuando olvidas, puedes desaparecer. Además de César, no hay nada ni nadie aquí dentro que me recuerde lo que soy. Así que debo hacerlo, debo decirlo.

10

jue 5 abr — 23:59

Cuando la Migra llegó al hotel, la nieve finalmente había desaparecido, y también el tío Martín. ¿Adónde se había ido? A comprar carpas doradas para el estanque de la señora Ellen. ¿Con qué frecuencia sucedía esto? Sólo una vez, pero ya te dije que el tío Martín es un tipo con suerte. La Migra nos atrapó a papá y a mí y a otros dos, pero jamás a mi tío. No sé si hay una virgen de las carpas doradas, pero si la hay, seguro que es la que protege a mi tío. Más tarde, sus padres —los tíos de mi papá— nos contaron la historia de las carpas doradas de la suerte, y también de cómo, tras nuestra deportación, el señor Ron lo ayudó a pedir amnistía debido al largo tiempo que llevaba en el Norte. Él sigue allá y siempre le envía dinero a su esposa y a sus papás, pero nunca vuelve a casa. A lo mejor ya tiene su propio estanque con carpas doradas.

Papá nunca perdonó al tío Martín por su buena suerte. Y jamás se perdonó por no haberse ido al Norte desde la primera vez que el tío Martín se lo pidió. Pero ¿cómo iba a saber que la amnistía era sólo para los mexicanos que habían llegado antes de 1986? Yo sólo era un bebé en aquel entonces y si papá se hubiera ido a lo mejor nunca lo habría conocido. A lo mejor ni siquiera existiría. Pero aquí estamos y allá está mi papá. La envidia es el perro y él es el hueso; o quizás es al revés, ya que no puede soltar lo que pasó. Creo que papá siempre ha sentido que la vida es muy complicada, pero tiene sus razones.

Después de que nos atrapó la Migra, nos mandaron a Brownsville, Texas, en un autobús con migrantes de todos lados. Sólo nos permitían bajar una vez al día, y el baño estaba descompuesto; el olor era terrible. Mi papá estuvo en silencio durante casi todo el viaje, tres días, pero lo que sí recuerdo fueron estas palabras: «Nos encontraron por culpa de tu escuela». No sé si es cierto o no, pero cuando regresamos a Oaxaca no había ningún lugar a donde ir salvo el pueblo, y para papá eso era una humillación.

—¿Por qué me deportaron a *mí*? —le decía al abuelo—. ¿Por qué a mí si la mitad de esos pendejos ni siquiera puede hacer una mezcla? Tengo tanto derecho a trabajar como el pinche Martín.

—A lo mejor —decía el abuelo—, ¿pero cómo pueden saberlo si hablas como un mojado y ni siquiera puedes leer?

Ésa fue la última vez que mi papá se sentó en la casa de su padrastro, la casa donde nació. También fue la primera vez que lo vi golpear a mi mamá. Estaba borracho y le gritaba a la cara, diciendo que no iba a pasar su vida detrás de los bueyes, contemplando sus culos. «¡Caminar todo el día detrás de ellos! —gritaba—. ¡Cada vez que cagan es como si lo hicieran en tu cara!».

Al día siguiente, papá se subió a la Chevy Apache y desde ese día vivió casi todo el tiempo en el centro, pues sólo regresaba una vez al mes. Como había crecido haciendo ladrillos de adobe con el abuelo y sus tíos, mi papá era bueno con el yeso y el cemento, así que se puso a trabajar en la construcción de carreteras y edificios, además de hacer entregas con la Apache. Con frecuencia hacía estos trabajos para don Serafín, el mismo hombre que cuando nos deportaron pagó por nuestros boletos de autobús desde la frontera. Por aquel tiempo, el cacique don Serafín trató de poner un McDonald's en el Zócalo, que es el corazón del centro histórico y también patrimonio de la humanidad declarado por la UNESCO. Hubo protestas y no tuvo éxito, pero el hombre se vengó. Si por las noches te da por contemplar el valle de Oaxaca —cuna de la civilización zapoteca—, verás estrellas sobre las oscuras y antiguas montañas, sombras de pirámides en lo alto, quizá la luna en su recorrido nocturno allá en el fondo y, abajo, junto al estadio de beisbol, las enormes chichis doradas de santa McDoña. Es el letrero más grande de Oaxaca, alto como una iglesia y brillante como el sol, y es claro que anuncia el único McDonald's en el sur de Mexico, con todo y área de juegos y tobogán de plástico. Mi papá me contó esto, pues fue él quien hizo las jardineras.

Dejamos el pueblo, mi casa, cuando tenía trece años. Para entonces papá contaba con el dinero suficiente para rentar una casa de cemento con dos habitaciones, ubicada en Mártires de Río Blanco bajo la Cruz de Milenio, más o menos a treinta minutos caminando del Zócalo y la basílica de la Soledad. El agua que bebíamos era de garrafón, la electricidad la tomábamos del transformador que estaba bajando la colina, y hacíamos lo mismo con el teléfono.

A mí nunca me gustó ese lugar y me sentí bien al irme a la secundaria; en aquel entonces, tenía mi propio plan, sabes, ir a la universidad. Soy lo suficientemente listo para eso. No obtuve la beca como César, pero la colegiatura no era tan terrible. Por mi manejo del inglés, en la UABJO de Oaxaca estudié durante dos años Turismo y Hotelería, y también Literatura por mi abuelo, que fue quien me enseñó a leer. Pero el año pasado se vino la huelga, primero del sindicato de maestros y después de tantos otros que se les unieron: estudiantes, campesinos, todo tipo de gente con necesidades insatisfechas, grupos indígenas. Finalmente, toda la ciudad dejó de funcionar debido a las protestas de tantas personas en contra de nuestro espantoso gobernador. Durante meses hubo un enorme plantón en el Zócalo, y también mucha gente a la que arrestaron y mataron, gente que conocía; a partir de ese momento, algo se quebró. Después de todo este conflicto, mi papá dejó de ayudarme. «Enséñame en dónde están tus turistas ahora —dijo—. Estás gastando tu tiempo y mi dinero. Mira a tu primo Efraín: ¡cinco años en la universidad y sigue manejando una bicicleta!».

En diciembre del año pasado, un mes después de que se sofocase la huelga, papá y yo y abuelita Clara —la mamá de mi mamá— fuimos al centro para que papá hiciera algunas compras en el mercado y la abuelita vendiera algunas de sus ollas en el Zócalo. Tuvimos que ir en autobús, porque la Chevy Apache perdía aceite. Papá estaba de mal humor por ésta y otras razones, y cuando sacamos los jarros y los platos de mi abuelita, él tiró uno y se rompió.

—¡Mira lo que hiciste! —dijo ella—. No he vendido nada y ya perdí cuarenta pesos.

—¿Y qué son cuarenta pesos? —dijo él—. ¿Un litro de aceite para motor?

Entonces, él pateó los pedazos rotos y mi abuelita se encogió como si se tratara de ella.

—¿Y cuántos de éstos va a vender hoy si no hay turistas? ¿Dos? ¿Tres? ¿Ninguno? ¿Qué importa si se rompió uno?

No es común ver que los zapotecos griten en público, pero mi papá lo estaba haciendo en ese momento y me pregunté si no estaría tomado.

—¡Estamos atrapados en el pasado! —dijo—. ¡Todos nosotros!

Con la mano, señaló rápidamente los objetos de barro de mi abuelita y después el quiosco de hierro francés donde tocaban música desde hacía cien años.

—¿Quién construyó esto? ¡El emperador Maximiliano! —y después señaló al bolero que, con sus botas de piel de serpiente, dormitaba en su silla—. ¿A dónde va él? ¡A ningún lado!

De esta manera, como si su mano fuera la aguja de una brújula, mi papá trazó un círculo por todo el Zócalo, señalando al pajarero que estaba cerca de la fuente —con las jaulas cantarinas en su espalda—, al organillero ciego en la esquina con su sombrero en la mano, a la vendedora de dulces de origen maya —con su falda larga de lana y su blusa brillante—, a los payasos con sus guantes blancos y su nariz roja, a la mujer que llevaba dulces en una bandeja en la cabeza, a la joven pareja en una banca que comía helado con sus hijos, a las mujeres triqui que protestaban con los pies descalzos y sus pancartas. Y viendo todo esto —y a nosotros y a él también— como visitantes de un zoológico humano, estaba el puñado de turistas pálidos en los cafés vacíos, con sus grandes cámaras de color negro que fotografiaban todo lo que tenían a la vista.

«¿No te das cuenta? —mi papá me decía—. El mundo se ha movido sin nosotros, y para un joven ése es el peor destino. Te estás perdiendo el futuro, porque el futuro no está aquí —y me miraba duramente lleno de enojo—. ¡El futuro está allá!».

La brújula de papá volvió a girar y clavó su dedo en el norte, como si quisiera hacerle un agujero, como si quisiera perforar el quiosco con su techo de toldo, la oficina central de correos que seguía siendo la misma desde que él nació, la catedral que fue construida cuando llegaron los españoles, las montañas y el maíz y los bueyes que no habían cambiado en mil años, la gran Ciudad de México —donde para alguien como él no había ninguna oportunidad—, todos los estados conquistados por los cárteles del narcotráfico, el nuevo muro fronterizo de acero reforzado —que se hace más largo y más alto cada año—, el cúmulo de huesos regados por todo el desierto americano, y la familia, los amigos y los vecinos que habían perdido su fe en México y que jamás regresarían.

«Pero nosotros seguimos aquí», dijo, dejando caer la mano que a estas alturas pesaba demasiado como para seguir sosteniéndola en el aire.

Hay distintas maneras de calcular el éxito en México y, para los campesinos, casi siempre se cuenta en camiones y cemento. Uno sabe si les está yendo bien cuando compran una Ford Lobo Lariat con esa súper cabina, y el color del vehículo es rojo como de auto de carreras. Y también se sabe cuando construyen una casa de cemento. En mi antiguo pueblo, el hermano del mayordomo tenía una casa así, con cochera y dos puertas que eran eléctricas. Quizás esto es normal en California, pero imagínate una casa de este tipo en un pequeño pueblo a dos horas del centro, al cual sólo se llega por un camino de terracería, y en donde hay gallinas y mierda de burro por todos lados. Imagínate una casa así justo en medio de este lugar, mientras las casitas de todos los vecinos son de adobe. ¿Y quién vive en esta gran casa? Nadie. Es un palacio para los insectos y los ratones. Todos los de esa familia están trabajando en el Norte para pagar la casa, y ahora se ha vuelto tan difícil volver que quizá jamás puedan habitarla. A lo mejor algún buen vecino les envía, de vez en cuando, un video.

Mi abuelo jamás pudo entender por qué las personas quieren dejar el adobe, cuando hace que las casas sean más frescas y puedes hacerlo tú mismo. El cemento es caliente y tienes que comprárselo a alguien más; el cemento no detiene a las cucarachas ni a las arañas ni a los escorpiones, y los patios de cemento se inundan, y los mosquitos pueden reproducirse y transmitir el dengue. Pero todo mundo quiere cemento, porque se ve limpio y moderno, y porque es lo que los americanos ricos usan. Más importante, es lo que los mexicanos ricos en Estados Unidos usan. Así que también nosotros tenemos que hacerlo. Porque el adobe es para la gente pobre, para los oaxacas. ¿Qué es lo que mi papá quiere más que nada en el mundo? Una camioneta nueva y una casa de cemento que no tenga que rentarle a alguien más, como lo hemos tenido que hacer desde que dejamos la Sierra. «Mira la porquería en la que naciste —dice—. Seguimos viviendo como trogloditas. Y tu mamá necesita una estufa de gas. Tú eres joven y fuerte. Ve».

En el pueblo tenemos la tradición de enterrar la placenta del bebé en el piso de las casas. Esto de alguna manera garantiza tu regreso. Para la mayoría de nosotros se trata de una raíz, pero para mi papá creo que más bien ha sido una cadena. Ese recuerdo del tío Martín con sus carpas doradas y su *green card* y su camioneta reluciente es algo que lo muerde, que se lo come vivo. Con mi hermana menor es igual. Después de cumplir trece, Vera jamás quiso volver a tocar el barro de la abuelita Clara. Le pregunté por qué y me dijo que estaba sucio. Ahora ella toma cursos para cortar el cabello y su playera favorita es una de color rosa que tiene diamantes falsos y tiene la leyenda: «*Is Not a Hobby - Is a Pasion*». Cuando alguien le toma una foto con el celular, ella siempre hace alguna seña con la mano, como de pandillera, pero sólo para mostrar sus uñas, porque si tienes uñas largas, eso significa que ya no trabajas en la milpa, y si tienes dieciocho y la quieres hacer en el centro, el primer paso es verte como si nunca hubieras visto una milpa en tu vida. Muchas veces, cuando iba a visitar al abuelo, Vera reía y me decía: «Oye, niño del campo, ¡no se te olviden los huaraches!». El huarache es nuestro calzado tradicional, transpiran muy bien y las espinas de los cactus no atraviesan la suela. Incluso mi padre los usa. Una vez, el tío le trajo unos Michael Jordan de Los Ángeles, pero son tan grandes y tan blancos que él sólo los usa para ir a la iglesia. A él se le ven como zapatos de payaso, pero yo jamás se lo digo. Vera casi siempre usa Converse negros con calcetines de arcoíris. Esos o unos zapatos de tacón altísimo que parecen gritar «cógeme».

Nada ha cambiado en quinientos años, o incluso en más. Siempre hay un puñado de chingones que controlan todo y el resto de nosotros tiene que corretear el bolillo. Muchos jóvenes se han ido, cualquiera que puede hacer el viaje. Yo vi esto con mis propios ojos, vi cómo el pueblo se convertía en una nuez con gusano.

La cáscara está ahí, pero adentro, oculta, la carne ya fue devorada. Muchos jóvenes dicen que para salir adelante en México la única opción es ser transa y romper alguna regla. Pero para hacer esto debes tener algunas conexiones o ser muy listo, o muy rudo. Para el resto de nosotros, la única salida es el Norte y los dólares gringos.

En mi pueblo, se ha marchado como la mitad a Estados Unidos: unas cuatrocientas personas. Si te paseas por ahí, lo que piensas es que hubo una guerra o alguna epidemia, pues sólo quedan niños y viejos y animales. El abuelo me dijo que así fue después de la Revolución, que muchos mexicanos —como un millón— murieron y que otro millón se fue pa'l Norte. Y ustedes ya tenían la mitad de nuestro país: Texas, California, Arizona, Nuevo México, Nevada, Colorado y algunos otros estados que no recuerdo, además de todos los ríos. Alguna vez todo eso fue parte de México; uno se da cuenta por los nombres. Los mexicanos no se olvidan de esto, y hay muchas canciones sobre este tema. Tijuana No! es un grupo musical que rapeaba sobre estos temas, algo así como una lección de historia para los gringos y algún tipo de promesa para los mexicanos: la Reconquista, pues estamos volviendo.

Quizás éste sea nuestro destino; no que México pierda a su gente ni que Estados Unidos pierda su alma, sino que todos nosotros nos reunamos en los Estados Unidos de Améxica. Será una nueva superpotencia, pero con mejor comida.

Desde que era niño, mi papá hablaba de regresar, pero nunca lo hizo y, cuando le pregunté por qué, sólo inventaba pretextos, hasta que un día, durante el otoño pasado, al discutir nuevamente sobre mi partida a la universidad, yo me enojé. «¿Por qué siempre me estás diciendo que me vaya para allá si eres tú el que quiere irse?».

Fue la primera vez que le hablé de hombre a hombre, y no como su hijo o un niño. En lugar de gritar o levantar la mano, papá desvió la mirada hacia la ventana, tomó un trago de su cerveza y no dijo nada. Estábamos en la Chevy Apache, de camino hacia Tlacolula, el pueblo más cercano al nuestro. Yo manejaba y acabábamos de pasar por Santa María del Tule y su enorme árbol, que se eleva como una fuente verde desde el valle, tiene unos tres mil años y es más ancho que la iglesia. Fuera del pueblo, hay zopilotes que vuelan en círculos sobre la carretera, esperando que algo muera. Papá no habló cuando pasamos la cantera que parte la montaña a la mitad, ahí donde se pueden ver los bloques caídos que yacen dispersos, casi amarillos entre los matorrales de verde pálido. Ni cuando tres patrullas de la policía estatal se acercaron a toda velocidad con sus sirenas prendidas y finalmente desaparecieron detrás de una colina. Mi corazón empezaba a recuperar su ritmo y mis manos a relajarse cuando mi papá decidió hablar.

—Quizá no recuerdes esto —dijo, todavía mirando a través de la ventana—, pero cuando fuimos deportados, nos detuvieron en Brownsville por dos días. A mí me pusieron con los hombres. Tú eras el único niño en nuestro grupo y te mandaron con las mujeres. No lloraste cuando te apartaron de mi lado, y me sentí orgulloso. Claro que protesté, les dije que eras mi único hijo y que debíamos permanecer juntos, pero los agentes dijeron que había infringido la ley y no tenía ningún derecho a hacer preguntas. Nos pusieron en barracas, como en el ejército, y hacía un calor del demonio, los mosquitos estaban insoportables y yo sólo esperaba que tú estuvieras en mejores condiciones. El segundo día dos agentes de la Migra me llevaron a otro edificio. Ahí, en un pequeño cuarto, me tomaron una fotografía y las huellas digitales. Después de hacerme miles de preguntas, lo que realmente me asustó fueron las palabras de uno de los agentes: «Te vamos a tener vigilado», dijo, «Si vuelves, te meteremos a la cárcel y entonces, ¿qué será de tu hijo?».

Mi padre se terminó su cerveza, aventó la botella fuera de la ventana y me dijo:

—Ésa es la razón.

—¿Y tú les creíste? —pregunté.

—Si hubieras estado en ese cuarto —dijo—, también les habrías creído. Esos hijos de la chingada te pueden quitar cualquier cosa: tu trabajo, tu libertad, a tu hijo. Sin esto, ¿qué es un hombre?

11

Si eres mi testigo, AnniMac, soy un hombre invisible para ti. O un suplicante, pues digo todo esto porque no puedo ver nada ni hacer otra cosa. Recordar el pasado es lo único que me hace olvidar el presente. A lo mejor alguien por fin arregla la antena para que estos mensajes puedan enviarse. Me sigo diciendo a mí mismo que incluso si el mecánico no viene, la Migra tendrá que encontrarnos. Para eso está hecho tu ejército fronterizo, ¿verdad? En México, todo el tiempo escuchamos sobre su tecnología moderna para atrapar migrantes: los micrófonos en los cactus y las cámaras en el espacio y los grandes motores debajo del desierto que retumban en la noche, alimentando toda la maquinaria. Y vemos las fotos de todos los hombres verdes, con sus camiones y avionetas y helicópteros, y sus perros e indios que siguen el rastro. Sé que este camión es lo suficientemente visible, es todo un elefante. Incluso tiene un letrero en español que ahora grita DEPÓRTAME. O quizá sea TRÁGAME.

Aun con César tan cerca de mí, me estoy congelando. Lo abrazo tan fuerte como puedo. Es la única manera de detener el castañeteo de los dientes. No soy el único que lo hace, pero me alegra que nadie lo vea.

El helicóptero bajó tanto que, por un momento, pensamos que nos habían visto, pero eso fue hace media hora. El camión empieza a calentarse, pero sigo entumido por el frío de la noche y todo este metal. Creo que el viejo de la parte de adelante, al que el coyote insultó, está alucinando, pues habla con su esposa y le pide agua de jamaica. Hay algunos aquí que creen que yo también alucino y hablo con gente que no está presente. El hombre con rostro de bebé y su amigo me pidieron varias veces que me callara, pero ya no lo han vuelto a hacer. La gente está en aprietos, me doy cuenta por su manera de respirar, que es como la de los perros y las personas muy enfermas. La gran pregunta es si vamos a sobrevivir. Ya se me acabó el agua y creo que todos están en la misma situación.

A lo mejor César es el suertudo. Quizá su accidente tuvo que ver con la misericordia de Juquila, que lo protegió de algo peor. Porque, ¿cuáles son las probabilidades de que ocurra un accidente así? César dijo que Juquila también me había salvado —de los federales—. Dijo que ella a lo mejor tenía un plan para mí, pero un plan no es sinónimo de protección. César no me dio su teléfono por ser buena onda o porque ya no lo quisiera, me lo dio porque quería que alguien se lo guardara. En él hay algunos archivos y documentos sobre el maíz y una compañía llamada SantaMaize. Lo sé por lo que me dijo durante nuestra última noche en Altar, y también por el tiempo que me he pasado inspeccionando el teléfono. Esto no es lo único que me queda de César.

No mencioné antes cómo conseguí este teléfono, sobre todo, por lo que contenía y por lo que tuve que hacer para lograrlo. Hace dos noches, cuando el tanque comenzaba a enfriarse, hubo un momento en el que nos sentimos mejor. Fue entonces cuando César movió un poco la mano. Me sorprendí porque era la primera señal de vida desde la caída, y dije:

—¡Cheche! ¿Estás bien?

Pero él sólo murmuró:

—Tito.

Su voz estaba tan apagada que tuve que poner mi oreja en su boca para escucharlo, y le contesté:

—Sí, estoy aquí —y tomé su mano.

Luego puso mi mano sobre sus pantalones, que estaban mojados. La llevó hasta el cierre y dijo:

—Tómalo —susurró—. Tómalo.

Yo no sabía de qué estaba hablando y, aun en la oscuridad, fue vergonzoso. Pensé que deliraba, de manera que mientras quitaba la mano, le dije:

—¿Qué? ¿Qué pasa?

Pero él seguía empujando mi mano y yo pude sentir todo mientras me decía:

—Tómalo.

Finalmente sentí algo duro que no era parte de él. Estaba completamente oscuro, pero de todas maneras volteé a ver a todos lados, porque no quería que alguien se diera cuenta de algo así, de algo que uno sabe que está mal. Y entonces lo hice, Anni-Mac, metí mi mano dentro de su pantalón. Traté de dejarla fuera de los chones, pero no era ahí donde estaba el celular. Tuve que meterla por completo, porque era abajo donde lo escondía. Es un lugar seguro y ésa es la razón por la que todavía lo tenía, pero sentí náuseas y traté de no tocar nada salvo el teléfono, y cuando lo tuve, lo sequé en mis pantalones y me di cuenta de que su batería era la nueva Mugen de larguísima duración.

César respiró hondo una, dos veces, y después soltó mi mano. Temí que estuviera muriendo, justo en ese momento, pero escuché que seguía respirando como antes. Cuando toqué su cabeza, pude sentir que la sangre ya no fluía, y esperé que eso fuera una buena señal. Intenté darle algo de agua, pero se ahogaba y ya no sabía qué más hacer. Nadie podía ayudarme y yo no podía ayudarlo a él.

Pero su agua… Cuando la encontré en uno de los bolsillos de su chamarra, la puse en mi mochila. Todo este tiempo la he estado guardando.

Finalmente logré calentarme y, mientras intentaba descansar, se desató un problema en el tanque. El hombre zapoteco que se cortó seguía con mi teléfono, y el de cara de bebé le pidió que lo usara.

—No es mi teléfono —dijo el zapoteco.

Por su voz, pude notar que respiraba con dificultad.

—Sólo dámelo —dijo el hombre con rostro de bebé, cuya voz tampoco sonaba muy bien—. Mis pies me están matando. Ya no caben en estos putos zapatos.

—No puedo —dijo el zapoteco.

—¿Cómo chingados no? —dijo el cara de bebé—. Tú, allá, paisano, necesito usar tu teléfono.

Este cuate no me cayó bien desde que le sacó el zapato a César. Cuando el zapoteco me pidió el teléfono, lo mandé en la otra dirección para que el cara de bebé no lo tocara. El celular pasó de la mujer maya a la mamá con su hijo y de la panadera de Michoacán a otra joven mujer que no hablaba, hasta llegar al veracruzano.

—¿Para qué lo necesitas? —pregunté.

—Para llamar a un puto rescatista. ¡Güey! Mis pinches pies se están hinchando. Algo no anda bien, y necesito ver.

No tuve la energía para pelear o discutir. Este tipo me daba miedo, pero también que la gente se pusiera en mi contra y quisiera arrebatarme el agua.

—Puedes usarlo durante un minuto —le dije—, pero no gastes la batería.

—Órale —dijo el hombre con cara de bebé.

Todo esto sucedía en la oscuridad. El zapoteco debió de haberle dado mi teléfono entonces porque, cuando se encendió la pantalla, el cara de bebé lo tenía en la mano.

—¡Jesucristo! —dijo. Incluso bajo esa luz alcancé a ver sus pies. Los tenía como si alguien se los hubiera inflado con aire y el color era rojo oscuro. La panadera de Michoacán estaba sentada frente a él y cuando los vio de cerca, se hizo a un lado—. Necesitas ponerlos en alto —dijo en voz muy baja, pues ya no le salía—. Ponlos sobre tu cabeza.

—¿Cómo chingados voy a hacer eso?

—¿Ésa es la única palabra que conoces? —le preguntó la panadera, que tenía más de mayordomo que de panadera—. Si quieres que la hinchazón baje, eso es lo que tienes que hacer.

El hombre con cara de bebé levantó mi teléfono y volteó a ver alrededor. A su derecha, con el resplandor de la pantalla, pude ver a los dos nicas; el hombre herido estaba pálido y callado, con la cabeza puesta en el hombro del otro. Su mano, que no dejaba de aferrarse a la de su amigo, parecía como un guante morado. Por la manera en la que la luz se reflejaba, los rostros ya no parecían de gente viva, sino máscaras, semblantes tras la maldición de una bruja, y me pregunté si yo me vería igual.

—¿Quién tiene agua? —graznó el hombre con cara de bebé.

Preguntar eso aquí es como ir al cementerio y tratar de averiguar quién está vivo.

Con la luz de la pantalla, fue apuntando a cada uno mientras decía: «¿Tú? ¿Tú? ¿Tú?». La gente se cubría los ojos o volteaba para otro lado. Con la cabeza baja, el veracruzano sostuvo una botella vacía con una mano, mientras con la otra le hizo una seña de vete a la chingada.

—Apaga la pantalla —dije, pero me ignoró.

—¿Qué hay de ti? —le preguntó a una muchacha que estaba al lado del veracruzano, sentada sobre su mochila y de cara a la pared del tanque. Era indígena, pero no pude distinguir de dónde. Sus jeans estaban mojados y tenía la cabeza apoyada sobre las manos; era como una de esas fotos de gente que espera ser ejecutada.

—¿Qué haces ahí? —le preguntó—. ¿Rezando para que llueva?

La muchacha no contestó, y el hombre con cara de niño volvió a mirar a todos.

—Pronto estaremos bebiendo nuestra orina.

—Eso lo harás tú —murmuró la panadera—. Alguien vendrá: la Migra o un ranchero.

—O los putos caza migrantes —dijo el cara de niño.

—Apaga el teléfono —le dije—. Estás gastando la batería.

Él volteó la pantalla hacia mí.

—¿Para qué quieres ahorrar la batería? —preguntó—. ¿Sabes algo que no sepamos nosotros? ¿Y por qué hablas todo el tiempo?

—La vamos a necesitar cuando regrese la señal. Apágalo y dámelo.

—Ahorita no tiene rayitas —dijo el cara de niño, apuntándome con la luz—. Tienes su teléfono, y también su agua.

Y después les dijo a todos:

—¿A poco no es cierto? ¿Cómo puedes hablar tanto sin tomar agua?

—¡Dios mío! —dijo la panadera—. ¿Cómo puedes *tú* hablar tanto?

Dirigió la luz hacia César y lo único que se movía era su pecho, hacia arriba y hacia abajo como una bomba. La sangre en su rostro estaba coagulada y había zonas en las que se descarapelaba, como si fuese pintura vieja. Volvió a darme de lleno con la luz.

—Tomaste su agua, ¿no es cierto?

—Lo ha cuidado todo este tiempo —dijo la mujer maya—. Lo venda, le habla, le da agua. Es por él que sigue vivo.

—¿Te dio un poco? —preguntó el cara de niño, apuntando el teléfono a la mujer maya.

—¿Qué has hecho *tú* por alguien? —le preguntó la mujer que rezaba, con la cabeza de su hijo todavía acunada en su regazo—. Además de romperle los dedos a ese pendejo.

El cara de bebé me volvió a lamparear.

—Ya no tengo agua —dijo.

—Porque toda está en tus pies —comentó la panadera—. Ahora date la vuelta, colócalos en la pared y, por el amor de Dios, déjanos en paz.

Incluso cuando murmuraba, se podía intuir por el tono de su voz que estaba acostumbrada a dar órdenes. Pensé en lo que había dicho sobre los pies del cara de niño y comprendí que las mujeres serían las que durarían más. En sus caderas y sus chichis acumulan agua como los camellos. El cara de bebé estaba intentando voltearse y, como se le complicaba, la panadera le hizo un poco de espacio.

—Puedes poner tu cabeza aquí durante un rato —le dijo mientras palmeaba su regazo—. ¿Cuántos años tienes?

—Veintiséis —dijo el cara de niño.

—Igual que mi hijo —contestó ella—. Él está en Texas ahora. Incluso te pareces a él.

Ella extendió sus manos hacia él y, sin más palabras, el cara de niño colocó la cabeza en las piernas de la mujer y fue subiendo lentamente los pies por la pared. Durante un momento, la luz de la pantalla alumbró el rostro de su amigo. Los labios del hombre estaban blancos y tenían espuma, y en sus ojos abiertos sólo había una mirada vacía. Respiraba, pero sólo como para mantener con vida a una persona de mucho menor tamaño. Me preguntaba si realmente era amigo del cara de niño, y si sería el primero en morir.

12

Le dije a César al oído que estaba guardando su agua, manteniéndola a salvo para él, pero para mis adentros pensaba «mientras pueda».

Mi mayor miedo, AnniMac —además de morir aquí—, es que mi madre se entere a través de *Primer Impacto,* su programa favorito de noticias, celebridades y catástrofes —un avionazo o la violencia del narco o migrantes muertos—. En el programa puede verse a las víctimas con más heridas que el mismísimo Jesucristo, y muestran cada cadáver y cada cortada y cada agujero de bala. Desde que nos mudamos al centro, mi mamá se hizo adicta a él. La vecina tiene una televisión y, siempre que puede, la visita para ver el programa. Creo que aquí hay suficientes mexicanos como para que *Primer Impacto* lo note, especialmente si morimos; porque en México la muerte es nuestra droga nacional, el dios al que todos veneran pero nadie nombra. Y puedo imaginar a mi madre con su vecina, Lola, ambas de trenzas y faldas y delantales, sentadas en sus sillas de plástico mientras la presentadora sexi sale con sus dientes blancos y sus maravillosos labios y sus chichis más grandes que tu cabeza, y ella cuenta la historia y mi madre se pone a pensar: «Qué lástima, más paisanos muertos en la frontera», hasta que ve las fotos y escucha los nombres y entiende que éstos son migrantes del sur, oaxaqueños, *zapotecos*, ¡su propio hijo! Mi madre ya ha sufrido lo suficiente.

Te contaré sobre mi madre porque si puedes imaginártela, puedes imaginarme a mí. Su nombre es Ofelia. Como yo, es más morena y más baja que mi papá, y nuestros ojos tienen la misma forma y el mismo tono café. Cuando sonríe, su rostro es un cuarto oscuro por el cual entra el sol, y verla te hará sonreír a ti también. Mi mamá se ha ensanchado y además ahora me llega al hombro —y eso que yo sólo mido uno sesenta y cinco—. Hay algo que le sucede a una mujer después de haber tenido algunos hijos y haber pasado miles de días en el campo, así como a un hombre después de cargar miles de ladrillos y seguir el arado durante miles de kilómetros, y es que dejan de caminar hacia delante, como un caballo o un perro, y empiezan a moverse desde la cadera —de lado a lado, como una lagartija o como Hulk—, tiesos como un burro viejo. Ese modo ágil de una niña o una bailarina se desvanece, el músculo se convierte en algo más, y empiezas a parecerte a la alfarería que hacían en nuestro pueblo antes de que el plástico llegara. Todo lo que hay en nuestro pueblo viejo es chaparro y recio como la gente, y quizá te preguntes si construimos las casas y las vasijas para que se adecuaran a nosotros o nuestros cuerpos se han transformado para adecuarse a ellas. Si eres como imagino, creo que necesitarías agacharte para entrar por nuestra puerta, pero mi madre te daría una gran bienvenida. Quizás hasta te enseñaría cómo hacer el mole, con sus treinta y siete pasos y sus dos días de preparación. Ella puede alimentar a cien personas, como si no implicara ningún esfuerzo.

Mamá se peina igual que las mujeres en las bolsas de Diego Rivera que los turistas solían comprar, con trenzas y listones entretejidos y atados en la punta. Por supuesto que se ve bonita, pero ésa no es la razón por la cual lo hace. El verdadero motivo es prevenir que se le queme el cabello cuando está cocinando. Alguna vez mi mamá intentó ponerse pantalones, pero los jeans importados de China no están hechos para el cuerpo de una mujer zapoteca, y papá le dijo que parecía un montecito de llantas, así que ahora ha vuelto a ponerse falda, delantal y huipil. La mayor parte del tiempo no hay razón para usar zapatos, pero ella tiene unos pequeños de hule. En los pueblos nada es nuevo, salvo las botellas de Pepsi, las cubetas de plástico y los bebés, y nada de esto se conserva flamante durante mucho tiempo. Cuando yo era pequeño, salvo la Chevy Apache y alguna ropa, casi todo lo que teníamos o comíamos venía de la tierra.

En donde vivo, una camioneta es lo que diferencia a un esclavo de un hombre libre. Esto era lo que siempre me decía mi papá. La Chevy Apache era su orgullo, un clásico de motor V8 y cuatro velocidades. El motor sonaba como piedras de río en un camión de volteo. Papá la compró antes de que yo naciera, cuando trabajaba en Chihuahua para don Serafín. Tenía hoyos en la cajuela y papá decía que eran de bala. El parabrisas estaba polarizado y decía GON MAN. Hay una foto de esa época cuando la Apache era toda negra; con sus llantas para desierto y su largo contenedor me recordaba el Batimóvil.

La camioneta de papá se diferenciaba de las de otros porque estaba llena de hendiduras, como si un loco la hubiese golpeado con un martillo. Eso fue de cuando mi papá manejó hasta Texas. Yo todavía era un bebé, y había como una tormenta allá. Papá estaba solo en la carretera cuando sucedió, y dijo que el granizo era del tamaño de una guayaba, incluso de una naranja. Empezó a caer tanto y tan rápido que no supo lo que estaba sucediendo. El ruido era increíble, dijo, como si hubiese truenos dentro de tu sombrero. Pensó que era uno de esos aviones de guerra de los que el tío nos había hablado, y estaba seguro de que moriría. Además de todas las abolladuras, el parabrisas se rompió completamente. Cuando por fin tuvo el valor de salir, el sol brillaba y cerca de él, en el paso, había un coyote muerto dentro de un círculo de pequeñas bolas de hielo que se evaporaban. Condujo de regreso a casa después de eso, porque pensó que era una profecía. Desde entonces, ha tenido pesadillas al respecto: algunas veces es el coyote tendido, algunas veces es él. Le pidió a mamá que viera si la Biblia mencionaba tales cosas, junto con las ranas, los chapulines y las hemorroides, pero ella dijo que no, que quizás era un nuevo castigo de Dios, especialmente diseñado para Texas por haber matado a John F. Kennedy. Mi mamá se persigna cuando escucha su nombre, porque él también era católico.

En una ocasión, mi papá me llevó con él a Chihuahua. Fue justo antes de irnos al Norte, papá estaba haciendo una entrega para don Serafín: cacahuates y otras cosas también, creo, pero papá no hablaba de eso porque yo era chiquito y porque lo que importa es el trabajo. En la noche, esa carretera que va de la ciudad de Chihuahua a Durango está llena de camiones, pegaditos uno tras otro como hilera de burros. La gente maneja rápido, como a ciento veinte kilómetros e incluso más. No hay federales y la única manera de salir de esa carretera es irte a la zanja. Fuera del camino, todo está oscuro y la amplia planicie se extiende negra como el espacio a ambos lados; entre las pequeñas ciudades, no hay una sola luz. Es peligroso y sólo los santos y las vírgenes nos mantienen vivos. Pero a pesar de ser tantos no se dan abasto, y es imposible que cuiden a todos en todo momento.

Y nosotros llevamos los cacahuates. Tienes que escuchar a Bob Esponja cantar esa canción:

> ¡Soy un cacahuate!
> Bum Bam Bum Bam
> ¡Eres un cacahuate!
> Bum Bam Bum Bam
> ¡Todos somos CACAHUATES!

Y tiene toda la razón. Aquí afuera todos somos cacahuates y Bob Esponja canta como si su vida se fuera en ello, como un verdadero mexicano, el mismísimo Vicente Fernández. Por supuesto que conoces esta canción. Fue mi primer tono para el celular.

Pero esta historia es de antes de Bob Esponja y los celulares...

Es tarde, vamos manejando y papá está tan quieto y callado como si fuera una estatua. Pero esto es normal, pues está acostumbrado a manejar toda la noche. He comido tantos cacahuates que no quiero volver a ver otro en mi vida, y trato de dormir acurrucándome en la puerta, pero de pronto las luces de los frenos del que viene adelante se encienden y tenemos que bajar, de un momento a otro, de 100 a 10 kilómetros por hora. Hay intermitentes por todos lados y mi padre maldice. No habla mucho, pero maldice con elocuencia. Muchos, muchos chingaos en todos sus posibles gestos. Así que ahora el tráfico es lentísimo en ambas direcciones, y papá encoge el cuello hasta que las orejas le quedan a la altura de los hombros. Hace esto cuando no se siente contento, y aunque se ve como una tortuga enfurruñada, jamás se lo diría. «¿Qué chingados es esto? —dice—. ¿Una chingada calenda?».

En el camino hay una curva y una elevación en el terreno; del otro lado, se ve un resplandor. Sin luna, el cielo está oscuro, pero hay una luz grande y naranja como si el sol estuviera saliendo antes de tiempo. Papá silba y le da una palmadita a la virgen en el tablero que, por supuesto, es Juquila. «¿Qué es *esto*?», vuelve a decir.

Vamos a vuelta de rueda, así que la sensación es la de estar montados en una carreta tirada por bueyes —y no en la Apache—, y cuando finalmente llegamos a la punta de la elevación, podemos ver lo que sucede. Es un incendio muy grande, tanto como el infierno, y me pregunto qué puede causar un fuego de ese tamaño. Casi todos los vehículos son furgonetas o camionetas con gente, y no demasiado grandes. Pero allá arriba algo distinto se quema, algo enorme. Papá toma fuertemente el volante con ambas manos y observa el fuego, que es demasiado brillante para sostener la mirada. Hay formas —humanas, negras y delgadas— que ondulan en las flamas como marionetas

114

que danzan. Monos con sombreros. Después de ver esto siempre ha sido así como me imagino el infierno: en la oscuridad, a un lado de la carretera que atraviesa una planicie vacía —un páramo despoblado— están las almas flotando en el fuego. Si fueran los mexicanos los que hubiesen escrito el Viejo Testamento, ésas serían las imágenes que lo describirían.

Por la cabina, nos damos cuenta de que es un tráiler Kenworth, y todo él arde —la cabina, el remolque, incluso las llantas—, como si estuviera hecho de palos secos. Papá silba y se persigna. Sé que yo también debo hacerlo, pero no lo hago, y no sé bien por qué, pues es un hábito entre nosotros al pasar junto a un cementerio, una iglesia, un funeral, un accidente, quizás una muchacha realmente guapa; por todo esto uno se persigna. Es una señal de respeto y también un llamado de protección. Pero allá en esa carretera solitaria que estaba tan llena de gente en ese momento, tengo una sensación y entiendo —incluso siendo un niño— que persignarme no me protegerá de un desastre así. Es una ofrenda demasiado pequeña. Pienso en ello en momentos como ahora, y me pregunto si ahí fue cuando Dios me vio desviar la mirada.

Muy lentamente pasamos por la escena y papá está en lo correcto, se trata de una calenda, sólo que ésta es silenciosa: sin música ni cohetes, sin gritos ni baile. Sólo se escucha el sonido bajo de los motores y del fuego, tan grande que crea su propio viento, jalando el mundo hacia sí mismo y comiéndoselo vivo, tan caliente que hace que todo alrededor se doble y se retuerza y brille. El tráiler se derrite sobre sí mismo como cera, y el pasto alrededor se consume por completo. Incluso la tierra arde, y ahora puedo ver con más claridad a los hombres oscuros que flotan. Están parados en un círculo alrededor del vehículo, con las cabezas agachadas para que sus sombreros los protejan de ese infierno. No entiendo cómo aguantan. Cuando pasamos al lado tengo que cerrar mi ventana; es tanto el calor que no hay ningún olor, sólo el viento que corre aceleradamente hacia el cielo, juntando las chispas y las estrellas.

Tras el vehículo quemado hay una minivan en dirección opuesta, parece un acordeón roto. Nada se mueve ahí. No hay policías ni ambulancias ni bomberos, sólo el tráfico que se extiende al infinito, sin poder moverse. Pero, ¿qué podrían hacer de todas maneras? ¿Qué podría hacer Dios sino mirar, inclinando Su sombrero para protegerse los ojos?

Sucede cada noche, ¿pero cómo puede uno digerir una cosa así, este milagro oscuro que parece imposible y aun así sucede ante tus ojos? Las familias llegarán después y seguro pondrán cruces. A lo mejor hasta construirán una capillita para poner veladoras y flores, una más de tantas. Si te elevas y observas México desde arriba, como un ángel o un astronauta, puedes ver hileras de cruces marchando a través del territorio; aquí y allá capillas y después cementerios y más cruces que conducen a otros cementerios e iglesias, basílicas, catedrales y pirámides —en todas direcciones a través del tiempo—. Es lo que mantiene al país unido, esta red de muerte y rememoración. ¿Y quién es la araña que la teje?

vie 6 abr — 10:59

Pasan los días y me doy cuenta de que ya no hay tiempo, y cosas en las que no había pensado durante años regresan a mí como si hubieran pasado ayer. Hay algo allá afuera que suena como la primera vez que cargué una bolsa de plástico. Fue justo después de que papá y yo regresamos de Chihuahua, cuando mamá me mandó a la tienda a comprar jabón. Hay uno que usamos en el pueblo, se llama Tepeyac y es el más grande que hayas visto jamás —como diez de tus jabones del Norte—; a lo mejor es así de grande porque en México hay mucha suciedad. Es un camino largo y solitario a casa cuando tienes cinco años y los niños mayores están en la escuela y todos los adultos andan trabajando en el bosque o la milpa; cuando estás solo, hay muchas cosas que temer. Esa mañana sólo había nubes colgadas sobre los techos de lámina y hojas que saludaban y guiñaban, brillantes por la lluvia. Ni siquiera tenía la compañía de un perro callejero, sólo este enorme jabón dorado en la bolsa de plástico que se sentía tan distinta a la bolsa de red o la canasta, pues pesaba de manera extraña, como resbalosa. Para agarrar valor, balanceaba el jabón alrededor de mi cabeza, escuchando el crujido de la bolsa en el viento, un sonido que jamás había escuchado. Cada vez lo hacía más rápido hasta que hubo dos tonos distintos, un tipo de gruñido, así que hice un gesto feroz e imaginé que el sonido provenía de mí y que mi jabón era una gran piedra con la que podía matar a Goliat y echar abajo su casa. Pero era muy joven entonces, ¿y qué sabía yo de nada?

Oye, AnniMac, nunca había hablado así con alguien. Donde vivo no mucha gente habla de cosas íntimas porque, en realidad, ¿a quién le interesa? Ya es lo suficientemente difícil afuera, ¿cierto? A lo mejor hay algunos poetas que lo hacen, ¿pero quién escucha? Si quieres abrir tu corazón en una mezcalería, seguro te dirán: «¡Güey! ¿En dónde crees que estamos? ¿En Neuróticos Anónimos? Tómate otro chínguere y cállate la boca».

Es todo un lugar —sí, la mezcalería—, pero también Neuróticos Anónimos. Una vez, durante mi primer año de universidad y antes de conocer a Sofía, fui a este lugar, pero cuando estaba en el *lobby* echándole un ojo a sus folletos, sentí como si todos los que pasaban por la calle pudieran verme a través de la ventana, y en mi mente los escuchaba decir: «Mira a ese pobre neurótico allá dentro. Probablemente todavía es virgen».

Pues no hay Vírgenes Anónimos en México, y cuando traté de imaginar mi presentación, nomás no pude escucharme decir: «Hola, mi nombre es Héctor, y soy neurótico». Cuando pienso en esas palabras sólo viene a mí el rostro enojado de mi papá, diciendo: «¿Por qué mi único hijo es tan mujercita?». En uno de los folletos había una pregunta que decía: «¿Cómo deseas sentirte?». Nadie en la vida me había preguntado tal cosa, pero en aquel momento creo que quería sentirme enterrado hasta los huevos en la pequeña y ardiente neurótica que esperaba conocer en el grupo. Por supuesto que sabía que esta respuesta era inaceptable, así que coloqué el folleto en su lugar y, por alguna razón, le dije a la recepcionista que me parecía familiar, como si fuera una antigua maestra o algo: «Lo siento, tengo una enfermedad y no puedo contestar todas las preguntas».

Después corrí hacia la puerta, pero en mi mente la escuché decir: «¡No te preocupes, Tito! ¡La virginidad no es algo de lo cual haya que avergonzarse! ¡Ahora ya hay cura!».

Yo no soy tan guapo como César, pero sí algo, ése no es el problema. El problema es que, en Oaxaca, las vírgenes son lo más preciado y deseado de todas las criaturas de Dios, así que es imposible tener una novia sin que, con ella, venga toda la cuadrilla: su mamá, sus hermanas, las tías y abuelas, la madrina y probablemente también los hermanos. Todos ellos te vigilarán como una familia de halcones, pensando que eres un ladrón y un perro que quiere robarle a su princesa preciosa lo más valioso que tiene. Y quizás están en lo correcto, ¿pero qué si no te quieres casar a los dieciséis? ¿Y qué si no quieres ir con una puta? Éstas son preguntas importantes, y para un joven nunca dejan de serlo.

La primera vez que obtuve una respuesta fue de Sofía, en la banca de un parque en El Llano. Ella es mixteca, nacida en el campo, pero vive en el centro, y es la primera que va a la universidad de su familia. Yo no me había fijado en ella hasta que, durante la primavera pasada y fuera de nuestra clase de Atención al Cliente, alguien dijo que los burros y los Nokia 1200S costaban lo mismo. Entonces, Sofía contestó: «Pero al burro no le puedes cambiar la tonadita». A partir de ese momento, la vi de manera distinta. Detrás de sus lentes, era más bonita de lo que parecía, y más graciosa. Nos tomamos un helado en el Zócalo. Ella me contó que quería ser médico, pero su padre —que ahora es mesero— le dijo que no, que era mejor ser gerente de hotel. «Para mí también es mejor —le dije—, porque jamás te habría conocido en la escuela de Medicina».

Todos en Oaxaca viven con su familia, así que la única manera de estar a solas con una chica es en la calle. Sofía y yo buscábamos un rinconcito tranquilo en el parque, pero hay tantas personas en busca de lo mismo que, en ocasiones, puede ser difícil encontrar tu propia banca. Era una tarde de mayo en El Llano, cálida y con una brisa que soplaba esparciendo el rocío de la gran fuente y, con él, el aroma del asado y los árboles. Juntos, el viento y el agua emitían un sonido como de murmullo, así que todo lo demás —los niños, la banda, el tráfico— parecía lejano y llegábamos a creer que estábamos completamente solos, besándonos. Pasado un tiempo, un día ella puso su pierna sobre la mía, con la mochila encima. Para mí fue una sorpresa la diferencia entre su muslo fresco y el calor repentino alrededor de mis dedos. Esa parte estaba más caliente que su boca y, mientras nuestras lenguas y mis dedos se movían rápido y al mismo tiempo, llegábamos a creer —así, abrazados— que era yo el que estaba dentro.

Cuando dejamos el lugar, los dos íbamos caminando chistoso y a mí me daba pena mirarla a los ojos. Me sangraba el labio y, cuando me besó para despedirse, se dio cuenta y se rio y volvió a besarme. Nadie me podía ver acompañándola a su casa, pues ella ya iba tarde para la misa de vísperas a la que iría con su mamá y sus hermanas. Cuando se fue me lamí los dedos para recordar su sabor junto con mi labio abierto, fue algo nuevo y delicioso, y por supuesto quería más.

13

Hace mucho calor, pero cuando toco mi cuello y mi frente, no hay sudor. Y cuando hago esto, cuando me toco, un escalofrío recorre mi cuerpo y el vello se me eriza y la piel se me pone de gallina. La sed nos está enfermando. Además de que nos duele la cabeza, nuestros cerebros y nuestros cuerpos ya no funcionan como deberían. Me doy cuenta cuando los otros tratan de hablar; es como si sus lenguas fueran demasiado grandes para sus bocas. Desde que era chico, cuando estaba cerca de una persona enferma, podía sentir cómo su fiebre me invadía a mí también —incluso de un extremo al otro de una habitación—. Así es como se siente ahora, una presión que crece, infectándome y orillándome hacia una pared que está demasiado caliente como para tocarla.

Su agua. Si César despierta, ¿quién la tendrá?

Es una pregunta endemoniada, y no debo pensar en la respuesta.

Cuántas veces fui con mi abuelo al domingo de mercado en Tlacolula. Siempre alrededor del mediodía, el abuelo visitaba a su amigo en el puesto de jugos que estaba en el pasaje al final de la calle, ahí donde venden los yugos de madera para los bueyes, junto a la señora del queso y frente a la escritora que redacta cartas para cualquier campesino que las necesite. Alguien me dijo que cobraba extra por redactar cartas de amor, y alguien más que éstas eran gratis, pero yo nunca le pregunté porque puedo escribirlas por mi cuenta. Siempre que la vi estaba sentada con el atuendo formal que había comprado en Puebla hacía mucho tiempo, frente a la misma máquina empolvada que supongo había adquirido entonces. Algunas veces el abuelo trataba de coquetear, pero para ella eran, como dicen, puros negocios.

En el puesto de jugos, el abuelo pedía una polla en un vaso alto. El amigo del abuelo, que se llamaba Pancho, lo llenaba hasta arriba de vino tinto que tenía en una jarra; después tomaba dos huevos y los partía en el vaso, donde flotaban como un par de chichis. Pancho siempre preguntaba si quería canela encima, y mi abuelo siempre contestaba: «Sabes que sí, con un carajo», de manera que Pancho espolvoreaba un poco de canela y sonreía pícaramente. Una vez, cuando yo tenía como catorce, el abuelo le hizo un guiño a los dos huevos y, con el antebrazo, nos mostró que aún podía ponérsele dura. «De *chuppá chuppá* —dijo—. Para la virilidad». Algunas veces, si estaba de buen humor, después de vender todo su maíz o hacer algún trueque por algunos guajolotitos, el abuelo levantaba su vaso y trataba de interceptar la mirada de la escritora. Si ella volteaba en esa dirección, él le guiñaba un ojo y se tragaba uno de los huevos. Ella veía algo a lo lejos y con la falda envolvía por completo sus piernas.

Desde que conocí a Sofía, creí que eso —la papaya— era una necesidad, como el aire y el agua. Pero ahora sé que es sólo un lujo —como la felicidad y el amor—, y esto me entristece porque qué es un hombre sin eso, ¿sabes?, sin ese deseo. Es como estar muerto. Ahora lo único que deseo es agua.

Juquilita, virgencita llena de gracia, lo siento, mi madre morena y generosa. Tengo miedo de que seas muy chiquita para este problema tan grande en el que estamos, tengo miedo de que estés muy lejos.

Pobre César. Su agua, la promesa de su agua, es difícil pensar en otra cosa.

¿Cómo puede estar tan fresco su cuerpo si hace tanto calor aquí dentro?

vie 6 abr — 11:57

AnniMac, tú eres gringa, ¿verdad? ¿Con un nombre así? ¿Cuál es tu signo? Yo soy sagitario y llegué al mundo exactamente el 18 de diciembre, el día en que se celebra la fiesta de Nuestra Señora de la Soledad. Por eso mi nombre es tan largo: Héctor María de la Soledad Lázaro González. La Virgen de la Soledad llegó hace mucho tiempo, por accidente, y no sólo se quedó, sino también se convirtió en la figura oficial de Oaxaca. Allá es incluso más importante que la Virgen de Guadalupe. Mi mamá sólo se acerca a ella de rodillas. Como mi nacimiento no fue fácil y mi cumpleaños cae en su día, mamá siempre me obligó a acompañarla a la basílica de la Soledad, en el centro. Nunca me gustó ir, pero cuando yo trataba de huir, mamá siseaba como serpiente y decía: «¡Diablito! Tú eres su humilde servidor. Le debes tu vida, y también la mía». Entonces, si no dejaba de jalonearme y quejarme, ella me daba una cachetada y apretaba mi mano hasta que podía escuchar cómo tronaban mis huesos dentro de la piel. Pero no lloraba.

Ahora me arrepiento de eso. Yo nunca pude sentir esa devoción por Soledad, pues jamás supe de quién era el humilde servidor, si de la Virgen o de mi mamá. Aunque soy el hijo mayor, hubo otros dos antes de mí que murieron. Quizá para mi mamá no soy un hijo, sino tres.

La basílica de la Soledad es la única iglesia que conozco donde guardan el agua bendita en un tanque: AGUA SANTA PARA USO.

Pero eso no significa que la puedas beber. Las puertas de la iglesia son lo suficientemente grandes como para que entre un camión, y allá dentro mi mamá siempre recorría de rodillas el tramo de la puerta al altar. La vía dolorosa es larga y mi mamá se tomaba su tiempo. Era en esta lenta peregrinación por el corredor, mientras ella se detenía a rezar en cada estación del crucifijo, cuando notaba que el púlpito se iba hundiendo. El padre no es un hombre tan gordo, así que quizá se debía al peso de sus palabras. Debo confesar que me gustaba que mamá se arrodillara porque entonces teníamos la misma estatura y yo podía fingir que era su esposo y no un humilde servidor. Yo caminaba junto a ella, derechito como un soldado, y cuando se persignaba yo le hacía un saludo como de militar a Soledad. En una ocasión, una monja me vio hacerlo, levantó el dedo y me lo clavó —junto con la mirada— como un puñal; nunca más volví a hacerle tales señas a la Inmaculada. Pero mamá, con los ojos al frente, puestos en la Virgen como si estuviera hipnotizada, jamás me veía. Yo trataba de mirarla como mi madre lo hacía, pero lo único que lograba era contemplar algo parecido a un fantasma o a un payaso, una cara blanca blanca y unas manos blancas blancas. No hay nada de interés en esta virgen, es sólo manos y cara. Como el resto de su cuerpo no fue revelado en la visión, llenaron el espacio con una gran pirámide de tamaño natural, hecha de terciopelo negro y oro. Para algunos, se trata de un atuendo español; para otros, un templo zapoteca con cabeza y manos. En el pueblo, mamá tenía un santuario para la virgencita, con veladoras y un vestido que ella misma le hizo. Cuando nos mudamos al centro, le compró a Soledad un nuevo vestido en la tienda de los santos, que está en Independencia.

Fue la época en la que empezó a coleccionar niños: el Niño Jesús en el pesebre, el Niño Jesús en su gloriosa batita, el Niño Jesús con una bata de doctor y estetoscopio —y muchas otras escenas y atuendos—. Incluso hay una revista del Niño Jesús y tiendas especiales para todos Sus accesorios, cerca de la basílica de la Soledad. Mamá los conoce todos. Ella pasa mucho tiempo con sus niños, especialmente cuando trae el ojo morado. Yo hacía lo mismo con mis muñecos coleccionables y mis Transformers. Una vez, discutiendo con ella sobre esto, diciéndole cosas desagradables como:

—¿Por qué tienes todos esos niños si sólo están sentados ahí? Mira mis Transformers, mira todo lo que pueden hacer.

—¿Hectorcito? ¿Desde hace cuánto existen estos Transformers? —me decía cuando se cansaba de escuchar mi perorata.

—Desde siempre. Desde que era chiquito —contestaba yo.

—Pues eso no es tanto. Nuestro amado Jesús ha sido un Transformer durante dos mil años.

Me pregunto si mi mamá ha visto el Mustang GT negro que ahora se pasea por Oaxaca, con la promesa del Transformer Barricada en uno de sus lados, *castigar y esclavizar*. Hace dos semanas lo vi en la colonia Reforma, cerca del hospital. De haber estado conmigo ese día, mi abuelo me habría dado un codazo para decirme: «Mira, el obispo nos visita».

Incluso el año pasado, cuando lo rondaba la muerte, el abuelo decía que la iglesia era sólo una tienda que vendía productos españoles. Es una blasfemia decir algo así, pero tenía sus razones. Muchas veces me contó sobre cuando los padres llegaron al pueblo e hicieron que la gente derrumbara nuestro templo y usara las piedras para construir su iglesia. Las personas obedecieron porque, de rehusarse, podían ser golpeados o asesinados. Durante este tiempo, dijo, había un indio que trabajaba como espía para los padres. Cuando la gente lo descubrió, mataron al traidor ahí mismo; a los ancestros del abuelo los quemaron vivos en la plaza de nuestro pueblo. ¿Pero sabes lo que al abuelo lo hacía escupir cuando hablaba de esto? El espía ahora es un mártir, un santo con su propia capilla. Verdad, puedes ver sus huesos en la catedral y, al lado, pinturas de indios que se consumen en el fuego. Ésta es la razón por la que el abuelo jamás se acercaba a la iglesia. «¿Cuál es la diferencia —me decía— entre ese chilito en la catedral y los que mataron a tu primo en la huelga? Si me preguntas, es sólo el arma. Por dentro, todos son putos».

Los dioses españoles jamás le hablaban a mi abuelo, quizá porque él jamás lo hacía. «Hay otros dioses», decía, «los dioses que viven dentro de nuestra iglesia». Cuando sus ancestros la construyeron con las piedras del templo, hicieron un lugar secreto dentro del altar para ellos. Ahí están la Serpiente y el Jaguar; Cocijo, el dios del rayo y la lluvia; Pitao Cozobi, el dios del maíz; Xipe Totec, el desollado que los aztecas nos robaron y vistieron con piel humana. Durante más de doscientos años permanecieron ahí hasta que el mismo temblor que destruyó el centro tiró nuestra iglesia y quebró el altar. Cuando esto sucedió, el abuelo pudo verlos con sus propios ojos, y cuando sus tíos lo ayudaron a reconstruir la iglesia, todos esos dioses regresaron a su escondite en el altar.

Siempre parece que alguien quiere vender un nuevo dios.

Una vez estaba en el Zócalo cuando se me acercaron dos aleluyas altos, en su atuendo de camisa blanca, pantalones negros, corbata negra y gafete de plástico. Éstos eran testigos de Jehová, a los que papá llama «testículos de Jehová». Él dice que uno siempre puede distinguirlos por su altura y palidez. Bueno, pues uno de ellos intentaba hablarme en español y dijo:

—Buen día, amigo, ¿conoces a Jesús?

Es un nombre común en México, así que les contesté:

—Por supuesto. Conozco a muchos. ¿A cuál de todos buscan?

Esto los confundió un poco y el otro me dijo:

—¿Cuál es tu nombre?

Estaban tan serios que no pude evitar decir:

—Jesús.

—¿Hey Zeus? —dijo el primero—. *Moocho goosto. ¿Too air ace Catholeeko?*

—No —le dije—. Zapoteco.

Ellos se miraron, y el segundo le dijo en inglés:

—¿No es ésa una compañía de *software*?

Traté de no reírme cuando el Número Uno me dijo:

—¿*Too tennis computa*?

Y esto es gracioso en español, por eso les dije:

—No con puta, solamente con Jesús.

Ellos entrecerraron los ojos y asintieron con la cabeza.

—Muy bono —dijeron al mismo tiempo, y Número Dos metió la mano a su bolsa y me dio el pequeño folleto.

—Muchas gracias, Señores Enganchadores —les dije—. Es por un pescado, ¿no?

Como no estaban seguros de lo que les dije, los ayudé:

—Us-te-des son pes-ca-do-res, ¿no?

Sus cabezas voltearon como las de perros curiosos y pude verlos pensar y pensar.

—Como san Pedro —les dije—. El pescador.

—¡Sí, sí, amigo! —dijeron—. ¡San Pedro! ¡Sí, estamos pescando hombres!

Sonrieron ampliamente, con sus grandes dientes americanos, y me dieron un fuerte apretón de manos.

—¡Vaya con Dios! —dijeron al mismo tiempo y se alejaron.

Así que, ¿quién fue el mejor negociador? ¿Yo que me desternillé de la risa y obtuve un periódico gratis para envolver pescado o ellos que creyeron haber liberado un alma?

vie 6 abr — 12:46

Estoy en chones y me siento en mis zapatos con los pies en la mochila y los brazos alrededor de mis rodillas. La pared está demasiado caliente como para recargarse en ella y ésta es la hora del día en la que tengo que acostarme junto a César. Lo pongo de ladito para tener un poco más de espacio, después me pongo otra vez los zapatos y hago una cama con mi ropa y mi mochila. Mi botella de agua ahora tiene orina. Le pongo un calcetín y la uso como almohada. Estoy recostado entre César y la pared trasera. En una mano tengo su teléfono y en la otra la cabeza de jaguar de mi abuelo. El agua de César está en la mochila y puedo sentirla a la altura de mi cadera. Esto es lo único que importa ahora y debo cuidarla igual que a César. La batería se está gastando más rápido de lo que pensé, ya va a la mitad. Creo que es por el calor, así que voy a apagar el teléfono ahora.

vie 6 abr — 16:51

Hola. Ya es de tarde. Intenté dormir.

Sigue con una rayita solamente. Si fuera un problema de la antena, ya lo habrían arreglado para este momento. ¿En dónde chingados están las otras rayitas?

vie 6 abr — 17:11

Dios mío, tengo frío. No sé por qué. El tanque todavía está caliente, pero mi ropa no me cubre lo necesario, de manera que debo permanecer cerca de César —tan cerca como pueda—. Mi cuerpo se está destartalando.

He estado chupando mi moneda de diez pesos para producir saliva. No sabía que el dinero fuera tan ácido. Mientras él me mantenga caliente, me digo, no beberé su agua.

vie 6 abr — 17:23

¿Puedes escuchar eso? Lo estoy grabando. La avioneta vuelve, más cerca esta vez, pero no da la vuelta. Estoy seguro de que es la Migra vigilando la frontera. Como sea, somos invisibles.

14

vie 6 abr — 17:44

El sol ya se metió. La pared de metal me lo dice. Muchas veces he revisado la señal, si había algún mensaje tuyo, pero nada. ¿Cómo es que nadie nos ve? ¿En dónde nos dejaron los coyotes? No le he dicho esto a nadie, pero me pregunto si no estamos en un estacionamiento con muchos otros camiones y, por ello, pasamos inadvertidos. Muchos migrantes han muerto así antes. Pero no puede ser, el camino estaba en tan mal estado. No creo que estemos en ninguna vía.

A lo mejor así es el infierno, un lugar que te quema y te congela en la soledad con los extraños. Y todo lo que quieres no lo puedes tener.

vie 6 abr — 17:52

Creo que el viejo está muerto. Alguien lo dijo. Nunca supe su nombre. No sé lo que pasó, si se rindió o se asfixió o sus riñones colapsaron. A lo mejor hay otros muertos —como el amigo del cara de niño—, pero no lo quiero saber. Lo único que importa ahora es el agua. Ya nadie habla del mecánico ni de la Migra. Sólo hay respiración.

Una vez, cuando era chico, vi un circo ambulante que se detuvo a la orilla de la carretera. Había camellos en un corral y también un elefante sin colmillos que tenía en las orejas unas cortadas largas como de hojas de plátano. En una jaula, había un oso que estaba tan quieto que parecía como muerto. A lo mejor lo estaba. Hacía calor ese día, demasiado para soportarlo. Pero son los tigres los que no abandonan mi mente en este momento. Estaban todos juntos en una jaula, y había tantos que era difícil diferenciarlos, sólo pelaje y rayas que se mezclaban. Los pobres estaban apilados como cerdos en su propio excremento, y los tenía tan cerca que podía tocarlos si me atrevía. El olor era, ¿cómo puedo decírtelo? ¡Guácala! Tan penetrante y tan agrio que me hacía lagrimear, y en la arena bajo la jaula había albercas de orina hirviendo en el sol. De los tigres sólo se escuchaba la respiración, lo cual me hacía sentir raro. Era la extrañeza de saber que el aire que salía de sus pulmones era el mismo que entraba en los míos, como si nos estuviéramos mandando mensajes invisibles sin emitir ningún sonido bajo todo ese calor.

Había un tigre especialmente grande, tanto que era difícil de creer. Sus patas eran del tamaño de mi cabeza. El animal caminaba de un lado para el otro, jadeando, y no sé cómo evitaba el contacto con los demás tigres. De un extremo al otro de la jaula, iba y venía pisando en los mismos lugares, una danza terrible y lenta condenada a la repetición, hacia delante y hacia atrás a través de los otros, como un pez en un tanque, sin detenerse ni ver, como si los demás no existieran, como si no estuvieran ahí. He visto locos que hacen esto en el centro, pero no sabía que los tigres también pueden enloquecer. Después de ese día, no tuve corazón para volver al circo.

vie 6 abr — 18:13

La deseaba tanto —más que cualquier otra cosa—, pues no sabes cómo la sed invade tu mente. Sostengo su agua y, Dios, ayúdame, lo único que supera este deseo es el de la puerta que nos saque de aquí. El peso de la botella en mi mano es como el de un corazón, y en mi garganta una tapita fue el éxtasis, no puedes ni imaginártelo. No pude aguantar y tomé más, llenando mi boca. Supe que le estaba robando algo a César —su oportunidad de vivir—, y me dije a mí mismo que si bebía un poco podría ayudarlo, pero es mentira. Me di cuenta cuando le di unas gotas. El padre siempre nos dijo que el vino es la sangre de Cristo, y es Él a quien bebes de la copa. Su vida en tus labios. Pero el padre estaba equivocado. La sangre no es la vida, el agua lo es.

Y la mía y la de César están unidas en esta botella.

vie 6 abr — 18:27

Todo el día lo estuve escuchando y ahora sé lo que significa, probar la planta que crece en las paredes empieza a saber como una buena idea, como algo delicioso. También se encuentra en nuestra ropa, pero a nadie le importa eso ahora, sólo la sed. Nadie se imaginó que chuparía sus propios pantalones o que lamería estas paredes en busca de agua, sintiendo el óxido que se desmorona en sus lenguas; el dulce sabor eléctrico. Éstas son cosas que ninguna persona sana quiere imaginar. Al principio, pensé que intentaban salir. Los escuchaba raspar las paredes con sus uñas y sus tarjetas de santitos, con las correas de sus mochilas, pero el agua es mala y también lo es la planta, y eso hace que pierdan líquido con mayor rapidez. Aquí dentro, todo se vuelve más penetrante. El tanque se siente y huele cada vez más como el intestino de algún animal que lentamente nos digiere. La muerte del viejo fue un mal augurio, una maldición.

La gente creerá cualquier cosa, ya sabes. El problema es que aquí dentro todo eso es verdad.

vie 6 abr — 18:38

Estoy sentado aquí como un campesino que espera la lluvia.

Mi trasero está entumecido, también mi espalda. No hay ni cómo moverse. Los dedos de mis pies y de mis manos hormiguean. Cada vez es más difícil manipular el celular, y no sólo por el frío. Pero encontré algo ahí, un archivo que se llama SED, con documentos sobre el desierto y los primeros auxilios en caso de deshidratación. César se había adelantado. La información dice que necesitas sal y agua y sombra. Tenemos todas esas cosas aquí, pero ninguna sirve. En el archivo también hay un documento que se llama «Enfermedad de la sed», de una revista americana. Es una historia sobre un mexicano llamado Pablo Valencia. Pero creo que también es nuestra propia historia. Este Pablo trabajaba en una mina de oro en la frontera entre Sonora y Arizona y su compadre Jesús le hizo lo mismo que los coyotes nos hicieron, es decir, lo abandonó sin caballo, sin agua, en algún lugar cercano a éste. Era agosto, así que Pablo estaba en aprietos y fue en busca de ayuda, de agua. Durante siete días las buscó, caminando y gateando como ciento cincuenta kilómetros. Fue un milagro. Para permanecer con vida, se bebió su orina y comió cactus, arañas, escorpiones, cualquier cosa con líquido en su interior. Pero de cualquier manera estaba muriendo, día a día, gota a gota, así como nosotros, y cada vez que se detenía para descansar, los buitres y los coyotes se acercaban más. Al final, lo encontró una especie de científico que hacía experimentos allá afuera, y fue él quien escribió el artículo. Sus palabras son demasiado para mí, pero puedo copiar esa parte y enviarla con el texto. Quizá tú entiendas mejor lo que nos está sucediendo aquí adentro, pues ésta también es una historia verdadera.

Pablo estaba completamente desnudo; sus piernas y sus brazos esqueléticos se habían reducido de tamaño; sus costillas sobresalían como las de un caballo famélico; su abdomen estaba metido y casi tocaba su columna vertebral; sus labios habían desaparecido, como si se los hubieran amputado, dejando sólo un delgado borde de tejido ennegrecido; sus dientes y sus encías sobresalían como las de un animal desollado, pero la piel era negra y seca como un tajo de cecina dura; su nariz estaba como marchita y se había encogido a la mitad de su tamaño; las fosas nasales se veían negras; sus ojos estaban fijos, sin parpadear, con la piel que los rodea tan contraída que la conjuntiva estaba expuesta y también era negra, como las encías; su rostro era tan oscuro como el de un negro, y su piel tenía el tinte purpúreo de un cadáver, y algo cenizo también, con grandes manchas lívidas; sus pantorrillas y sus pies, así como sus antebrazos y manos, estaban rasgados por el contacto con espinas y rocas puntiagudas, incluso las heridas más frescas eran como arañazos en cuero seco, sin rastro de sangre o suero; sus articulaciones y huesos sobresalían como los de una vara nudosa, aunque la piel colgaba de ellos en una forma que sugería cuero sin curtir, del que se usa para las llantas ponchadas. Después de examinarlo, calculo que pesa entre 52 y 54 kilogramos. Pronto descubrimos que no podía oír salvo sonidos muy fuertes, y tampoco podía distinguir nada con la vista, salvo la luz y la oscuridad. La membrana mucosa de su boca y su garganta estaba seca, partida y ennegrecida, y su lengua se había reducido hasta convertirse en un integumento negro. Su respiración era lenta, espasmódica, y la acompañaba un gemido o un bramido profundo y gutural, el sonido que nos despertó a cuatrocientos metros de distancia. Sus extremidades estaban frías como el aire que nos rodea; ningún pulso se detectaba en las muñecas y, al parecer, había muy poca circulación —si acaso la había— más allá de sus rodillas y sus codos; la frecuencia cardiaca era lenta, irregular, con pálpitos y casi nula en los intervalos más largos entre las respiraciones estentóreas.

Al final, este hombre Pablo vivía y moría al mismo tiempo, y no se dejó vencer.

Cuando el sol se elevaba, buscó la sombra de un arbusto y ahí se hincó en una oración final por los que agonizan; después se acostó con los pies y la cabeza hacia el este, hizo la señal de la cruz con un espasmo ante la falta del agua sagrada, y se preparó para el final. Ahí —y ésta fue la más clara de sus visiones, aunque haya sido irreal—, con el sol naciente, murió, y su cuerpo yació sin vida bajo los rayos quemantes, aunque su espíritu merodeó por ahí, reacio a abandonar la cáscara material que los buitres esperaban con paciencia. El sol trazó un arco por la bóveda brillante, y la oscuridad descendió; en el frío de la noche, alguna sombra vaga externa a su ego se desplazó y después luchó inútilmente a través del chaparral y los cactus por el estrecho más arduo del Camino del Diablo. En ocasiones, se sintió medio vivo y retorcido por la agonía del espíritu y la carne; a menudo sentía que su cuerpo desnudo era empujado y arrastrado y explotado y torturado por algo externo; él conocía su voz, trataba de gritar en protesta o llamar para ser rescatado, pero no tenía voluntad. Así que la noche siguió deslizándose, hasta que al amanecer la conciencia vaga supo que estaba cerca del campamento, con la certidumbre del alivio, y poco se sorprendió ante el rugido de una llamada final.

Así lo encontraron el séptimo día, por el sonido cavernoso de su respiración. Así encontraron a este hombre Pablo, cuyo cuerpo moría por todas partes y seguía adelante sin saber si estaba vivo o muerto o soñando en medio de la vida y de la muerte. Pero aquí no tenemos ningún sendero que seguir, y nadie nos encuentra. ¿Cómo seguir? En la mañana, mi mamá hace fuego de la nada, sólo sopla las cenizas grises. No puedes verlo a simple vista, pero el fuego está ahí esperando que alguien lo note, esperando alguna razón para volver a arder. En inglés, «to wait» no es lo mismo que «to hope», pero en español no hay ninguna diferencia. Además de «chingar», el otro verbo oficial de México es «esperar», y eso es lo que hago todo este tiempo, espero por ti a lo largo de las horas y los días y las palabras. Te espero, AnniMac.

¿Y si no hay esperanza? ¿Y si tu paciencia se acaba como el agua? ¿Sabes lo que mantuvo vivo a este Pablo Valencia todo ese tiempo, además del anhelo de beber? El anhelo de clavarle un cuchillo a Jesús por dejarlo solo. ¿Y si está en lo correcto? ¿Y si el odio es más fuerte que la esperanza?

A lo mejor alguna vez hiciste algo que, con el tiempo, llegó a parecerte una verdadera estupidez; a lo mejor alguien te lo hizo a ti. Yo no puedo creer que Lupo nos aventara a los coyotes. No puedo creer que deba dinero por estar aquí y que mi papá esté obligado a pagarle a don Serafín, el mismo hombre que mandó a la muerte a su hijo. No puedo creer que don Serafín tenga sangre zapoteca y que haya vivido en Oaxaca durante toda su vida y que mi padre lo vea como si estuviera sentado en la mano derecha de Dios. Por esto yo sentencio a don Serafín, pues tomó todo nuestro dinero y nos envió —a su propia gente— a semejante desastre. Sentencio a Lupo y sentencio a esos coyotes cuyos nombres ni siquiera conozco. ¿Y si el odio es más fuerte que la muerte y vivo para encontrarlos a todos? Me los puedo ir echando uno a uno, como el matón de *El padrino*, la película favorita de mi papá.

Pero incluso si los encuentro, incluso si pudiera matarlos, eso no compensaría lo que nos hicieron, tantas chingaderas en un lugar tan pequeño. Ahora esos maleantes me hicieron su compadre, su cómplice. Esta situación uno no se la desearía ni a su peor enemigo. Por esto, los sentencio a todos. Me sentencio a mí y sentencio a César. La idea de meternos en este camión fue de César, como también la de pararse en el momento equivocado y darme su teléfono, con todo lo que contiene.

15

En Altar, tuvimos que esperar un buen rato. César y yo lo hicimos durante casi dos días. La mayor parte del tiempo, César se quedó en la choza de Lupo y, sin hablarle a nadie, se dedicó a escribir cosas en su teléfono. En la noche, nos sentamos fuera del taller, tomando cervezas y hablando hasta que el frío nos impidió seguir. Al principio no hablábamos de nada importante: las cantinas que conocíamos, como El Farolito —donde servían la mejor pechuga del mundo antes de que la renovaran para los turistas— y La Casa del Mezcal, donde sirven naranjas verdes con gusano, pasan las botellas por el aire y, según me dijo César, llegan a verse peleas con cuchillos. Cuando le pregunté sobre lugares más modernos, como Nuevo Babel o La Biznaga, dijo que jamás había estado ahí. Esto me pareció raro porque las personas cultas —como él— suelen ir ahí, especialmente si tienen dinero. Fue entonces cuando entendí que el accidente con el taxi era simplemente una historia más en el baúl de las desgracias de César.

—Te escondes de alguien —le dije—. Por eso regresaste a Oaxaca.

César raspó la etiqueta de la botella.

—Cuando crucemos —dijo—, a lo mejor te cuento.

Pero creo que ya sabía la razón. El problema de César era decidir a qué dios servir. En México hay muchos, incluso en una ciudad tan pequeña como Altar, y cada uno demanda un tipo distinto de sacrificio. Además de la iglesia de Guadalupe, hay otros santuarios y capillas para todos esos peregrinos. Alguna vez vi una para Jesús Malverde, que es un hombre real, nuestro propio san Narco. Ahora muerto, por supuesto. Él pronuncia el evangelio del Nuevo Mundo, y muchas personas le rezan, especialmente los narcotraficantes. Pero san Narco no es tan popular como la Santísima Muerte. Debo decirte, AnniMac, que en estos días hay muchos santos que abandonan a Dios, e incluso la vida, para poner su negocio. ¿Sabes por qué Guadalupe y Juquila son tan importantes para nosotros, los indios? Porque también son morenas. Pues bueno, la santa Muerte no tiene ningún color. Sólo está hecha de huesos, se ve como cualquiera —cualquiera que esté muerto— y puedo decirte que es la única virgen a la que vas a ver fumando un cigarrillo. Lleva la enorme guadaña de la muerte en una de sus huesudas manos y en la otra sostiene al mundo al igual que un sacerdote azteca sostiene tu corazón; alguien tuvo a bien pintar el mundo como un ojo que *te* mira fijamente. Hay muchas ofrendas en el santuario de la santa Muerte, flores y semillas y frutas y tequila y dulces e incienso —igual que en cualquier santuario mexicano—, pero también hay cuchillos pequeños, algunas balas, un medallón de Cadillac, una playera ensangrentada, una lata de Red Bull y mucho dinero. En todo México, la gente da dinero a los santos, pero en Altar, la santa Muerte es la única que no acepta pesos. A lo mejor los coyotes aprendieron de ella.

La santa Muerte es nueva en estos tiempos, AnniMac. Llegó con el TLCAN. Puedes decir que ella es nuestra santa Muerte del TLCAN, porque muchas personas comenzaron su devoción en los noventa, cuando la muerte arremetió en los pueblos, con tantos que se iban sin volver jamás, y después las maquiladoras que cerraban porque el trabajo estaba en China, y la frontera que se eleva y las leyes que se aprueban, y los narcos que matan más y más y más, hasta que todo esto parece una guerra. Cuando Cortés llegó fue igual, la distancia entre la Esperanza y Dios y la Muerte se hizo cada vez más pequeña, hasta que fue imposible diferenciarlos. Esto sucede, creo, cuando los nuevos dioses se enfrentan a los viejos y tantas oraciones quedan desatendidas.

Te conté sobre los santos que han abandonado a Dios para poner su negocio, pero en México ahora hay empresarios que se están volviendo santos. En nuestra catedral hay un santuario para san Charbel, el santo patrono del hombre más rico de México, Carlos Slim. Muchos oaxaqueños creen que él recibe ayuda especial de san Charbel, y si Charbel le procura tantos millones a Carlos Slim, quizá pueda darnos algo a nosotros también. La estatua de Charbel es pequeña y debe compartir una capilla con Guadalupe, pero deberías ver las ofrendas de la gente. Algunos dicen que no es a san Charbel a quien la gente le reza, sino al multimillonario san Slim. Carlos Slim es tan astuto que no sólo es el fiel servidor de san Charbel, sino también de Telcel, el dios azteca de la comunicación. Todos lo adoramos aquí. Yo lo estaba venerando hasta que me quedé sin minutos. Éstos son los tiempos actuales en los que el dios español de Jesús y los dioses antiguos de México y los dioses modernos de los negocios son cada vez más difíciles de diferenciar. Pero te digo, AnniMac, siempre ha sido así. Y quizás ésta sea la otra mitad de nuestro destino juntos, no sólo ser los Estados Unidos de América, sino ser Una Nación Bajo los Dioses.

Puedes agregar el tuyo.

Si le preguntáramos a César qué dios agregaría, estoy seguro de que respondería Juquila, pero también tendría que mencionar a SantaMaize, y éste es justamente su problema. SantaMaize es una compañía de semillas grande y poderosa, con santuarios por todo el mundo. Su especialidad es el maíz y están enviando a sus aleluyas a todos lados estos días. Pero ¿no ha sido así siempre? ¿No siempre ha habido dioses nuevos que llegan a desafiar a los antiguos? Porque en los dioses viejos es donde se concentra el verdadero poder, el agua, el rayo, el fuego y la guerra. Santa-Maize entiende este punto muy bien y por eso está tan interesada en el maíz. No sólo son los dioses españoles los que realizan milagros ahora, SantaMaize también lo hace, y uno de estos milagros —el Milagro de SantaMaize— se encuentra incluso en el Códice de Oaxaca, que es la historia de estos tiempos. Desde la huelga, han ido apareciendo trozos del códice en las paredes y los edificios del centro. Nuestro gobernador, Odiseo, los llama grafitis, pero no lo son. Es la historia de nuestra gente y de los dioses a los cuales veneran y las batallas que deben luchar una y otra vez, por toda la eternidad. Odiseo y sus hombres tratan de limpiar todo esto y cubrirlo con capas de pintura, pero a través de los muros la historia sigue sangrando.

La primera vez que vi el Milagro de SantaMaize en el Códice de Oaxaca fue durante el otoño pasado, en la calle Cinco de Mayo casi esquina con Chapultepec. No lo sabían los artistas, pero contaron la historia de César y, como la de todos nosotros aquí, su historia comienza con el maíz, una hermosa milpa pintada en la pared con las mazorcas gordas y listas para la cosecha. No sólo son las mascotas de arcilla con chía que germina ni los santos cabezones ni las iglesias gigantes ni los migrantes que provienen de Oaxaca. Todo el maíz que tienes allá para tu azúcar y tu *whisky* y tu cereal y tu gasolina también proviene de nosotros. César me lo dijo, el maíz es el cultivo más valioso en el mundo, pero no todos lo valoran de la misma manera.

Es este conocimiento y su demostración lo que César va cargando. Para César y para todos nosotros, este viaje es más que ir a otro país. Muchos de nosotros fracasamos y muchos de nosotros morimos. Incluso si lo logras, a lo mejor nunca vuelves a ver tu casa, y ése es otro tipo de muerte. No todos lo entendimos, pero creo que César sí. Esa noche antes de entrar en el camión, compró dos caballitos de tequila y seis Tecates y me contó sobre el Milagro de SantaMaize. Fue la última vez que hablamos y me pregunto ahora si vio venir esto, si esas cosas que dijo fueron algún tipo de confesión.

El taller de Lupo estaba construido en un terreno baldío a espaldas de la carretera, y tenía paredes de cemento y vidrio roto en el techo. Del lado de la carretera había una reja de metal bastante sólida, con espiral de alambre de púas en la parte de arriba. Lupo nos dijo que saldríamos como a medianoche, así que César y yo esperamos afuera, apoyados en la pared del taller, compartiendo un pedazo de cartón para sentarnos. César cerró su chamarra hasta el cuello y yo me puse la sudadera, pero incluso con el gorro, el frío calaba; me senté tan cerca de César como pude, sin que él supiera que lo hacía para calentarme. La luna se hacía cada vez más chica y en ese momento era como una delgada sonrisa en la oscuridad, suspendida sobre las luces del estacionamiento. A la orilla de la ciudad, donde empezaba el desierto, altos cipreses se levantaban hacia el cielo y entre ellos emergían las montañas de Estados Unidos, la vía dolorosa donde los migrantes encontraron y perdieron su camino. Las había estado buscando durante dos días. A la luz del día, esas crestas afiladas cambiaban de color café a rojo, y una neblina azul se acumulaba a sus pies; ahora todo ese color se había ido y en su lugar se levantaba un serrucho negro con estrellas que centellaban entre sus dientes.

Mientras estábamos sentados bebiendo y hablando, vimos gente como nosotros que iba y venía en camiones y camionetas. Había mucha más gente que en el día porque en la frontera la noche es el mejor momento para viajar. Aquí y allá, junto a las paredes, grupos de quince o veinte migrantes estaban parados esperando, y balanceaban el peso de un pie al otro mientras fumaban o veían sus celulares. Incluso había algunos niños con sus mochilas de colores, como si estuvieran esperando el camión de la escuela. Cada cierto tiempo, un camión se paraba a cargar gasolina y algunas veces Lupo salía y hablaba con el conductor. Se podía ver claramente, por el vaivén de los vehículos en los baches, que la mayoría estaba lleno de gente o de otras cosas pesadas. En ocasiones, un vehículo vacío se detenía, uno de los grupos se montaba en él, y después arrancaba hacia el cruce de Sásabe y la larga caminata hacia Estados Unidos. Todo a nuestro alrededor estaba lleno de polvo y movimiento y todo el mundo estaba a la venta. Excepto por un burdel, jamás había estado en un lugar que se sintiera tan vacío y tan lleno de anhelo al mismo tiempo.

César abrió su botella de tequila, de modo que yo abrí la mía, y después de brindar por el Norte, nos la bebimos.

—¿Qué es lo primero que vas a hacer cuando crucemos? —le pregunté.

—Coger hasta hartarme —dijo César—, lo que me recuerda que tengo suficiente tiempo aire.

César metió la mano en el bolsillo trasero de su pantalón y sacó una tarjeta de teléfono.

—Tómala.

Mientras la guardaba, me dio curiosidad saber con quién estaría hablando.

—¿Funcionó bien? —le pregunté.

—A mí sí —dijo sonriendo.

—Te ves contento —dije.

—No he visto a mi novia en mucho tiempo y ya nos pusimos de acuerdo para reunirnos.

—¿En dónde?

—¿Qué? ¿Quieres ver? —dijo riéndose y dándome una palmada en la rodilla—. Consíguete la tuya.

Extrañaba mucho a Sofía, pero las cosas se nos habían complicado desde que me fui a la universidad. Ella seguía estudiando para titularse y ya había conseguido trabajo en un hotel. La última vez que la llamé me dijo que a lo mejor nos podíamos ver la siguiente semana, pero yo sabía que no era cierto.

—Está bien, está bien —le dije a César—. Pero, ¿para dónde te vas cuando crucemos?

—Es mejor que no sepas —César dejó salir un largo suspiro y apoyó su cabeza en la pared—. Sólo faltan unas cuantas horas.

Debo decirte, AnniMac, que me he preguntado si la novia de César eres tú. He buscado en su teléfono, pero no hay ninguna Anna o Anni o AnniMac en ningún lugar, salvo en el directorio.

Durante el tiempo que estuvimos en Altar, César sólo salió una vez de día. La última mañana fue a la iglesia de Guadalupe, que está a tres cuadras.

—Con todos los oaxaqueños que vienen por estos lugares, uno pensaría que habría un santuario para Juquila —dijo—. Aquí es donde más la necesitamos.

—¿Realmente crees en ella? —pregunté—. ¿O sólo enciendes veladoras para tu madre?

—Mi padre me enseñó que en cada grano de maíz se encuentra la Creación. Para mí —dijo César—, Juquila es el rostro de ese misterio. Cuando veo un grano de maíz, es a ella a quien contemplo.

—A mí siempre me parecieron dientes —dije.

—A lo mejor no los has visto lo suficientemente cerca.

César se terminó su cerveza y abrió otra con la hebilla de su cinturón. Yo bebía la segunda e intentaba no temblar. César tomó un sorbo y miró a lo lejos, hacia donde las estrellas se difuminaban en el resplandor de Nogales y Tucson.

—¿Ves que en la Sierra las estrellas parecen tan cercanas? ¿Alguna vez imaginaste que podías alcanzarlas con tus dedos y moverlas? —César preguntó mientras lanzaba la tapa de su botella por el estacionamiento—. Eso es lo que me enseñaron en la UNAM.

—¿Con el maíz?

—No sólo lo estudian —dijo—. Lo desmontan, gen por gen, y lo vuelven a construir en formas distintas, diciendo que les pertenece, como si lo hubiesen inventado. Me pregunto qué diría Dios al respecto. Es por esto que sigo rezándole a Juquila. Soy el primer zapoteco en ver estas cosas, en entender lo que nuestros ancestros entendieron sin ver. Pero somos como niños jugando con las herramientas del maestro.

—¿Cómo lo haces? —pregunté—. ¿Cómo mueves los genes?

—Para el maíz, se utiliza una pistola de genes.

—No mames —le dije. Creí que me estaba vacilando.

—¡Animal! Es verdad. Esta pistola de genes es algo real, y dispara balas doradas...

—No estés chingando. —Le di la espalda porque tenía frío y nada de paciencia para las bromas.

Pero César dijo:

—No, Tito, no te engaño. Esta pistola es activada con CO_2, y las balas son granos pequeños de oro. Cada uno de ellos está recubierto con ADN, el del transgén, y le disparas a la célula de la planta que quieras modificar. Así es como se hace. En el laboratorio le llamamos transformación, ¿pero en qué? Ésa es la pregunta, ¿verdad? Porque no le apuntas a otra pistola de genes, sino en dirección general y disparas. Las balas salen como el estallido de una escopeta y los genes se van hacia todos lados. Son como espías, ¿sabes? O asesinos infiltrados. Y una vez que están dentro, pueden hacer cosas que no tenías planeadas. Pueden mutar, volverse estériles, producir menos nutrientes, o nada de eso; y los bichos que deberían matar pueden volverse resistentes. ¿Y qué pasa cuando estos transgénicos polinizan el maíz originario? Nadie lo sabe.

»Pero lo que sí sé con seguridad es que el ritual del maíz (el ciclo de la plantación, la cosecha, el almacén y nuevamente la plantación) es el rosario intacto de nuestra existencia: cada grano es una cuenta tocada por la mano de alguien, y le estamos diciendo a esas cuentas, y ellas nos dicen a nosotros, quiénes somos, una y otra vez, estación tras estación, año tras año, no en un círculo, Tito, sino en una espiral, en una hélice doble. ¿Te das cuenta? De un lado estamos nosotros; del otro, el maíz. En ese ADN se encuentra el códice más antiguo hecho por el hombre. Yo lo he leído y en cada grano hay un mensaje del pasado al futuro: *nuestra* historia, y eso es lo que intento entender. —Me miró para asegurarse de que lo estuviera escuchando—. Es la historia de cómo *teocintle*, la planta abuela de todo el maíz, fue transformada por nuestros ancestros, generación tras generación. Pasó de pasto silvestre a ser nuestro compañero más cercano, el amigo más leal, más dulce que cualquier leche.

—A mi papá le importa un bledo el maíz —le dije—, pero te habría caído muy bien mi abuelo. Cuando él veía unos cuantos granos regados en el camino, los recogía y preguntaba: «¿También vas a pisar a tu madre?».

Pero César no estaba conversando.

—Esto ha sucedido durante ocho mil años —dijo—, desde antes de los zapotecos e incluso de los olmecas. El maíz es de donde las civilizaciones provienen, no sólo de Babilonia y China. Güey, el maíz ha hecho posible todo lo que hacemos y somos: pirámides, escritura, astronomía, arte. Sucedió primero aquí, y somos parte de ello, pues cuánto tiempo pasamos de niños quitándoles las hojas a las mazorcas y escogiendo los granos, ya fuera para guardarlos en un costal, comer, vender o simplemente guardar y plantar al año siguiente. En ocasiones me aburría haciendo esto y clasificaba los granos por tamaño, color o forma, como dulces o piedras preciosas, porque hay diferencias, sabes, si los miras de cerca y durante un buen rato. Cuando tenía como diez años, conté cuántos granos había en una mazorca y en la primera había 616, así que ése se convirtió en mi número de la suerte. Después de un rato, me di cuenta de que las hileras concordaban, siempre en números pares. Podía ver que había un orden en ello, pero no sabía qué significaba —César sonreía mientras hablaba, pero no me veía a mí. Era más como una rememoración muy íntima.

»Un día, nuestros primos que vivían del otro lado del valle, en Santa Magdalena, le dieron a mi papá otro tipo de maíz. Estaba mezclado en una bolsa con el nuestro, pero tan pronto lo sentí, supe que había algo distinto. Yo tenía doce años en aquel entonces, y le dije a mi padre que había algo raro. Él me preguntó que cómo sabía y le mostré los granos y la forma de la mazorca.

Él fue a decirle al padre, y recibió por respuesta: "A lo mejor va a ser científico". Fue gracias a mi papá y al sacerdote que me fui a Guelatao a estudiar, y hago este trabajo por ellos, por mi familia, porque para nosotros el maíz es la familia.

Tomó otro sorbo de cerveza y pude escuchar que le daba vueltas en la boca antes de tragárselo.

—¿Has visto el maíz tierno cuando todavía está dulce? —dijo—. A mí me gusta tomar una de sus mazorcas y rodarla en mi lengua hasta que la cascarita se disuelve y puedes saborear el azúcar que tiene dentro. Cuando era más joven, a veces pensaba en una chica y la imagen se mezclaba de alguna manera con ese sabor dulce en mi boca, y te lo aseguro... —Se reía y yo me preguntaba si no estaba un poco borracho. Jamás había escuchado a nadie hablar de esta manera sobre el maíz, de manera que sólo ponía atención. Además, tú sabes que con César lo que uno hace es escuchar, pues está difícil encontrarse a un mayor sabelotodo que él—. En la escuela, cuando me pediste prestada mi copia de *Los detectives salvajes*, lo leíste por las mamadas y esas hermanas locas, ¿verdad?

—¿Qué? —dije casi atragantándome con la cerveza.

—Te lo digo, mano, cuando observas de cerca la milpa, hay tanta cogedera y mamadera ahí dentro que esas chicas de Bolaño parecen monjas. Al maíz no le importa de dónde viene el polen, sólo que le llegue, y por eso es de todos los colores, porque nuestro maíz tiene muchos padres. Cuando lo sostienes en tu mano, estás agarrando los huevos, y esos filamentos de seda (hay uno para cada grano) es por donde viaja el polen para fertilizarlos, pero no todo el polen es igual. A lo mejor en tu pueblo tienes dos o tres variedades de maíz, pero en todo México hay sesenta, quizá más, para hacer tortillas o atole, para cultivarlo en las montañas o los valles, para las lluvias abundantes o escasas. Hay maíz para todos los climas y de todos los colores, y fuimos nosotros quienes lo modificamos así. Pero el maíz también nos modificó. El maíz es la madre de todos nosotros, hermano, de maíz estamos hechos.

»Pero cuando llegué a la UNAM por primera vez, todo lo que me importaba era la beca, el estatus y las chicas —dijo, chocando su botella contra la mía—. Imagina que fueras tú, un campesino de Oaxaca, un *indio* de la puta Sierra de *Juárez*, y de pronto ya estás en la Ciudad de México, y te pagan todo, incluso tu computadora. Y la cantidad de coño fue un milagro —dijo persignándose—. Así que me tomó algo de tiempo entender que si bien estudias en la UNAM, desde ese laboratorio en realidad trabajas para SantaMaize. Abrieron la compañía el año en que llegué, y fue ahí donde hice todo mi trabajo de posgrado. Deberías ver la construcción, la hizo un tipo danés medio loco y vanguardista. Es una catedral para adorar al maíz, todo de vidrio con una pared de cinco pisos en forma de pirámide y cubierta por un mural que parece como si lo hubiera pintado el mismísimo Rivera. Una mitad comprende escenas de la vida azteca, templos, mercados, jardines flotantes, y frente a esto hay una milpa con hombres y mujeres que plantan y cosechan maíz, eligen y muelen semillas para hacer harina, y bailan todos emplumados en una fiesta. La otra mitad es un enorme campo de maíz, que se extiende hasta el horizonte con una segadora que se mueve a través del campo como un barco en altamar, sin nadie alrededor. ¿A dónde se fue la gente? No lo sé, pero algunos de ellos están en el laboratorio y puedes verlos en la parte baja del mural, hombres y mujeres con pipetas y microscopios y monitores de video mostrando el maíz y todas sus partes: el pericarpio, el endospermo, la plúmula, todo el camino hasta la célula, el núcleo y, finalmente, el propio ADN, todo tan hermoso y posible, en colores tan vívidos. Y elevándose a lo lejos sobre todas las cosas, como el sol, uniendo estos dos mundos, el logo de SantaMaize, una sola mazorca de maíz dorado y luminoso, con las hojas abiertas como el ropaje de la Virgen y rayos verdes brillantes a su alrededor, como la aureola de Nuestra Señora de Guadalupe. Cada día, al llegar al trabajo, esto era lo que veía.

César apoyó la cabeza en la pared.

—Y, ahora, yo también estoy en ese mural. —Fue la primera vez que escuché algo de desesperanza en la voz de César—. ¿Has visto cómo en ocasiones una mazorca de maíz está toda amarilla y sólo tiene uno o dos granos negros? Ése soy yo en el laboratorio —dijo—. Soy el maíz negro con la máscara en el rostro; el indio al cual enseñaron a tomar el maíz, este ser antiguo y generoso que es nuestro, y descomponerlo como si fuera un puto motor de auto.

—César —le dije—, yo también he visto a estas personas.

Y le conté sobre la página del Códice de Oaxaca que vi en la calle Cinco de Mayo, que no es sólo un dibujo del maíz, sino también de hombres que utilizan trajes y máscaras. Uno de ellos tiene una aguja gigante y le inyecta algo al maíz o le extrae algo, a lo mejor su *pitao*, su fuerza vital. El códice no lo dice.

—Sí, yo también lo he visto —dijo César— cerca de la estación de autobuses de primera clase. Para ellos trabajo, eso es lo que hago. Uno de mis primeros profesores decía que los cultivos transgénicos serían para la alimentación lo que el Internet es para la comunicación. «No saben qué afortunados son», nos decía, «por haber llegado en este momento. México será un enorme mercado y Syngenta, Monsanto, Pulsar, SantaMaize y todos ellos querrán contratarlos». Todavía recuerdo la manera en la cual frotaba su pulgar y sus dedos.

»Algunos de los estudiantes estábamos preocupados por la llegada de estos transgénicos a México, no como alimento, sino como semilla, porque ese maíz es igualito, la diversidad se ha eliminado, así que una enfermedad puede matarlo. Ha sucedido antes y no queríamos que el maíz inventado en un laboratorio durante el año pasado se mezclara con el endémico, al cual le ha tomado miles de años desarrollarse. Pero el TLCAN y el gobierno mexicano permitieron que SantaMaize entrara a México, sólo en el Norte, dijeron, sobre una base experimental, pero eso es como decir que los migrantes sólo van a trabajar en Texas. El maíz también es un migrante. De manera que presentamos una demanda para una moratoria con el maíz transgénico. El problema es que el TLCAN no está interesado en un pobre indio con su pequeña milpa de una hectárea, en donde cultiva maíz originario para venderlo en el mercado un par de veces al año. El TLCAN quiere extensas tierras de cultivo de un tipo único de maíz, cantidades industriales todo el tiempo, y esta idea es la que nuestro gobierno ahora subsidia, y no al campesino. Nos están diciendo que abandonemos los pueblos y trabajemos en las maquiladoras. Pues bueno, ¿enviarías a *tus* hijos a Tijuana o a Ciudad Juárez? Pero los mexicanos quieren comer tortillas, ¿no es cierto? Las necesitan en este mismo momento, ¿y quién crees que quiere vender la semilla para cultivar el maíz y hacer esas tortillas? Éste es el realismo mágico del TLCAN, Tito: México, la cuna del maíz, ahora importa semilla excedente del Norte, millones de toneladas a precio muy bajo, así que ahora los campesinos no pueden costear su cultivo. Exportar gente e importar maíz. Está todo al revés, ¿no?

Debo admitir que no sabía todo esto, pero conocía a mi padre y a mis tíos.

—Si no dejas el campo —comenté—, ¿cómo vas a conseguir el dinero para comprarte una camioneta o construir una casa?

—No puedes comerte una camioneta, cabrón —César contestó al tiempo de lanzar un escupitajo—. Estamos hablando de nuestra *tierra*, de nuestra soberanía. Uno de mis profesores era un teólogo de la liberación, chapado a la antigua, y me ayudó a conseguir un pequeño apoyo para ir a Oaxaca y ver si estaban cultivando transgénicos allá. Yo lo sospechaba, pues mi padre me había contado sobre cierto maíz que había visto en el mercado del centro. Era casi blanco y más barato. Pues ésta es la estrategia, Tito, igualita a la del narco: primero las cosas te las presentan fáciles, pero una vez que consumes, elevan el precio y te hacen comprar más cada año.

—¿Cómo pueden obligarte?

—Llegan a tu pueblo con un contrato, pero como quieren evitarse el viaje, ahora están negociando la aprobación de semillas suicidas.

Pensé que había escuchado mal y volteé a verlo.

—Semillas con un gen «exterminador» —dijo—, al cual llaman V-GURT y sirve para esterilizarse a sí mismo. De esa manera, incluso si guardas la semilla, no sirve para plantarla. Debes comprar nueva cada temporada de siembra. Pues bueno, lo que nosotros *hacemos* es guardar las semillas, ¿no es cierto? Es así como *llegamos* hasta aquí. Cuando me di cuenta de lo que estos genes exterminadores podían hacer, comencé a entender las implicaciones para nosotros, y fue entonces cuando me pregunté si había cometido un error. SantaMaize está trabajando en uno ahora. Todavía no es público, pero lo llaman Kortez400, con K. Hay distintas maneras de hacerlo, pero el Kortez utiliza una proteína llamada RIP, así que si insertas la RIP en la secuencia genética, cuando la semilla vuelve a ser plantada, se autodestruye cuando es un embrión.

»Al entrar al programa, Tito, realmente pensé que podía mejorar las cosas, y no sólo en mi vida. Se supone que el maíz debe alimentar a la gente, ¿cierto? ¿Cómo puede ser esto algo malo? Pero en SantaMaize, la semilla no es un alimento, sino una forma de control. Es la vida con un interruptor, y el maíz es engañoso porque el polen viaja a través del aire. Con las condiciones adecuadas de viento, puede desplazarse a través de montañas y una vez que su semilla está en tu milpa, una vez que su maíz se mezcla con el tuyo, ¿cómo los separas?

Antes de que pudiera preguntarle si ésta era la razón por la cual se estaba escondiendo, dijo lo siguiente:

—Imagina a algún pendejo que encuentra a tu hermana sola en la milpa y la viola y ella tiene un hijo...

A lo mejor era la cerveza, pero en un segundo ya estaba pensando en mi hermana Vera y empecé a atragantarme, lo cual es extraño porque casi nunca la veo, pero algo que dijo César me recordó que cuando yo tenía catorce, justo antes de irme para la secundaria, mi padre le dio tal bofetada a mi hermana que la tumbó al piso. Yo me sentía muy enojado y asustado, pero lo único que podía hacer era quedarme mirando porque no quería que me hiciera lo mismo. Entonces estaba ahí sentado, tratando de mantener los hombros quietos, tratando de ocultarle esto a César, pero la conciencia de estarme yendo me pegaba fuerte y me pregunté si vería de nuevo a Vera o a mis papás, y todo lo que quería en ese momento era regresar, volver a casa. Comencé a pararme entonces, porque tenía que caminar, pero César me jaló hacia abajo y me vio directamente a los ojos, y me di cuenta de que atribuía mis lágrimas a la historia del maíz y continuó hablando.

—Pues bien, ahora el hijo es en parte violador, pero también el bebé de tu hermana, ¿cierto? También tiene tu sangre. Entonces, ¿qué vas a hacer? No puedes cortar al niño a la mitad y echar a la basura la parte que no te gusta. Es todo o nada, y ése es un problema cuando se trata de tu familia. Pero si SantaMaize puede probar con ciencia —a través de los marcadores y las secuencias de los genes— que estás usando su producto, que tu maíz es en parte suyo, bueno, ¿qué puedes hacer al respecto? ¿Llamar a tu abogado? SantaMaize cuenta con miles de ellos, y te comerán como un pollo.

Esto es lo que César dijo mientras yo me limpiaba los ojos y trataba de no ahogarme con la cerveza, porque quería ser valiente, porque era difícil ser valiente, especialmente cuando alguien te dice que el mundo que te formó está siendo asesinado frente a tus ojos. ¿Y qué puedes hacer sino esperar a que algunos hombres que no conoces y en quienes no confías tomen tu vida en sus manos y te lleven a algún lugar en donde jamás has estado, en donde todo lo que tienes es el número de teléfono de tu tío y con esto se supone que tienes que hacer una nueva vida, porque la vieja está rota y no sabes cómo repararla, excepto hacer lo que todo el mundo está haciendo, que es irte a un lugar lejano con mala comida, mal clima y personas que te odian?

¿Sabes de lo que hablo?

¿Qué harías tú?

16

vie 6 abr — 20:48

Hace tanto frío. Nadie habla ahora porque ya no es posible hacerlo, sólo se escucha el terrible sonido de la respiración. Debería compartir su agua, ¿pero con quién? Se acabaría en un minuto. En el pueblo, en épocas difíciles, la gente se junta, pero aquí no hay historia ni conexión, sólo la sed que no tiene conciencia. De manera que cuido su agua, como César cuidó su teléfono, porque la única manera de sobrevivir es quedarse quieto y callado, esperar más, esperar a que vengas.

Si la iglesia católica nos ha enseñado algo es la paciencia.

vie 6 abr — 20:57

En la tarde, muchos recuerdos llegaron a mí como si fueran sueños, y éste parecía muy real. Sucedía en la cafetería del Zócalo con Sofía, la chica que conocí en la clase de Atención al Cliente. Yo estaba ahí, pero no era yo en realidad, sino el Valiente. A lo mejor lo has visto en la lotería, esas tarjetas con figuras que les gustan a los turistas. De todas ellas, el Valiente es mi favorito, un hombre serio como Benicio del Toro, sólo que más alto, con un machete ensangrentado en una mano y un sarape alrededor de la otra. En la tarjeta, lo ponen con un sombrero a los pies. A lo mejor se le acaba de caer al hombre muerto, o quizá su enemigo lo aventó en señal de rendición, uno no puede estar seguro.

Estábamos sentados en el pasaje de los comercios, Sofía y yo, solos por primera vez, y yo intentaba pedir dos cervezas frías, pero el mesero me ignoraba. ¿Cómo pude no ver a Odiseo? Todavía no lo sé. Por supuesto que la cafetería estaba llena y mis ojos no se despegaban de Sofía, pero incluso en un sueño, nuestro gobernador —con ese bigotazo y la piel cacariza— no pasa desapercibido. Debí de haber supuesto que había un problema porque nos moríamos de sed y nadie nos tomaba la orden. Todos los meseros atendían a Odiseo y su pandilla, y yo no podía creer que fuera realmente él, el Matador de Oaxaca.

Alrededor de su mesa había una barricada de hombres en trajes y chamarras de cuero, y desde fuera parecían como buitres al acecho, con las cabezas bajas y los hombros negros tan juntos que podía verse cómo se esforzaban por ocupar un lugar y no ser desplazados por el cuerpo del buitre de al lado. En la mesa había un plano de la ciudad, porque en ese momento Odiseo estaba levantando todo el pavimento y el tráfico era una locura. Su hermano está en el negocio del cemento y, por supuesto, todas esas calles destripadas deben llenarse con algo. México es una democracia y a Odiseo le queda poco tiempo como gobernador, de manera que debe ponerse las pilas y llenar muchos bolsillos, matar gente y comprar varios BMW. Ahora hay cruces en el centro por su culpa.

En el sueño era diciembre y todas las jardineras tenían nochebuenas por la Navidad, pero con Odiseo tan cerca esas hojas de color rojo brillante sólo hacían que el Zócalo pareciera sangrar nuevamente. A treinta metros de nuestra mesa se encontraba el palacio municipal que Odiseo se vio forzado a abandonar porque la gente lo odiaba, y allá por las fuentes, bajo los laureles, estaba la gente común que no podía comprarse una cerveza en una cafetería agradable llena de turistas y matadores. Entre nosotros y ellos, los guaruras indios de Odiseo orbitaban como lunas oscuras, con las manos metidas en sus abrigos y los ojos que relampagueaban aquí y allá, buscando cualquier cosa que pudiera poner en riesgo al planeta. Ellos también eran matadores, y la ciudad era su ruedo. Habían llegado a filtrarse videos de hombres como ellos que, en pleno corazón de la ciudad, le disparaban a la gente como si fueran perros.

Una de estas personas fue mi primo Paquito, el hijo de mi tío Martín. Lo mataron en octubre del año pasado, durante la huelga. Él tenía mi edad, pero dejamos de ver a esa parte de la familia después de que a papá y a mí nos deportaron. Fui al funeral, pero no vi al tío Martín. El mismo día de la muerte de Paquito vi una foto que un reportero tomó justo en el momento en que le disparaban. Aquel día las flores encendidas de los laureles caían a las calles de manera tan pesada que se podía escuchar cómo golpeaban el pavimento, y desde cierta distancia parecían conchas al rojo vivo. Yo estaba con otros estudiantes en la barricada que levantamos en el cruce principal cerca del Panteón General, y había habido una advertencia por teléfono sobre la llegada de los paras: no la policía, sino asesinos sin uniformes y con sus propias armas. Éstos eran campesinos que se veían igual que nosotros, lo cual hacía todo mucho más confuso. Yo no lo vi, pero pude escuchar el tiroteo y después se vino el caos, pues todos empezamos a correr. Puedo decirte algo: el sonido de un arma en la calle es distinto del que se escucha en el bosque. En la calle, sólo es un animal al que cazan.

Después vi la foto. La subieron a Internet. Eran tres, todos zapotecos. El hombre que le disparó al periodista se parecía mucho al hombre que nos despacha el agua: el mismo rostro gordo con ojos pequeños bastante separados y una enorme panza —la única diferencia es el cañón humeante que te apunta directo a la cara—. El periodista murió por esa foto, justo ahí a pleno día, frente a todos y entre las flores encendidas del laurel. Pero ésta es la parte mexicana, el hombre al que acusaron de la muerte del fotógrafo era uno de los manifestantes. Me parece que sigue en la cárcel.

Ahí, en el café del Zócalo, el hombre que ordenó esos asesinatos estaba sentado detrás de mí como si nada hubiera pasado, mientras nuestros codos casi se tocaban. Podía voltearme y ofrecerle consejo. Podía susurrar «asesino» en su oído. Jesucristo, podía matarlo yo mismo. Pero era un pinche cobarde como todos los demás, sentado ahí fingiendo que todo estaba bien, como en los hogares cuando el padre golpea a la madre y todos se quedan sentados frente a la comida, como si nada hubiera pasado, y el hijo se odia a sí mismo por seguir comiendo y no defender a la persona que les sirve de comer.

Odiseo no lo notó. Ninguno de esos chingados lo notó, y era difícil que alguien te dijera —justo a la cara, sin ninguna palabra— que no tienes poder, que sólo tienes un tenedor en la mano. ¿Y qué puedes hacer con eso? ¿Ensartarlo a morir? ¿Pedirle que te pase la salsa? Y sabes que todos los demás se sienten igual, excepto por los dueños españoles de la cafetería, los mismos que decían durante el otoño pasado, cuando los camiones ardían y los negocios se iban a pique: «Lo que necesitamos es una *masacre*». Ellos estaban contentos de ver a Odiseo y a sus compas en la mesa, bebiendo micheladas, porque eso significaba que había orden nuevamente, que el ejército se había ido a casa y que una vez más habían quebrado a la gente. En una de ésas, a lo mejor los turistas regresaban.

Al final, no fui el Valiente, sino el Cobarde, y no hay tarjeta de lotería para él. No hubo sombreros que rodaran por el Zócalo, jamás conseguimos nuestra cerveza y Odiseo vivió para matar un día más.

¿Será posible que toda la ciudad tenga esquizofrenia?

Sin ponerme las manos encima, los matadores aniquilaron algo en mi interior aquel día. Fue el hecho de no haberme visto a pesar de que estuviera lo suficientemente cerca como para agarrarlos de los huevos. Eran una pared de espaldas y actitud; su mesa era un recinto. Pero eso es lo que Oaxaca es para nosotros: una ciudad amurallada. Entrar puede tomar toda una vida o una escalera. Salir, un coyote o un milagro.

La batería está a menos de la mitad y el agua de César se acaba muy rápido. Necesito toda la voluntad para no tomármela. Aquí dentro es la única limpia que queda. Traté de darle un poco a César, pero no quiero que nadie vea cuando hago esto con mi dedo, mojarlo y tocar sus labios, mantenerlos abiertos para que algunas gotas entren. A estas alturas, su respiración es sólo un sonido rápido, delgado y rasposo, y su corazón late muy rápido. Sin él, no podría aguantar el frío. Puedo escuchar que alguien castañea los dientes.

La muerte ha entrado, fría y densa. La única razón por la que todavía funciono, además de César y su agua, es porque estoy en la parte trasera y aquí es donde se encuentran las entradas para bombear el agua hacia fuera. Están abajo, cerca del fondo del tanque, y una de ellas está cerrada, la que hirió a César, pero la otra está abierta. Un niño podría meter su manita a través de ella, pero un hombre no. Justo afuera del tanque, esta entrada se curva, lo cual impide la vista, pero algo de luz llega a través de ella. Me parece que ve hacia el oeste, porque la entrada se torna naranja al final del día, y poco después comienza a hacer frío. Aquí el aire es liviano e incluso a medio día sopla una brisa fresca, cuando la comparas con el calor irrespirable del interior del tanque. Con mi cara puesta en esta pequeña abertura, tan amplia como mi boca, a veces siento que me baño en el aire y puedo olvidar este hedor caliente y húmedo que me rodea.

El año pasado, antes de la huelga, tomaba clases en la universidad y tenía algo de esperanza sobre mi vida en Oaxaca. Incluso entonces tenía que pedir dinero prestado y trabajar para mi padre, que llenaba los hoyos hechos por Odiseo y decía una y otra vez: «¿Recuerdas al tío Martín y su camioneta? También puedes tener eso, ¿qué haces aquí malgastando tu vida?».

A pesar de esa vocecita en la cabeza, deseaba quedarme. En aquel entonces, podía silenciarla si me distanciaba lo suficiente: en clase, en la Sierra con el abuelo, en la Cruz del Milenio que estaba en la colina frente a nuestra casa en el centro. Puedes ver esta cruz desde donde quieras y algunos creen que es un buen lugar para un sacrificio porque esa colina tiene la forma de una pirámide y la vista desde ahí es increíble, como si fueras un águila que vuela sobre todas las cosas. Allá abajo se encuentra el gran valle de Oaxaca, y en verano puedes ver cómo llega la tormenta desde lugares antiguos —Yagul, Dainzú, Mitla—, moviéndose a través de la tierra como cortinas negras, en ocasiones dos o tres a la vez desde distintas direcciones y, si quieres, puedes imaginar que eres tú quien las convoca.

La última vez que subí fue en agosto. Estaba con Sofía y un par de amigos de la universidad, y teníamos tres caguamas y una bolsa de chicharrones. Aquel día encontramos un guajolote muerto y la cabeza de una cabra al pie de la cruz, en un círculo de velas que se habían consumido. A Sofía no le gustó esto, por eso nos sentamos en una piedra, algo retirados del lugar. Como los animales muertos todavía no comenzaban a oler, Carlo y Dani se sentaron junto a la cruz, en el cemento, lo cual era mejor para las botellas, además de evitarse las mordidas de las hormigas. No sé si el papa estaría muy contento de saber que los indios sacrifican animales y beben cerveza bajo la cruz más grande de México, sin contar la Ciudad de México, pero a lo mejor si viniera y se sentara durante un rato, comprendería. Allá arriba, la colina terminaba en punta y el aire soplaba a nuestro alrededor, en un círculo. A lo lejos había un halcón planeando en dirección al viento, como si fuera el ave la que lo hiciera soplar. Ya casi no había flores, pero por alguna razón este vientecito giratorio estaba lleno de mariposas que volaban una y otra vez a nuestro alrededor. Sentado ahí —con Sofía y esa vista, la cerveza todavía fría y todas esas mariposas—, pensaba que jamás querría irme. Dani, después de beberse el litro de cerveza, sacó su marcador enorme con el cual solía grafitear y escribió en la piedra CHPT, Chingón para Todo. Este hijo de puta anda preparado para todo.

Ese día yo también me sentía un CHPT.

Después llegó la huelga y durante meses hubo como una pequeña guerra. Fui con los otros a las barricadas, pero cuando mataron a Paquito y al fotoreportero, y levantaron a todos los demás para torturarlos o desaparecerlos, perdí el ánimo de protestar, no sólo por el miedo, sino por el enojo, que es como un veneno, sabes, y se queda en el cuerpo. ¿Qué aprendí de la huelga? Nada, salvo lo rápido que puedo correr y que la Coca te ayuda a neutralizar los efectos del gas lacrimógeno. Es por eso que, justo antes del Día de Muertos, cuando todos los soldados llegaron en vehículos blindados, me fui de la ciudad y regresé al pueblo para estar con el abuelo. Para ese momento, él estaba próximo a la muerte e hicimos un pacto silencioso: yo cuidaría de su cuerpo y él de mi alma. Para ello, el abuelo me contaría los cambios en su vida y las formas en que logró sobrevivir.

También me recordó algo que a los mexicanos ahora les enseñan a olvidar, y es así como viven sin dinero. Un día me dijo:

—M'hijo, todo el mundo sabe que la vida para los zapotecos es difícil, pero tenemos suerte y lo estamos olvidando. ¿Quién más podría cultivar toda su comida, lo dulce y lo picante, hierbas y medicinas, maíz y frijoles y calabaza, y hasta aceite para el cabello, en una hectárea a un lado de la montaña? Todo lo que necesitas lo tienes aquí: el sol, la semilla, el bosque, el agua. Si sabes leer y cultivar tu propia comida, entonces tu mente será libre, tu estómago estará lleno y podrás sobrevivir, sin importar hacia dónde sople el viento.

No pude evitar pensar en mi padre y en cómo la milpa se había convertido en una especie de enemigo; esas hileras de maíz eran una pared entre él y lo que quería para sí mismo y para nosotros. Durante tantos años pensé que el enojo de papá —hacia el abuelo, hacia su vida— se debía a la deportación. No fue sino hasta que me quedé con él, aquella última vez, cuando el abuelo me contó sobre Zeferina y el Hombre Jaguar.

17

Con esperanza y esperando, esperando y con esperanza. Aquí dentro todo sigue igual. Si no fuera por la entrada para la manguera y estas cosas de César y mi abuelo, no habría ninguna diferencia con los otros, quienes ya mueren de sed y desesperanza. Dicen que la esperanza muere al último, pero creo que la que muere al final es la historia. Por eso debo contártela ahora, para escuchar nuevamente la voz del abuelo. Y para que César pueda finalmente conocerme, y tú también.

Mi abuela Zeferina no nació en nuestro pueblo, sino más arriba en las montañas de Latuxí, un pueblo que no tenía carretera. Hace mucho tiempo, en la década de 1930, cuando era un poquito mayor que yo ahora, mi abuelo consiguió un trabajo allá arriba, como peón de un arqueólogo de Nueva York que trabajaba para un gran museo. Te voy a contar lo que sucedió, justo como mi abuelo me lo contó a mí. Es más fácil recordarlo de esa manera, y ahora me ayuda a imaginar que estoy sentado en su casa, con las velas encendidas y una botella de pulque.

Generalmente hay mucho viento en la época de Día de Muertos, por el regreso de los espíritus, y la noche en la que mi abuelo me contó todo esto, soplaba fuerte y hacía frío. Incluso con la puerta cerrada había una brisa desplazándose, nuestras sombras danzaban alrededor y se sentía como si hubiera más gente en esa pequeña casa, y no sólo mi abuelo y yo.

—Arriba en Latuxí —dijo— había mucho bosque viejo, robles gruesos, pinos y algunos de los árboles de aguacate más grandes que jamás he visto. Podrías darles de comer a todos los de una boda con sus frutos. Había también muchas orquídeas en los árboles, especialmente las pequeñas de color morado, y muchos muchos pájaros. Un campesino estaba allá arriba, limpiando la tierra para sembrar nueva milpa, quemándola, y junto a esa tierrita había una hilera de árboles que crecían en una colina. *Ooni'ya*, ese campesino estaba arrancando los tocones de los árboles con sus bueyes y encontró cosas en las raíces: cerámica, una figura de barro de un perro y muchas piedras cuadradas, perfectas para la construcción. Nadie recordaba que esa colina era un templo. Trató de vender todo esto en el mercado, pero el mayordomo de Latuxí se enteró y lo detuvo. Fue el mayordomo quien tomó el perro y la cerámica para llevarlos a Puebla, que está para el norte, porque hay más dinero allá y pensó que podría sacarle más jugo.

»En aquella época, había algunos gringos que trabajaban en una zona arqueológica en Puebla y uno de ellos era el profesor Payne. Cuando supo del perro y las piedras cuadradas se vino corriendo a ver esta montaña. Él era joven y creo que quería su propia excavación para ver si tenía suerte y encontraba una tumba llena de oro, como Alfonso Caso en Monte Albán. Cuando escuché el rumor de que un gringo estaba contratando obreros en Latuxí, caminé todo el día a través de las montañas, porque también escuché que los gringos pagaban en oro y plata. Eran tiempos difíciles y algunos de nosotros en el pueblo no teníamos nada. Si no podíamos cultivarlo o hacerlo, había que intercambiarlo.

»Conocí al profesor Payne al día siguiente, debajo de un arco de piedra frente a la oficina municipal. Era el primer güero que me hablaba, además del padre. Incluso me dio la mano. Ningún don haría eso con un campesino, especialmente si es indio. Si te decían algo era "¡Ven acá! ¡Vete para allá! ¡Haz eso!".

Pero el profesor era distinto. Cuando me quité el sombrero, me dijo que hacía mucho calor y que me lo volviera a poner. Tenía el pelo café oscuro, un bigote como de cepillo y ojos verdes. Su cara y sus manos estaban oscuras por el sol. Excepto por un sombrero amplio, se vestía como norteño, con una chamarra de lana y una corbata con un broche dorado. "Estoy buscando hombres para palear, trabajadores que aguanten". Cuando le dije que había caminado cincuenta kilómetros para llegar hasta ahí, me contrató junto con otros ocho compañeros.

»Éramos hombres sencillos, ninguno de nosotros sabía leer, pero el profesor trató de explicar su trabajo. Nos dijo que estaba estudiando la estratigrafía. Era por este método —donde se conoce qué tan profunda está una cosa con respecto a otra— como podía calcular la edad, porque en aquella época no había otra manera de averiguarlo. Nos dijo que la pirámide había sido construida por nuestros ancestros, los zapotecos, y que las cosas enterradas ahí eran como palabras perdidas en una gran historia, que también era nuestra. Con nuestra ayuda, dijo, quería conocer esta historia para que pudiera contársela a todos en México y en el mundo. Pues bueno, m'hijo, puedo decirte que no estábamos interesados en historias, sino en dinero, y este gringo no nos ofrecía tanto como habíamos esperado. Pero el profesor era un hombre inteligente y contrató chicas que cocinaran para nosotros, muy lindas, y esto junto con el dinero fue suficiente para hacer que los hombres regresaran. Pero yo me quedé por otras razones.

»El profesor nos puso a trabajar del lado sur de la pirámide, excavando un cuadrado preciso con la ayuda de hilos y palos para medir. Cada lado del cuadrado tenía cinco metros y descendimos por pasos, lentamente, capa por capa, primero con un pico, después con una pala y después con un palo y un cepillo y una cuchara. Nos tomó semanas hacer esto y algunos de los hombres se impacientaron y renunciaron. Otros rompieron cosas o las robaron, y fueron despedidos. Yo jamás había hecho un hoyo de esta manera, con una pared derechita en donde realmente se notaba el paso del tiempo, capa por capa, y me sorprendió que el profesor pudiera ver una pieza rota de piedra o barro y supiera, por su color y textura, de qué capa provenía y qué tan vieja era.

»Con el tiempo, la excavación llegó a verse como una pirámide, sólo que al revés. Después de que una capa era excavada, descendíamos a la siguiente y yo era el que partía esta nueva tierra. Era un trabajo importante y el profesor nos ofrecía bonificaciones por encontrar cosas —por no romperlas—, y yo era bueno en esto. Si uno utiliza la pala todos los días, se vuelve parte de su cuerpo, lo mismo que un machete, y puede sentir cosas con la herramienta; llega a distinguir entre madera muerta y madera viva, piedra y metal, barro y hueso.

»*Ooni'ya*, como tres meses después de esa primera temporada, le di a algo que estaba enterrado y no se sintió como ninguno de esos materiales. Era más suave que la piedra pero más duro que el barro, así que dejé a un lado la pala y excavé con mis dedos y un palo. Jamás había sostenido el jade, jamás había visto algo así, liso como un diente y verde como un tomatillo. Era un jaguar sentado. Su cara era mitad gato y mitad hombre, y llevaba una corona. La figura era como del tamaño de mi mano y su peso era extraño: demasiado para su medida.

»Casi todas las cosas que encontramos estaban rotas porque el tiempo es implacable, pero el Hombre Jaguar era perfecto, como un milagro. No estaba astillado, no estaba rajado. Era un tesoro invaluable, ¿pero cómo podía saberlo? De cualquier manera, ¿dónde vendería algo así? Además, me caía bien el profesor; era un hombre amable —más que la mayoría—, muy bromista y hablaba bien español. Él incluso sabía algunas palabras de zapoteco. Yo no sabía qué era esta cosa, pero lo que sí sabía es que lo haría feliz, de manera que se la llevé a su tienda de campaña en donde estaba fumando un cigarrillo mientras trabajaba. La tienda estaba abierta y saludó cuando entré, pero no levantó la vista. Cuando coloqué el Hombre Jaguar en su mesa de trabajo, ahí junto a sus papeles, al principio no dijo nada, sólo lo contempló con la boca abierta. Cuando me miró tenía los ojos tan grandes que creí que se iba a desmayar. Finalmente, tomó al Hombre Jaguar con ambas manos y le dijo en voz baja: "My god". Me volvió a mirar y después otra vez al Hombre Jaguar. Cerró las manos sobre la figura, tomó una gran bocanada de aire y volvió a abrirlas. Me parece que tenía miedo de que desapareciera. "Dios mío", dijo. Era como si el gringo tuviera entre las manos los huesos del mismísimo Jesús.

El abuelo me mostró el rostro del profesor con su boca totalmente abierta, como una puerta. Me dijo que era la misma cara que él haría si el papa apareciera en su casa con un cántaro de mezcal. Pero mi abuelo también recibió una sorpresa. El profesor se paró y lo abrazó, como a un hermano. Esto es algo inusual en un jefe y fue sólo entonces cuando el abuelo comenzó a entender lo que había encontrado. Dijo que la reacción en el profesor no era la misma que la de encontrar oro, y sabía muy bien de lo que estaba hablando. El oro vuelve malos y codiciosos a los hombres, como la coca o el mezcal malo. Esto era algo más parecido a la primera vez que tocas la piel de alguien a quien quizás algún día ames. Así es como el profesor sostenía al pequeño Hombre Jaguar; lo miraba y lo acariciaba como si estuviera reconociendo a alguien a quien jamás había visto antes.

—En la mente del profesor —dijo el abuelo—, el Hombre Jaguar era una llave para algo, la llave de una puerta desconocida. Cuando le pregunté qué tan antiguo era el objeto, me dijo: «Más viejo que Jesús. Tal vez mucho más viejo».

—Junto a la excavación, la noche era oscura como una cueva; el bosque era espeso y el claro, angosto. Por eso, cuando uno volteaba hacia arriba, el cielo se veía pequeño y muy distante. Cuando las aves nocturnas volaban, se movían como una oscuridad separada que contrastaba con las estrellas, y era difícil saber qué tan cerca o qué tan lejos estaban realmente. Esto y la pirámide tan cercana nos hacían sentir incómodos y algunos de los hombres regresaban caminando a Latuxí cada noche, porque tenían miedo de dormir allá. Los demás dormíamos sobre petates de pasto, muy cerquita uno del otro, en una tienda grande. Al lado había una tienda más pequeña con algunos de los estudiantes; en la suya, alejado de nosotros, dormía el profesor Payne con sus mejores piezas de la excavación.

»Tú me conoces, Héctor, y sabes que de noche algunas veces no puedo quedarme quieto bajo la sábana. Durante esas noches, yo salía del campamento y me adentraba en el bosque que crecía alrededor de la pirámide, sólo para ver y escuchar. Vi cosas verdes y azules que resplandecían en los árboles, a lo mejor gusanos u hongos, a lo mejor algo más, y escuché sonidos que jamás había escuchado en el día: patitas de los insectos, raíces que empujaban a través de la tierra, murciélagos que gritaban tan fuerte como los pájaros. Incluso los olores eran distintos —más una voz que un olor—. La mayoría de los campesinos tiene miedo de estar en el bosque en la noche porque hay espíritus, y quizás eso era lo que yo escuchaba. La noche es un territorio distinto con un lenguaje distinto, pero siento que lo entiendo.

»Fue una noche en la pirámide cuando supe que estábamos en el territorio del jaguar. No lo vi, pero pude olerlo y entender de quién se trataba. Estaba marcando los árboles allá arriba, todo alrededor del campamento. Seguí su aroma e hice mis propias marcas para hacerle saber que no era el único que andaba por ahí. Poco después, vi su rastro por el arroyo que estaba debajo del claro, una sola huella. Volteé alrededor para ver si alguien estaba observando y después la pisé, cubrí ese rastro con el mío y mi pie cupo ahí dentro, los dedos y parte de la planta. Tuve una sensación que no puedo explicar, algo que se elevaba de la tierra, a través de mí. Sentía un cosquilleo en toda la piel, el pelo se me erizaba. Nunca le dije al profesor, jamás le dije a nadie lo que vi allá. Alguien lo habría matado.

»Ese jaguar se me apareció sólo una vez, al final de la segunda temporada. Estaba junto al arroyo ya entrada la tarde, cuando yo me bañaba. Había un lugar amplio debajo de una pequeña cascada, en donde el agua era lo suficientemente profunda como para nadar, y yo estaba ahí, flotando sobre mi espalda, mirando hacia arriba a través de los árboles que bloqueaban el cielo; todo parecía cubierto de una sombra verde. A mi lado, en la orilla, había cientos de huevos de rana del tamaño de cuentas de rosario y centro color de sangre. Intenté atrapar algunos, pero eran rápidos y yo tenía calor y estaba cansado por el trabajo. *Ooni'ya*, flotaba en el agua con los pies encima de dos piedras (para no irme con la corriente), cuando escuché un sonido que se distinguía de la cascada. Pensé que era uno de los hombres que venía a bañarse y miré alrededor, pero ahí donde esperaba ver un hombre, había un jaguar. Fue la primera vez (y la única) en mi vida que he visto uno, y fue una verdadera sacudida contemplar su tamaño. Estaba como a cinco metros, pero incluso a tan poca distancia era difícil distinguir dónde terminaba el bosque y dónde comenzaba el animal. No era como algo separado, sino, cómo puedo decirlo, una perturbación, como ondas en el agua. Sus manchas podían ser hojas y al mismo tiempo los espacios entre ellas; la línea de su espalda, una rama o su sombra. Todo excepto sus ojos, pues éstos sólo podían ser una cosa.

»Y ahí estaba yo, desnudo en el agua. Mi garganta, mi estómago, mis partes privadas, todo estaba expuesto ante él, ¿pero qué podía hacer? Un salto y me comería como un becerro. De manera que permanecí ahí y lo observé por el rabillo del ojo, tratando de no moverme, ni siquiera para parpadear o respirar. Pero no podía detener mi corazón y debiste de haberlo escuchado entonces, palpitando debajo del agua. Había aventado mi ropa detrás de un arbusto y el jaguar la olisqueaba, especialmente mis pantalones. Por alguna razón estaba muy interesado en ellos. Estaba tan cerca que podía escuchar su manera de olfatear y su respiración incluso a través del agua. Traté de pensar qué había en mis pantalones como para interesarle tanto, y después entendí. Estaba reconociéndome, ahí estaba el que había marcado su territorio. Me pregunté si se enojaría o qué. *Ooni'ya*, lo descubrí.

»Tan pronto como terminó de examinar mis pantalones se volteó y orinó en ellos. Me pareció casi gracioso hasta que me vio. En ese momento, el agua se volvió fría como el hielo y me puse todo chinito. Fueron sus ojos los que lograron esto, eliminaron la distancia entre nosotros. Eran verdes como el jade del Hombre Jaguar, y sus pupilas eran redondas y negras como huevos de rana. Se sentó a la orilla del agua y como que me examinó flotando ahí, mientras latigueaba la cola de un lado para el otro. Era gruesa y fuerte y cuando golpeaba la tierra hacía el sonido de un paso enérgico. Yo quería desviar la mirada, pararme y correr, ¿pero cómo podría?

»Después, algo en el agua llamó su atención. Pude ver que sus orejas redondas se hacían para delante, mientras su cabeza volteaba rápidamente de lado a lado, siguiendo a su presa. Levantó una garra sobre el agua y la movió junto con sus ojos, rastreando algo hasta que la hundió de un salpicón. Luego lo hizo con las dos patas, y saltaba para acá y para allá en el agua poco profunda. Estaba persiguiendo los huevos de rana. Después de eso, ya no tuve miedo, sólo un inmenso asombro de que estuviéramos ahí juntos, notando las mismas cosas.

En las tardes, mi abuelo trabajaba en la tienda del profesor, limpiando las cosas que habían encontrado durante el día. Muchos hombres eran descuidados y algunos robaban, de manera que no se les permitía la entrada, pero el abuelo era cuidadoso y curioso, así que podía estar adentro. Algún tiempo después del gran hallazgo, mi abuelo le dijo al profesor Payne:

—Ese rostro, el del Hombre Jaguar, lo he visto en algún lado.

El profesor no lo ignoró ni se rio. Quería saber quién era el hombre, quién era su gente y de dónde venía.

—No es el hombre al que reconozco —dijo el abuelo—, sino al jaguar.

El profesor sostuvo en alto el Hombre Jaguar y lo comparó con el rostro del abuelo.

—Creo que se parece a ti —dijo, y ambos rieron pero de cosas distintas. Entonces el profesor le hizo a mi abuelo una pregunta graciosa—: ¿Para que algo así exista, el hombre debe comerse al jaguar o el jaguar al hombre?

Ahora bien, AnniMac, somos zapotecos y debemos compartir el jaguar con muchos otros alrededor: mixtecos, mazatecos, aztecas, mayas. El jaguar es nuestro ancestro y mi abuelo tuvo que explicarle al profesor algo que es obvio para la mayoría:

—Profesor —dijo—, el Hombre Jaguar no nace de comer, sino de copular. Como todos nosotros.

Después el abuelo le dijo al profesor cómo había llegado a saber esto, y se lo dijo a él de la misma manera en que solía decírmelo a mí.

—Nuestra gente desciende de dos hermanos. Hace mucho tiempo, llegaron a la Sierra del Valle de Oaxaca, buscando agua y un lugar seguro para vivir. Abandonaron su hogar porque había sequía en el valle y un tercer hermano, un cacique poderoso, los ahuyentó. «No hay suficiente para todos», dijo el tercer hermano. «Váyanse ahora o los mataré como a los demás». Como eran sangre de su sangre, no los hizo prisioneros. Los dos hermanos se fueron hacia el norte, hacia las montañas, con el corazón roto y sintiendo que estaban solos en el mundo. Esa noche, mientras estaban sentados junto a un pequeño arroyo, preguntándose qué harían, un jaguar se les apareció. Sus ojos resplandecían y cuando los hermanos lo vieron, levantaron sus armas.

»Pero el jaguar no atacó y tampoco huyó, sino que les habló: "¿Ésa es la manera de darle la bienvenida a su abuelo?", preguntó. "¿No recuerdan quién soy?". Los dos hermanos bajaron sus armas. "Lo sentimos", dijeron, "creíamos que nuestros abuelos habían muerto. Durante años ha habido guerra entre nuestra gente. Muchos han muerto y eso ha dañado nuestra memoria". Los hermanos no tenían a dónde ir y el jaguar lo entendió. "Acepto su disculpa", dijo, "si quieren, puedo llevarlos a mi hogar en las montañas". Ante esto, los dos hermanos inclinaron su cabeza en señal de gratitud. El jaguar volteó a ver al mayor y le dijo: "Tú súbete en mi lomo y dirige tu mirada hacia el lugar de donde vienes". Después volteó a ver al otro y le dijo: "Tú, sube después de él y dirige la mirada hacia el lugar adonde vas". Los hermanos hicieron lo que se les pidió. Se sentaron en el lomo del jaguar, mirándose y haciendo contacto con las rodillas. "Ahora vean hacia abajo", dijo el jaguar, "y díganme lo que ven". Al voltear hacia abajo, los hermanos distinguieron la forma de diamante que sus piernas trazaban, y se lo dijeron al jaguar. "¿Qué ven dentro?", preguntó el jaguar. "Pelaje", dijo el hermano mayor. "Manchas", dijo el otro. "Hagan una línea a través de mi lomo", dijo el jaguar, "de donde sus rodillas se tocan de un lado hasta donde se tocan del otro. Cuando la hayan hecho, hagan otra por mi espina. Donde ambas líneas se cruzan, díganme qué ven". "Pelaje", dijo el hermano mayor. "Manchas", dijo el otro. El jaguar hizo un chasquido con la mandíbula. "Vean bien". Los hermanos miraron atentamente. En el centro donde las dos líneas se cruzaban había un contorno oscuro en el pelaje del jaguar, con dos puntos negros en el interior. "Veo una nube y dos pájaros", dijo el hermano mayor. "Veo un lago y dos peces", dijo el otro. "Mi piel es un mapa del mundo", dijo el jaguar. "Lo que ven es un valle rodeado de montañas". "¿Qué son los dos puntos dentro?", preguntó el hermano mayor. "Ésos son los pueblos que ustedes van a construir ahí". Toda la noche el jaguar cargó a los hermanos a través del bosque, que se hacía cada vez más alto y más profundo dentro de las montañas. Al día siguiente, cuando el sol estaba en su punto más alto, el jaguar se detuvo en una cresta. A lo lejos, allá abajo, había un valle verde circundado por montañas. Los hermanos no tenían idea de dónde estaban. "Ustedes son los primeros humanos en ver este lugar", dijo el jaguar. "Éste es mi hogar. Los invito a compartirlo conmigo". "Gracias, abuelo", dijeron, "pero ¿cómo podemos pagarte esta amabilidad?". "Todo lo que pido a cambio", dijo el jaguar, "es que recuerden quién los trajo aquí".

18

La manera de recordar al Abuelo Jaguar en nuestro pueblo es a través de la danza, pero mi abuelo fue el último hombre en hacerlo. Me contó que era la danza más antigua que conocía, y que provenía de los dos hermanos que se establecieron en nuestro valle. «Antes de que llegaran los españoles», decía, «la gente honraba al Abuelo Jaguar, pues él solo mantuvo el orden tanto en el bosque como en la milpa». La gente se ocupaba de los cultivos; el jaguar, de los animales que se los comían: ratas, tejones, jabalíes, venados. Incluso los pumas se mantenían al margen. Los españoles le temían al jaguar, pero no tanto como a la fe que le teníamos. Llamaron al jaguar «dios falso» y «criatura de la oscuridad», pero sólo la segunda parte era verdad. Nos ordenaron matar a nuestro propio abuelo. Lo hicieron con armas y veneno, con amenazas y promesas de algo más en un mundo más allá de éste. Renunciamos a muchas cosas cuando los padres llegaron, pero no abandonamos al jaguar. «El dios español puede compartir el día con el Abuelo Jaguar», decía mi abuelo, «pero la noche en la Sierra es enorme y completa, y toda ella le pertenece».

Los padres trataron de detener las danzas y durante años la gente siguió bailando en secreto, hasta la época en que mi abuelo nació. El nuevo padre que llegó a nuestra aldea en ese entonces era un hombre listo. Nos permitió volver a sacar el jaguar, pero sólo durante la semana de carnaval —justo antes de la Cuaresma—, cuando todos los poderes que gobiernan el mundo español están de cabeza. Ese padre murió hace mucho tiempo, pero la danza del jaguar permaneció con nosotros y cada año se hacía un concurso para ver quién lo veía primero. En una ocasión salió reptando de un horno. En otra iba manejando un coche. Una vez se montó en un burro, al que le pusieron un costal en los ojos para tranquilizarlo; y otra, salió corriendo de la iglesia. Pero sin importar de dónde llegara, el nuevo padre siempre estaba descontento al verlo, porque el jaguar es dios de sí mismo y jamás habrá de convertirse.

De pequeño no entendía cómo era que el danzante veía a través de la boca del jaguar, y la primera vez que vi los ojos oscuros de un hombre contemplándome desde la parte trasera de esos dientes, creí que el animal se lo había comido: un Jonás en una jaula de huesos mirando desde dentro. Toda mi vida fue mi abuelo quien bailó la danza del jaguar con la música de la flauta y el tambor, a través del humo del copal. De niño no sabía que era él, y me llamaba la atención que el abuelo y el jaguar jamás estuvieran en el mismo lugar, al mismo tiempo. Nadie veía que se ponía el disfraz ni la máscara que él mismo había tallado ni el traje de manchas que la abuela le había hecho. Algunos decían que consiguió la pintura con los hombres que construyeron la carretera: negra y amarilla para la piel, roja y blanca para la lengua y los dientes. Su propio cabello servía de bigotes. Todavía no sé en dónde encontró los ojos, y jamás me dijo. Cuando fui mayor entendí que estaban hechos de espejo; al acercarse lo suficiente como para lanzar una mordida, no eran sólo sus ojos los que te penetraban, sino también los tuyos. Por un momento, también eras el jaguar.

Al final de la danza, la abuela Zeferina era quien más aplaudía porque el abuelo bailaba para ella. Ellos habían pasado su vida juntos, pero jamás compartieron un dios. El de ella vivía en la iglesia y el de él, en las montañas: allá donde los árboles se juntan con las estrellas. Ella no condenaba a mi abuelo por no aceptar al dios español, pues en la Sierra Dios está en todos lados, en Jesús y en el jaguar. Una vez, cuando ella pensaba que estaban solos, la escuché llamarlo «mi felino, mi gran gato». Durante la danza del abuelo, la cola era algo que seguía a su dueño como si tuviera vida propia, como un pensamiento aparte, como si tuviera sus propios planes. Algunas veces era sólo una cola, pero en ocasiones se convertía en un látigo, una serpiente, una verga con voluntad propia. Tierna o cruel, nadie estaba a salvo de ella. En ocasiones rodeaba la cintura de la abuela y la jalaba al baile. Ella protestaba, por supuesto, pero en cierto modo eso sólo hacía que se acercaran más. La banda no podía resistir entonces: los cuernos y los tambores retumbaban, tragándose todito el sonido de la pequeña flauta, mientras el padre sólo inclinaba la cabeza y rezaba con más determinación. Para el sacerdote, el jaguar era caos, grande y casi tan hambriento como el hombre.

Mientras el Abuelo Jaguar corría como el demonio por todo el pueblo, había otros que hacían danzar a sus animales —burro, cabra, borrego y buey— detrás de sus máscaras. Sólo el mayordomo se vestía de sí mismo con su máscara humana de gran bigote, con carabina y machete. Él y su perro enmascarado entraban al final a cazar al jaguar, a llevarlo de nuevo a las montañas y proteger al pueblo cristiano y a sus bestias indefensas. Pero no lo mataban porque, si lo hacían, ¿quién cuidaría de los cultivos? Ése fue el acuerdo que hicimos con aquel viejo padre, y los que vinieron después tuvieron que respetarlo.

No sé en dónde guardaba mi abuelo el disfraz de jaguar durante el resto del año. No había lugar en su pequeña casa para esconderlo. Cuando alguna vez le pregunté, sólo sonrió y señaló hacia las montañas que nos rodeaban por todos lados. Lo que ahora sé es que cuando el jaguar estaba presente, mi abuelo no estaba, y ahora ambos se han ido.

En alguna ocasión le pregunté:

—¿Quién bailará el jaguar después de ti?

—Quien sea que talle la máscara —dijo—. Tú sabes en dónde están mis herramientas.

En este momento, les prometo —a él y a ti— que, si salgo de aquí, iré a buscarlas hasta encontrarlas.

vie 6 abr — 22:32

No sé por qué, AnniMac, pero los dioses antiguos se han ido apareciendo en lugares extraños, no sólo en este camión y en el Códice de Oaxaca, sino también en la basílica de la Soledad. Los vi yo mismo cuando fui con mi madre hace dos semanas, durante el Domingo de Ramos. Era la primera vez que iba en tres años, pues me había negado argumentando que ya no era un niño —y por todo lo que el abuelo me contó concluyo que casi ni soy cristiano—. Sin embargo, el abuelo habría sonreído al enterarse de que ese día vi jaguares en la iglesia. No, no lo estoy imaginando. Son reales, esculpidos en piedra. Aunque nuevos, conservan su estilo barroco; dos de ellos en lo alto, a cada lado de Soledad. Es misterioso, ¿no? Más jaguares de uso humano. Le pregunté a mi mamá de dónde salieron, pero no pudo o no quiso verlos.

—Son restauraciones —dijo—. Se suponía que estarían listas por el milenio, pero las hicieron tarde.

—¿Renovaron la basílica con jaguares?

—Por supuesto que no —dijo—. ¿Quién pondría jaguares en una basílica?

—¿No puedes verlos? ¿Las garras, los ojos?

—Ésas son flores al estilo español —dijo sin voltear.

Abajo, junto a las puertas, hay un relieve de María Magdalena arrodillada en el Gólgota, y el cráneo que sostiene entre las manos está tan profundamente tallado que parece a punto de caer. Mamá sólo quiso ver esto, se persignó y cruzó el umbral.

¿Por qué te cuento estas cosas? Porque no puedo decírselas a ella, y me temo que estoy muriendo. Desearía ver a mi madre, no sólo en busca de consuelo, sino para pedirle perdón. Ahora entiendo que debí haber ido a la iglesia más seguido con ella, pero he de confesar que estaba influido por el abuelo, que no la respetaba por ser sierva del papa; además, alguna vez ella lo acusó de pagano. Pero ahora puedo ver que para mamá la iglesia es más que eso. Para ella es seguridad y consuelo y amor en una vida en la cual nadie le brinda lo suficiente de todas esas cosas. Ni su esposo ni su hijo —y me avergüenza admitirlo—. Pero hace dos semanas me encontraba en una oscuridad distinta y no podía verlo. La única razón por la que la acompañé aquel día fue por compasión, ella lloraba mucho y soy su único hijo. De alguna manera, ella sabía que me iba a ir antes de que yo mismo lo supiera.

Ese último domingo, antes de encontrarme con César en el taxi, mamá y yo caminamos de nuestra casa a la basílica, a través de la colina. Era un día caluroso y mientras caminábamos se podía escuchar cómo caían las semillas de las jacarandas en el piso, haciendo un ruido fuerte. En una bolsa de maguey, mi mamá llevaba flores y otras cosas envueltas en un periódico. Caminaba sin zapatos, eso debió de haber sido una señal de que era un día importante, pero yo sólo pensaba en mis propios problemas y en dónde podría conseguir un par de Puma Ferrari que no estuvieran tan caros. ¿Cómo es que dos personas pueden caminar una al lado de la otra, a través de las mismas piedras, llevando la misma sangre en las venas, y con las mentes tan apartadas?

Cuando llegamos a la basílica estaba todo tranquilo, pues la misa anterior ya había terminado y aún no empezaba la siguiente. Justo al entrar estaba la piedra en donde murió el misterioso burro sagrado y donde fue descubierta la caja que albergaba la visión de la Virgen de la Soledad. Ahí fue donde mamá se arrodilló, como cuando yo era niño, y justo como entonces caminé junto a ella, sosteniendo su bolsa. Pude oler las cosas que llevaba dentro —plantas del pueblo— y de repente mi garganta se cerró y sentí comezón en la nariz, cosa que nunca me había pasado. Ella miró hacia delante y empezó a pulir las baldosas con las rodillas, mientras los ángeles sostenían las luces para guiar su camino. Nuestra diferencia de estatura era ridícula, pero no era el único hijo adulto con su madre devota. Había otro sentado al frente, limpio como si su madre lo hubiese acabado de bañar, pero con los pelos en punta, una playera con un pentagrama hecho con una navaja, y cadenas en los pantalones, un buen chico de pueblo que intenta aparentar que el diablo es su compa. A mí nunca me gustó ese tipo de música, y mamá jamás me habría dejado usar esa ropa en la iglesia. Ella había planchado mis jeans la noche anterior y la camiseta polo que llevaba era una Lacoste falsa —armadillo en lugar de lagarto— que ella me había comprado en la Central de Abastos. Es la que traigo ahorita.

En su larga peregrinación hasta el altar, mamá se detuvo en las distintas estaciones de la cruz, con las manos en los labios, los ojos en la Virgen, los pensamientos quién sabe dónde. Junto a ella, yo estaba a kilómetros de distancia pensando en Sofía sentada en la banca del parque o en si tenía los cojones para volver al Norte o irme a la Ciudad de México, pero sabes que veinte millones de personas son muchas para una ciudad y las noticias que llegan de allá suelen ser malas. Ahora hay una playera que dice: «Yo amo la CDMX», pero el «amo» lo representa un corazón que explota de un balazo. En esta época, cualquiera puede ser un mártir, ¿pero quién usaría una playera así? Mi mamá me mataría. En Oaxaca tenemos nuestra propia playera de la huelga: la Virgen de las Barricadas que usa una máscara de gas, con un manto cubierto de llantas que arden. Pero Oaxaca es sólo un pueblo comparado con la Ciudad de México y de cualquier manera, ¿qué podría hacer yo allá?

A nuestro alrededor, el tufo dulce del incienso se adhería a todo, como musgo en el bosque. Era casi mediodía y los rayos del sol entraban en la iglesia todos llenos de polvo: eran como dedos puntiagudos que señalaban nuestros defectos, las grietas en las baldosas, la pintura que se descascaraba en la pared. Los rayos evadían por unos cuantos centímetros el agujero en mi corazón y aterrizaban en los agrietados dedos de yeso de san Francisco. ¿La devoción es peligrosa, no? Incluso en ese momento, los santos sufrían. Entre los pies rotos de Francisco había un huevo iluminado por el sol, pues uno debe ofrecer lo que pueda, aunque sólo sea un huevo o una orquídea. Yo trataba de evitar esos rayos persecutores, pero por supuesto que era imposible. Mis manos estaban vacías y no pude ocultarlo.

Cuando finalmente llegamos al altar, mamá hizo la señal de la cruz, con sus diecisiete toques que culminaron con un beso en el pulgar. Luego hizo algo que no había hecho desde que yo era pequeño: me volteó hacia Soledad, que flotaba allá sobre el altar en su gran caja de cristal. De alguna manera, los rayos también estaban ahí, posándose en sus perfectas manos blancas, de manera que parecían resplandecer e incluso moverse, aunque todo su entorno estaba oscuro. Colgando entre las sombras encima de ella estaba Jesús sangrante y, más arriba, Dios mismo en una capa roja, volando como Superman —solía imaginarlo—, sólo que más viejo y con barba.

Pude escuchar a mamá detrás de mí, susurrando la bendición: «Mi cariñito, mi angelito, mi vida, niño doradito». Son palabras tiernas que pronunció una y otra vez, tratando de no llorar, pero sin lograrlo porque Soledad es su Virgen y está sola porque ha perdido a su único hijo, y pronto mi mamá perdería al suyo, y ¿cómo no sentir la misma tristeza de la Virgen, especialmente cuando la Pascua estaba por llegar? ¿Y cómo no llorar ante todo esto? Era demasiado, así que ahora ambos estábamos ahí, con lágrimas en los ojos, y en la mano de mi madre había rosas y hierbas como las que usamos en el pueblo para la ceremonia del temazcal, para limpiar el cuerpo y el espíritu —yerba santa, chamizo, albahaca, ajenjo—, demasiadas para nombrarlas, y con éstas le daba golpecitos a mi cuerpo, acariciándome como cuando nací: primero la punta de la cabeza y después mis mejillas, por mis hombros, hacia abajo por la columna, y su llanto y sus rezos acompañaban todo esto, de manera que me alegré de que estuviera detrás de mí porque no podía soportar verla a la cara, pero cuando contemplé a Soledad fue como si esa tristeza estuviera en todos lados a nuestro alrededor, y recordé cómo me sentía cuando era niño en los brazos de la señora Ellen en el Norte, aquellas manos blancas y huesudas, y lo diferente que era mi madre, que jamás podría parecerse, y lo vacía y desesperada que era tal sensación, así como ese aire triste de iglesia que de pronto se avivaba con el olor de las flores y las hierbas que habían venido desde el pueblo, el mismo aliento de ese lugar llenaba mi nariz y mis pulmones, mientras mamá cepillaba mis brazos desnudos y mis manos con las hojas y los pétalos, de un lado al otro de mi espalda y después el pecho y mis piernas, haciendo círculos ahí, alrededor de mis pies para protegerme de algún daño en el futuro, un daño que temía pero no lograba ver.

19

vie 6 abr — 23:02

Puedo escuchar que alguien quiere vomitar y sé que es por beber orina. He escuchado ese sonido muchas veces el día de hoy. Y también que alguien decía: «Porfis, porfis», como si se tratara de un niño suplicando. Pero ahora son extraños para mí. Si los conociera, me volvería loco. En muchas ocasiones escuché a mi mamá rezar y era como si abandonara su cuerpo. Sentía que se estaba entregando por completo, y no podía entender por qué alguien querría hacer eso. Pero ahora creo que lo sé. Es a través del esfuerzo de convocar y contar la historia como puedo escapar, y es una verdadera sacudida cuando regreso y descubro que estoy aquí. Estoy muy cansado. Tengo mucho frío.

Froto las manos de César para calentarlas, pero también las mías. Entonces, con cuidado, en silencio, pongo mi dedo en la botella de agua de César y dejo caer unas gotas entre sus labios. Todavía vive, y debe de haber una razón para ello. Cuando tomo un sorbo y lo mantengo en mi boca, juro que puedo sentir cómo se hinchan mis células con ella, y ésta es una forma de gracia.

Cuando hablo de mi abuelo es casi como si estuviera aquí, conmigo. Y si él vive —aunque sólo sea a través de estas palabras—, yo también puedo.

El profesor Payne siempre mostró un interés especial por mi abuelo, y no sólo por haber encontrado el Hombre Jaguar. Él se daba cuenta de que el abuelo era fuerte e inteligente, de manera que le enseñó a leer en español. Fue difícil, pero el abuelo veía al profesor y su vida y escuchaba atentamente cuando le decía que los libros eran una puerta a otros mundos que podías visitar desde cualquier lugar: la Ciudad de México o Nueva York o Latuxí. El profesor le dijo al abuelo que los libros eran la razón por la cual había venido a México, y por ellos se habían conocido y habían descubierto al Hombre Jaguar. Al abuelo esta idea le pareció poderosa, así que le pidió al profesor que le enseñara a leer para descubrir qué había del otro lado de todas esas puertas.

Una vez que pudo construir las palabras por sí mismo, el primer libro que el profesor le dio al abuelo fue *Los de abajo*, de Mariano Azuela. En uno o dos años, ya leía todo lo que pudiera encontrar. La primera vez que el abuelo me dijo que *Los de abajo* era un buen libro, le pregunté por qué, a lo cual me contestó: «Porque es corto, mucho más que la Biblia, y hay más verdad en él». El abuelo conoció a muchos hombres que lucharon en la Revolución. El hecho de ser todavía muy chico para pelear marcó a mi abuelo, pues durante mucho tiempo creyó que, de haber participado en la lucha armada, habría podido salvar a su padre. Pero ese libro le hizo ver, por sí mismo, que carecía de importancia haber estado ahí, pues todo acababa en muerte. ¿Qué podía hacer alguien en contra de esas armas alemanas que tumbaban a los hombres como caña en el campo?

Tras el hallazgo del Hombre Jaguar, en ciertas ocasiones, durante la noche, el abuelo llegó a ver la sombra del profesor, inclinado a la luz de su lamparita como si estuviera estudiando algo. El abuelo sintió curiosidad y una noche reptó hasta la tienda en donde había un agujero a través del cual se podía ver. El profesor estaba ahí en su silla plegable de lona y en la mano sostenía al Hombre Jaguar, pero no lo estudiaba. No, tenía los ojos cerrados y de ellos caían lágrimas. El abuelo me contó que, al ver esto, volteó rápidamente hacia otro lado y se sintió avergonzado, como si hubiese sorprendido a sus padres desnudos. Regresó al árbol bajo el cual había estado sentado, jaló su sarape para cobijarse y se preguntó qué habría en esa pieza de jade para poner tan triste a un hombre tan importante que venía de tan lejos. El Hombre Jaguar era un objeto muy antiguo y muy poderoso, tanto que el profesor se lo llevó consigo a Nueva York.

Al final, el abuelo sólo pudo sostener el Hombre Jaguar unas cuantas veces, pues el profesor se encargó de limpiarlo y guardarlo en un lugar especial. A pesar de esto, jamás pudo sacarlo de su mente. Ésa había sido la primera vez que se acercaba al poder de un objeto hecho por el hombre. Cuando mi abuelo lo descubrió, no sabía escribir ni su nombre, pero extraer de la tierra al Hombre Jaguar de esa manera, con sus propias manos, y ser el primer hombre en tocarlo después de quién sabe cuántas vidas, ser el primero en sostener algo tan antiguo y tan delicado que portaba tanto en su interior, le provocaba un profundo asombro. Él decía que, por un momento, llegó a sentir que se desprendía de su cuerpo —como en los cuentos— y veía a través de las montañas. No creo que haya sabido qué era lo que veía, pero esperaba que yo pudiera hacerlo y ésta es la razón por la cual me contó todo esto. En noviembre del año pasado, cuando el abuelo estaba a punto de morir, me dijo: «M'hijo, si alguna vez regresas al Norte, ve al museo en Nueva York. Encuentra el objeto y, si puedes, tócalo».

El profesor era gringo y académico, pero la mayoría de la gente de la cual hablaba era mexicana y artista, gente como Rufino Tamayo, Diego Rivera y Frida Kahlo. Le dijo al abuelo que Rivera había sido uno de los hombres más valientes que conocía, porque no tenía miedo de gritar cuando los demás sólo susurraban. Con sus maravillosos murales, fue capaz de ver a los ojos a Henry

Ford y a Nelson Rockefeller, y decirles sus verdades. Y ellos le pagaban por hacerlo. El abuelo jamás vio esos murales y no estaba de acuerdo; decía que Diego Rivera era demasiado rico para ser un hombre del pueblo y demasiado gordo para ser un comunista verdadero. Él lo llamaba «rábano», rojo por fuera y blanco por dentro. El abuelo me dijo que el profesor y Rivera algunas veces fumaban juntos, y no sólo puros. Qué cosa, ¿verdad? Ese gran Diego Rivera puso a viajar al güero.

Éste es un mundo que mi abuelo jamás vio por sí mismo, porque ningún campesino lo hizo, pero le resultaba interesante, y en las noches a veces le llevaba al profesor algo de yerba enrollada en hojas de maíz, o mezcal en un guaje. El profesor le hablaba, entonces, y le contaba muchas historias de su vida. Yo creo que debió de haberse sentido solo allá afuera, tan lejos de casa. ¿Qué tipo de hombre haría algo así, dejar su casa y su familia para excavar la tierra dura de una tierra extraña?

Es una pregunta capciosa. La respuesta es: los mexicanos. Todo el tiempo. Por millones, pero no en aquel entonces.

Cuando empezó la tercera temporada en Latuxí, el profesor todavía hablaba sobre el Hombre Jaguar.

—Era una obsesión para él —me contó el abuelo—. Había algo en la figura que lo confundía y una noche el profesor me dijo: «He preguntado en todos los museos y nadie ha visto algo así, ni aquí ni en ninguna otra parte de México. Tamayo me lo quiere comprar». Aquella vez estábamos apoyados en el gran árbol de aguacate, a orillas del claro, fumando y observando las estrellas. «Es tan pequeño», le dije, «alguien lo pudo haber traído desde muy lejos, desde cualquier lugar». «¿Crees que haya sido un regalo?», dijo el profesor. «Tuve un sueño al respecto, ¿sabes?». Yo enrollé un poco más de yerba sobre un viejo metate y se la pasé al profesor, quien la prendió con su encendedor de plata. «No lo podía ver con exactitud», dijo el profesor, «sentí su textura, como si mis dedos estuvieran soñando». «Algunas veces diez ojos son mejor que dos», le dije. El profesor se rio por mi comentario. «¿Crees que yo lo estaba tallando en mi sueño?». «Nadie lo conoce tan bien como el que lo hizo». «Estoy seguro de que hay otros recuerdos en juego, aparte de la memoria del hombre», dijo. «Estoy seguro de que hay una memoria en la tierra, en las piedras, en el barro. Eso es lo que estoy tratando de recuperar. Y todos esos árboles con sus raíces que penetran tan profundamente en el templo, ¿qué es lo que saben? ¿Qué es lo que ven? Si un jaguar pudiera hablar, ¿qué diría?». «Hay plantas», le dije, «hongos y hierbas que pueden ayudarte a ver esas cosas, a entender su lenguaje. Incluso pueden hablarte. He escuchado que los hongos encuentran cosas perdidas y contestan preguntas que, de otra manera, no tienen respuesta». Por supuesto que el profesor quería saber más, porque quería saber todo. Era un hombre con ansias de conocimiento. «¿Cómo se llaman?», preguntó. «*Teonanacatl*», le dije, «Carne de los dioses».

El abuelo se rio.

—Debiste haber visto a ese gringo corriendo por su libreta. «Hay muchos nombres para los hongos», le dije al profesor. «Durante las lluvias, crecen por todos lados, especialmente en el estiércol de vaca». «¿Cómo puedo conseguir algunos?», preguntó. «Yo no los como», contesté. «No es parte de nuestra tradición, pero sé que no los puedes consumir en cualquier momento, como la yerba o el aguardiente. Son sagrados, y se utilizan para ver y curar y limpiar. Hay una ceremonia para ello». «¿Quién conduce la ceremonia?». «Una curandera», contesté. «Alguien con un llamado para eso, pero no hay curanderas en Latuxí ni en mi pueblo. Para encontrar una, hay que ir a la Mazateca, que son como tres días caminando hacia el noreste». «No tengo tiempo para eso», contestó. «¿Puedes traerme unos tú?». «Profesor», le dije, «no es seguro consumirlos solo, sin una guía». «Siéntate conmigo entonces, Hilario. ¿Lo harás? Tú puedes mantenerme a salvo». «A lo mejor de lo que hay fuera, pero no de lo que hay dentro. Ése es otro territorio por donde no puedo seguirlo. Además, está muy seco ahorita para que haya hongos». Pero el profesor era un hombre testarudo y a principios de septiembre, justo después de la temporada de lluvias, me envió a través de las montañas, hacia la Mazateca, en donde no se habla zapoteco y muy poco español. Me tomó como una semana, pero finalmente encontré una curandera que conocía los hongos adecuados y trató de darme instrucciones en su lengua. Durante la noche de mi regreso, cuando los obreros se fueron a dormir, armé un pequeño quemador de tres patas en la tierra que servía de piso a la tienda del profesor y encendí un poco de copal. El profesor se sentó conmigo, frente al quemador, y abrió el bulto medicinal de la curandera. Estaba hecho de papel amate atado con una vaina y, dentro, envueltos en hierbas y pasto, había doce hongos frescos con tallos largos y delgados y sombreritos cafés. Lo poco que le entendí a la curandera se lo dije al profesor: «Antes de comerlos, es necesario saber por qué lo haces. Es peligroso ir a ese lugar sin un guía, pero más peligroso sin una razón». «Voy», dijo, «a ver quién hizo el Hombre Jaguar». Tuve miedo por él y lo tomé de la mano. «Bueno», le dije, «pero debe prometerme que regresará». El profesor se rio de mí, cosa que no me gustó, pero prometió volver. «Tiene que comer seis al mismo tiempo», le dije. «La curandera hizo hincapié en esto, pero quizá por ser su primera vez sería bueno que sólo se comiera tres». El profesor me sonrió como si yo fuera una viejita preocupona. «Son pequeños», dijo, «y mírame». La curandera había intentado decirme cuáles eran las palabras correctas para el ritual, pero no pude entender ninguna excepto dos en español («hijos sagrados»), así que con estas palabras y algunas de mi propia cosecha armé una oración:

Estos Hijos Sagrados son tuyos,
te los ofrece la Mujer del Vuelo que envía
a su gente a viajar,
la Mujer del Cielo, que se eleva en cualquier forma,
la Mujer del Agua, que nada en la luz y en la oscuridad,

la Mujer de las Letras, que conoce todas las páginas
del gran libro
y la Mujer de lo Importante, quien nos guía
nuevamente a casa.
A ti y a ellos les decimos: somos hombres humildes
que viven conforme a la ley, conforme a sus posibilidades.
Por favor recibe esta oración y encuéntranos dignos
de tu visión y tu protección.

»Después esparcí un poco de yerba y tabaco sobre el copal que ardía, hasta que resplandeció y crujió, y después eché un poco de mezcal para que chisporroteara. "Ahí tiene", dije. "Espero que sea suficiente". Entonces, el profesor se comió los hongos. Primero uno, después dos y los últimos tres juntos. Él era un hombre fuerte que no se amedrentaba con el chile ni el mezcal, y la única manera de notar lo mal que sabían estos hongos detrás de su bigote fue por el movimiento de su nariz. Bebió algo de agua de un guaje y encendió un cigarrillo. Después esperamos. Pasó algo de tiempo hasta que se reclinó en la pata de su mesa de trabajo y cerró los ojos. "¿Estás seguro de que funcionan?", preguntó. "¿La curandera era de confianza?". "Pregunté en tres pueblos y era conocida y respetada en todos ellos". "No pasa nada", dijo el profesor. "Le pregunté que cuánto tiempo tardaban en hacer efecto, pero por respuesta sólo trazó un círculo de oeste a este". "¿Toda la noche?", preguntó el profesor, nada contento con la noticia. "Me parece que se refería al viaje", contesté.

»Después de otros tres cigarrillos, el profesor estaba impaciente. "Seis no son suficientes. Ustedes son tan bajitos, y mírame a mí". "No", le dije. "Por favor, haga lo que ella dice".

»El profesor se paró, salió, regresó y se sentó otra vez. "No siento absolutamente nada", dijo. "Ni siquiera me siento mareado".

»Y antes de que pudiera impedirlo, se comió los otros seis. Lo hizo de un jalón. Entonces, después de otro trago de agua, se sentó con las piernas cruzadas en el piso. Al estirarse en busca de los cigarrillos que estaban en su abrigo, se detuvo en seco, se agachó y vomitó entre sus zapatos. Cuando se incorporó de nuevo, sus pupilas estaban tan dilatadas como las de un mono, y su vista se desplazaba como si pudiera ver a través de las paredes de la tienda. Dejó de reconocerme y, pienso, también a sí mismo. Salí rápidamente por una palada de tierra para cubrir su desastre y, a través del humo del copal, observé que el profesor contemplaba cosas que yo no podía ver. Después de algún tiempo, empezó a inclinarse, lo ayudé a recostarse de lado y coloqué una sábana doblada debajo de su cabeza. Sus ojos estaban todavía abiertos, mirando fijamente, y su boca se movía, pero sin palabras. La luna se elevaba cuando cerró los ojos, pero yo no me dormí.

»Todavía estaba oscuro cuando despertó para pedir agua. Lo ayudé a sentarse y le di unos tragos del guaje. "Lo vi", dijo. "Lo vi en la piedra. Vi cómo lo tallaban, y corría sangre con cada incisión de la herramienta".

20

Cada vez que regresaba de la Ciudad de México, el profesor le llevaba libros nuevos a mi abuelo para que los leyera: *Don Quijote* y *Grandes esperanzas*, y también la *Historia verdadera de la conquista de la Nueva España*, de Bernal Díaz del Castillo. Estaban en español y mi abuelo los tenía en una repisa de su casa, debajo del altarcito que la abuela había hecho para Juquila. Con estos libros, el abuelo me enseñó a leer después de que fuimos deportados y mi papá nos dejó en el pueblo. Él trató de enseñarle a mi padre cuando era joven, pero papá nunca pudo hacer que las letras permanecieran juntas en su mente. Lo he visto intentarlo, pero sus ojos son como demonios gastándole bromas, como si cada palabra fuera una estafa. Ser así y vivir con un hombre que siempre estaba leyendo, como el abuelo, y después tener un hijo como yo, que aprendo tan rápidamente a pesar de ser tan poca cosa, puede darte una idea de la amargura de mi papá. En el centro o en el Norte, él podía soportarlo porque en casa sólo veían el dinero que mandaba, pero en el pueblo, frente a su propia gente, esta desventaja era demasiado para él. En una ocasión, el abuelo me dijo: «En estos tiempos, el hombre mexicano es un bebé». No entendí lo que me dijo sino hasta después.

Aquel verano, antes de la guerra entre Estados Unidos y Japón, el profesor le escribió al abuelo contándole sus planes y pidiéndole que regresara una semana antes para ayudarlo a organizar a los obreros y establecer el campamento. También dijo que había una nueva cocinera que vendría de Latuxí y que él mismo la llevaría al campamento. Siempre se cocinaba en una chimenea de piedra bajo una palapa hecha de palos y petates, pero en su carta el profesor le pedía al abuelo que construyera una nueva cocina de adobe y bambú, con un techo de pinocha. «Haz algo bonito para ella», fueron sus palabras.

El abuelo construyó la cocina y cuando el profesor llegó con la nueva cocinera, entendió el motivo. Su nombre era Zeferina y era hermosa: zapoteca, por supuesto. Pero no era una campesina más. Había algo en la chica, su manera de mirar y su porte, como el de una princesa. «Parecía como una de las pinturas que había visto en alguna de las revistas del profesor», me dijo mi abuelo. «Aquellos ojos grandes se comportaban como los de un gato, la boca ligeramente torcida, pero de tal manera llena como para querer abrirla. ¿Me entiendes? Probar el jugo que tiene dentro». Cuando el abuelo me contó todo esto tenía noventa y seis años, pero aún le gustaba fumar y beber un poco, y también me invitaba a hacerlo. Puedo decirte que, para un joven, escuchar todo esto no es cualquier cosa.

El profesor Payne estaba casado y tenía hijos pequeños en el Norte, pero el abuelo sólo lo sabía por una foto que había en la mesa de trabajo. Payne jamás habló de ellos y siempre llegaba solo a Latuxí. Con frecuencia hacía dibujos de los artefactos que encontraba, y le enseñó al abuelo a hacerlos también, pero en esa última temporada de excavación, el profesor hacía más dibujos de Zeferina que de sus artefactos. Hacían esto en la tarde durante la siesta, y algunas veces no salían de la tienda de campaña durante un largo rato. «Una tarde —dijo el abuelo—, cuando yo estaba en la tienda ayudando al profesor a limpiar algunas de las cosas que habíamos encontrado ese día, vi uno de los dibujos detrás de la mesa de trabajo. El profesor era todo un artista y muchas veces en la noche, e incluso en el día cuando estaba trabajando, me ponía a pensar en ese dibujo».

Por supuesto que Zeferina no pasaba la noche con el profesor. Jamás. Siempre regresaba a casa de sus padres en el pueblo antes del atardecer, y llegaba temprano por la mañana para prender el fuego y cocinar para los hombres. Era una larga caminata desde Latuxí, y una mañana el abuelo recibió a Zeferina con el fuego y el café listos. «Puedo hacer esto todas las mañanas», le dijo, «y así podrás dormir un poquito más».

Ella se negó y le dijo que el profesor le pagaba por cocinar, pero mi abuelo no escuchó y siguió parándose temprano para prender el fuego y hacer el café, y cuando hacía esto pensaba en las cosas que tocaba y que, más tarde, ella tocaría, y al menos eso era algo. Una mañana, después de diez días, Zeferina llegó tarde, pero todo estaba listo, de manera que lo único que faltaba era hacer las tortillas y freír los huevos. Incluso los frijoles ya se estaban calentando en el horno de tierra que estaba junto al fuego.

«Así que, ¿aceptas mi oferta?», le preguntó el abuelo, y ella lo miró por primera vez a los ojos y sonrió, todo al mismo tiempo.

Después de eso, ella siempre llegó un poquito más tarde.

—*Ooni'ya*, ¡me convertí en su prisionero! —el abuelo me contó—. Decidí que debía casarme con esta chica. Sabes, m'hijo, yo ya había estado casado una vez, pero hubo problemas y fue difícil tener un hijo. Vimos a la curandera y finalmente mi esposa se embarazó, pero cuando llegó la hora, los perdí a los dos. Cuando esto sucedió, yo estaba en la casa con la curandera y mi tía. Fue terrible: la sangre que había era como de tres personas. Después de eso, ya no tuve corazón para volver a estar con una mujer.

»Zeferina fue la primera que me recordó lo que era ese sentimiento, ese deseo, pero me causó problemas, pues era más difícil mirar al profesor a los ojos. Algo en él también comenzaba a cambiar; ya no hablaba conmigo por las tardes como solía hacerlo. Y no sólo éramos el profesor y yo quienes notábamos a Zeferina, sino cada hombre en el campamento, incluso los estudiantes del profesor. Los obreros no tenían permiso de estar cerca de la cocina ni de la tienda del jefe, pero incluso desde la excavación uno podía verla caminar, inclinarse, y debo decir que había algo en su manera de moverse. Incluso cuando no estaba ahí, esa chica vibraba en el aire como una chicharra. Era la primera vez en cinco años de conocer al profesor que contaba los días para que partiera. Pero ¿cómo podía saber entonces lo que sucedería?

»No sé si era por Zeferina u otros problemas en su mente, pero el profesor pasaba más y más tiempo en su tienda, dejándome a cargo de la excavación. De todos los hombres, yo era el que había estado ahí durante más tiempo y el único que podía leer o dibujar los artefactos como realmente se veían. En noviembre, cuando regresamos después de la celebración del Día de Muertos, el profesor me nombró jefe, o algo así, y ahora yo tenía que decirles a los otros hombres en dónde y cómo excavar, asegurándome de que lo hicieran correctamente y no se robaran nada. Yo me sentía orgulloso de que el profesor confiara en mí de esa manera, y por supuesto que estaba contento por el dinero extra. Él me pagó en oro ese año, cuarenta dólares americanos. Jamás olvidaré el hermoso peso de esas monedas.

—Jamás volvimos a encontrar algo tan valioso como el Hombre Jaguar. Como el profesor no podía olvidar la importancia del hallazgo, incluso escribió sobre él en una revista. Me la enseñó y ver esas fotografías fue como ver a un viejo amigo. Las estudié con cuidado, así como las palabras, pero el nombre de quien lo había hallado no estaba ahí. Fue en esa última temporada cuando el profesor me dijo que iba a escribir un libro sobre el Hombre Jaguar porque ahora, después de años de estudiarlo, creía saber quién lo había hecho, y no era zapoteco. Él creía que era olmeca.

Los olmecas llegaron antes que nosotros, de la costa veracruzana del Golfo, pero nadie en la Sierra recuerda a esa gente. Eran grandes artistas, como nosotros, y fueron ellos quienes hicieron las estatuillas de barro con rostros de bebé y esas cabezas colosales de piedra en la jungla, pero no fue sino hasta que encontramos al Hombre Jaguar cuando (a través de las observaciones del profesor) todos comenzaron a entender quiénes eran esas personas y que todas esas cosas habían sido hechas por ellas mismas. En aquel entonces, los olmecas ni siquiera tenían nombre. Fue el profesor Payne quien hizo la conexión, y la hizo a través del Hombre Jaguar.

»Le pregunté al profesor si podía quedarme con la revista y me dijo que sí. También me dijo que habían sido los hongos los que le habían mostrado, los que le habían permitido ver más allá de los rostros y más allá de las líneas que los conformaban, para llegar a las herramientas y las manos que sacaban todas estas figuras de la piedra. "Al ver esto", dijo, "entendí que no era una cuestión de diseño. Es el método lo que los une".

»Fue entonces cuando el profesor me comunicó una noticia importante. Para comprobar la hipótesis de su libro, necesitaba dejar Latuxí y encontrar un nuevo sitio en la frontera con Veracruz. Me pidió que me fuera con él, ¿y sabes qué fue lo primero que pensé? Que eso me alejaría de Zeferina. Todos sabían que ella era la amante del profesor, así que no era una situación favorable para mí, pero por alguna razón, yo tenía esperanza. Ella estaba en mí de alguna manera, y yo esperaba estar en ella también. El profesor dijo que esta nueva excavación era una oportunidad especial para mí, a lo mejor yo podría ir a Nueva York y trabajar en el museo allá. Era una gran oportunidad, y pensaba en esa extraña sensación al sostener en mis manos el Hombre Jaguar, y si sería una especie de premonición. Quizá podría viajar a través de las montañas y volverme a encontrar con el Hombre Jaguar. Así que le dije al profesor: "Sí, quiero ir con usted". Pero en mi mente, lo que pensaba era: "Sólo si Zeferina me rechaza".

—Fue así como el profesor se fue a principios de diciembre para volver con su familia y a los museos. Cuando empacábamos todo lo del campamento, Zeferina sólo miraba al piso, pues ver los rostros de la gente la hacía llorar. Yo no sé qué le dijo el profesor, pero puedo imaginar que fue un adiós, para siempre, porque por supuesto sus padres jamás le permitirían irse sola de Latuxí. Durante el último día, yo estaba demasiado ocupado empacando artefactos en la tienda del profesor y no vi cuándo se fue. Ese día sentí que el corazón se me partía y me preguntaba si la volvería a ver. Mi pueblo estaba a un día caminando de Latuxí, y ni siquiera conocía su apellido. Te digo, Héctor, en aquella época podía ser muy difícil conocer chicas. Me dije a mí mismo que, quizá, si tenía suerte, la vería en alguna fiesta en Tlacolula.

»Al día siguiente montamos todo en los burros y caminamos hacia la carretera; el profesor había rentado un camión para el largo camino hasta la Ciudad de México. Yo estaba a cargo de los burros y rezaba (sí, mi joven, ¡este viejo puede rezarle a la papaya!) por ver a Zeferina en algún lugar del pueblo. Pero no la vi. Cuando le dije adiós al profesor Payne había sombras alrededor de sus ojos y parecía como si su mente ya se hubiera ido, pero me dio la mano y me dijo otra vez que quería que trabajara el siguiente año para él, y que me escribiría en primavera.

—Durante el Año Nuevo de 1942, Estados Unidos estaba en guerra con Japón. Para un campesino como yo, no había muchos cambios en la vida. Estábamos lejos de todo y no teníamos radio, pero había un conductor de camión que conocía en Tlacolula que traía periódicos del centro. Todos esos meses pensé en Zeferina. Tanto así que mi mamá creyó que estaba enfermo, y mis hermanos, ya casados todos hacía bastante tiempo, me hacían bromas pesadas en la milpa. Tampoco llegaba ninguna carta del profesor, y esto hacía más difícil todo. Finalmente, no pude soportarlo más. Después de la primera cosecha de maíz en junio, esperé que la luna creciera lo suficiente como para poder ver el camino a través de las montañas, y entonces volví a hacer el recorrido a Latuxí. Caminé toda la noche, para tener más posibilidades de ver a Zeferina en el día. Quizá ya se había casado, pero tenía que verla. Tenía que saber. *Ooni'ya*, había dos grandes sorpresas aguardándome allá.

»Llegué después del amanecer y la primera persona a la que vi fue al sacerdote, quien iba de camino a la oficina municipal. Él conocía al profesor y había visitado la excavación, pero se sorprendió al verme en esa época del año. Cuando supo quién era yo, me dijo: "M'hijo, tengo malas noticias".

»Lo primero que pensé es que algo le había pasado a Zeferina, y eso sólo demuestra que estaba fuera de mis cabales, porque no había manera de que el padre supiera cuáles eran mis sentimientos hacia ella. Después me miró a los ojos y me dijo: "El profesor está muerto. En paz descanse".

»Por un momento, no pude respirar. Como sólo había pensado en Zeferina, la noticia me sacudió, y no supe qué hacer o decir. El padre puso su mano en mi hombro. "Perdóname por sorprenderte así", dijo. "Es una pérdida terrible. Lo supimos hace una semana apenas, por una carta que le llegó al mayordomo. El museo escribió para decir que el financiamiento para los trabajos en Latuxí había terminado". "¿Cómo sucedió?". "Sólo dicen que fue un trágico accidente, pero no mencionan ningún detalle".

»Yo tenía la vista fija como la de un hombre ciego. No sabía qué hacer conmigo mismo. "Padre", le dije, "¿está abierta la iglesia?". "Por supuesto", contestó. "Siempre".

»Entré a la iglesia. Estaba oscuro y frío ahí dentro, y me puse en cuclillas, apoyado en la pared trasera. Hasta ese momento no sabía cuánta esperanza había depositado en el profesor Payne; no podía creer cómo podía terminar todo en un abrir y cerrar de ojos. Tantas puertas que se cerraban al mismo tiempo. Durante un rato, me quedé ahí sintiendo un pesar en mi alma, sin darme cuenta de que en esa iglesia había otra persona. Allá al frente, hincada tras la barandilla, había una mujer. Yo estaba en muy mala condición, pero reconocería esa cabeza en cualquier lugar y no podía creerlo. Me sentía tan cansado de caminar toda la noche y tan desconcertado por las noticias del padre, que me pregunté si estaría teniendo visiones. Para asegurarme, caminé muy calladito hasta el altar (no llevaba zapatos), pero ella no se movió y tampoco desapareció. Me hinqué a cierta distancia de ella y entonces me di cuenta de dos cosas: una, que lloraba con las manos en el rostro y dos, que estaba embarazada.

—Te pregunto, m'hijo, ¿cuánto puede aguantar un hombre? Primero me pateó un caballo y ahora me atropellaba una carreta. No sabía qué decirle, pero no podía soportar la idea de dejarla. Volteé a ver a Jesús y estaba colgando ahí; como siempre, se veía fatal, como si acabara de perder una pelea a puro navajazo. Él no me servía de ayuda, así que me apoyé en la barandilla, cubrí mi puño con la otra mano y coloqué ahí mi mejilla. No pude creer lo cansado que estaba. «Zeferina», le dije.

»Sus hombros comenzaron a sacudirse y la escuché gemir. Quise acercarme a ella, pero no lo hice. "Zeferina, soy yo, Hilario Lázaro, de la excavación". "Sé quién eres", dijo sin voltear. No parecía muy contenta de verme. "Durante todo este tiempo he pensado en ti", le dije. "Te extraño". "Se te va a pasar cuando me veas". "Puedo verte", le dije. "Y aun así te extraño". "Me quiero morir". "No", le dije, mientras ella empezaba a llorar amargamente. "No puedes hacer eso. Ya hay demasiadas muertes".

»Era todo lo que podía hacer para no comenzar a llorar también y, entonces, antes de darme cuenta de lo que estaba diciendo, pronuncié: "Yo te voy a ayudar".

»Entonces volteó a verme por primera vez y casi ni la pude reconocer. Sus ojos estaban rojos, su mejilla amoratada y su labio completamente roto. Entendí entonces que no estaba casada y que el bebé que llevaba en el vientre debía de ser del profesor. Me enojó verla tan lastimada y le di una palmada a la barandilla del altar. "¿Quién te hizo esto?", le pregunté. Cubrió otra vez su cara y siguió llorando. Me quedé pensando quién podría hacerle algo tan terrible a una cara tan hermosa. "Tu padre", le dije. "Dice que me puedo ir al Infierno y que él cerrará la puerta". "¿Y tu madre?". "Llora sin parar". "Pues, bueno, no hay un Infierno en donde yo vivo". "Por supuesto que hay un Infierno", dice ella. "Estoy en él ahorita". "No donde vivo, y estamos a sólo un día de camino desde aquí. ¿Te gustaría venir a conocer el lugar? Ahorita tenemos un burro bebé. Es un burrito muy dulce y todo el mundo sabe que no hay burritos en el Infierno". "Estás bromeando". "No. Este burrito es el más dulce que jamás hayas visto. Espera a ver su pequeña nariz. A lo mejor a tu bebé le gustaría jugar con él". "Mi vida está arruinada y tú haces bromas. ¿Qué te pasa? ¡Vete!". "No me pasa nada, pero tu hombre de la cruz aquí la está pasando muy mal. No hay nada que yo pueda hacer por Él, pero a ti te puedo ayudar, Zeferina. Quiero estar cerca de ti por el resto de mi vida". "Soy una pecadora". "¿A quién le importa?". "¿A quién le importa? ¡A Jesús le importa!".

En ese momento, el abuelo se detuvo y dijo:

—Debo decirte, Héctor, que no daba crédito a la conversación que estábamos teniendo en ese momento, pero al menos hablaba conmigo. Así que señalé al Señor, quien sangraba de cada agujero, y dije: «Míralo, ¿sí? Mira los problemas que lleva en su espalda, son tantos. ¿Realmente crees que se preocupe por ti?». «Sangra por mis pecados». «No, chica, tú sangras por tus pecados. Y una crucifixión es más que suficiente». «Es una blasfemia». «Hermana, la blasfemia es creer que eres el centro de Su atención. Mira el mundo en el que vivimos: los nazis, el comunismo. Las guerras y las bombas. ¿Qué somos en medio de todo eso? Nada. Insectos. Él no tiene tiempo para nosotros. Ese pobre cabrón ni siquiera puede ayudarse a Sí mismo».

»Me veía como si tuviera cuernos, pero nada me detenía en ese momento. "Y mírala a ella", señalé a María que estaba de lado, en su caja de cristal. "¿Está casada con el padre de *su* hijo?". Zeferina saltó como si la estuvieran quemando, pero se quedó donde estaba, con la frente apoyada en los nudillos. "¿Realmente importa?", dije casi gritando. "¡No! Ella ama a su bebé, ¿no es así? El bebé está gordito y es hermoso, ¿cierto? ¡Y blanco! Ése sí es un verdadero milagro".

»Zeferina comenzó a llorar otra vez. "Tú también eres hermosa", le dije. "Como un milagro".

»*Ooni'ya*, jamás le había dicho tantas palabras a alguien. Pero muchas cosas comenzaban a aclararse para mí. La principal era que estaba enamorado de Zeferina, y no sólo de una idea. "Ven conmigo a casa", le dije. "En este momento, hoy mismo. Tengo un lugar para ti y te cuidaré y seré el padre de tu bebé. Lo prometo. Si quieres, también nos podemos casar".

»Ella no dijo que sí, pero tampoco dijo que no. Salí de la iglesia para buscar a su padre. Era difícil hacerlo, porque tenía miedo de que desapareciera y no tenía la fuerza suficiente para perder a alguien más ese día. Cuando le pregunté a algunas personas por la casa de Zeferina, no me contestaban porque Latuxí está lejos de la carretera principal y la gente desconfía de los extraños. Finalmente encontré a un chico que me dijo cómo llegar y me dirigí a casa de Zeferina a hablar con su padre. La casa era pequeña y estaba en medio de la nada y, en la parte del frente, el pasto estaba mordido casi a ras de suelo por un burro, que estaba atado con una larga cuerda a un guayabo muerto. A la orilla del patio y cubiertos por maleza, había lirios de agua que crecían para su venta en el mercado. Había gallinas que corrían a lo loco, pero además del burro, ningún otro animal. La casa sólo tenía una ventana que estaba cubierta con piel de cabra bastante gastada a la que habían fijado con pinzas de madera. La puerta estaba hecha de tallos de caña con adobe para llenar los huecos, y las bisagras eran de cuero. Era la casa de un hombre pobre, incluso para aquella época.

»Parado en el pasto, llamé a la puerta. Salió un hombre que supuse que era el padre de Zeferina. Estaba borracho, no llevaba camisa y tenía los ojos rojos. Le dije quién era, que sabía de las dificultades con su hija y que yo podía ofrecerle un hogar en mi pueblo. "Llévatela", dijo mientras señalaba con la mano el camino. "Llévatela al infierno si quieres. Ella ya no tiene un hogar aquí".

»En ese momento, una mujer salió de la casa y se tiró frente a mí. No sabría decirte si estaba borracha, porque el hombre también le había pegado a ella, y su cara estaba cubierta de tierra y lágrimas y algo que parecía como masa para las tortillas. Ella estaba hincada sobre el pasto mordisqueado; me jalaba del pantalón y lloraba, rogándome que no me llevara a su hija. Pero el hombre no tenía paciencia para eso y la levantó del pelo, le volvió a pegar y la arrastró hacia dentro, gritándole: "¡Te juro por Dios que si veo su coño en mi patio, la mataré con estas manos!".

»Después me miró, cerrando los puños. Respiraba agitadamente y pude notar en sus ojos que, borracho o no, era un hombre peligroso. Yo no quería enfrentarme a él, así que me quité el sombrero y lo sostuve frente a mí. Creo que no se esperaba esto y extendió sus manos con las palmas hacia arriba, mientras decía: "A su familia, a este pueblo, a la Virgen, esa muchacha sólo les ha traído vergüenza y mala fortuna. Después de dos cosechas seguimos sin tener maíz para vender y apenas suficiente para sembrar. ¿Por qué? Hace un mes nuestra ternerita murió. ¿Por qué? Ahora el gringo está muerto y ya no hay dinero para nuestra familia. ¿Por qué nos están pasando todas estas cosas?".

»Al decir todo esto, me veía como si yo pudiera saber la respuesta. "Con su permiso", le dije, "me llevaré a su hija y quizá las cosas se compongan".

»Así que eso hice: me llevé a Zeferina a través de las montañas. Lloró durante un mes, pero su vientre se hizo grande y, en la noche, mientras ella dormía, yo podía sentir al bebé ahí dentro, pateando. Trataba de imaginar cómo sería, pero todo lo que podía ver era el gran bigote del profesor. Te digo que esto no fue fácil para mí, y me preguntaba si, con su tristeza y un hijo que no era mío, había cometido un grave error. Traté de hacer que se sintiera cómoda y mi madre intentó alimentarla, pero su corazón estaba roto y lo que ella quería estaba muy lejos y era imposible. Para empeorar las cosas, no me dejaba tocarla, excepto en las partes de la espalda que le dolían por el bebé. *Ooni'ya*, siempre había sido bueno con los animales, así que eso fue lo que hice: con las manos relajé sus músculos, y de esta manera llegó a conocerme. Con el tiempo, yo también llegué a conocerla muy bien, pero fue el bebé quien la sacó primero de esa tristeza.

Hay más, pero al menos ahora sabes un poco sobre cómo mi abuelo llegó a estar con mi abuela, y sobre su bebé, que es mi padre. Sí, AnniMac, este profesor Payne es sangre de mi sangre, y sea lo que sea que haya tenido —bueno y malo— también lo tengo yo.

Un día, después de que el abuelo me contara todo esto, estaba solo con mi padre y le pregunté sobre el profesor y por qué no trataba de encontrar a su familia.

—Mírame —me dijo—. ¿Crees que me van a aceptar?

—Podrías explicarles...

—¿Qué? ¿Que soy su medio hermano bastardo de México?

—Si les contaras sobre la abuela...

—¿Y qué fue ella? La vaca lechera de un gringo. Nada más.

—Eso no lo sabes —le contesté.

—Y tú sabes menos.

—El abuelo me mostró su foto —le dije—. Te pareces a él.

—¿Y de qué me sirve? —dijo mientras soltaba un gargajo—. No puedo hablar su idioma, no puedo leerlo y no soy bienvenido en su país. *Biche* —dijo como si fuera una grosería—, todo lo que tengo de él son los ojos verdes.

Después de esto, comencé a ver a mi papá de manera distinta. Tener un padre gringo con un caudal de dinero, respeto y educación, y no poder acceder a todo eso, era terrible para papá, casi peor que no tener padre. Su madre lo quería, por supuesto, y el abuelo fue un buen hombre la mayor parte del tiempo, pero en nuestro pueblo ser medio gringo y bastardo también es una maldición. El hecho de que nos deportaran, la tormenta de nieve con el coyote muerto y no ser capaz de escribir una carta: todas estas cosas estaban conectadas en la mente de mi padre. Cada una era un castigo por haber nacido.

21

Aquí dentro no nos estamos muriendo, nos estamos evaporando. La debilidad —a falta de agua y aire limpio— repta como la niebla, exprimiéndonos la vida con cada respiración. Lo sé porque cuando me alejo de la entrada para las mangueras, puedo sentir como si mi cuerpo comenzara a desprenderse. Estoy acostumbrado al calor porque, en la Sierra, el sol está más cerca que Dios, pero aquí dentro lo que me viene a la mente es un juego que jugábamos después de la escuela cuando vivía en el pueblo. Chuy, el hijo de la bruja, nos lo enseñó. Lo llamaba «Ojo de Dios», y lo juegas con el sol y un pedazo de vidrio. Es como una prueba, pues el dolor es infame y la peste, terrible. Todavía tengo las marcas. No había pensado en eso desde hacía mucho, pero ahora lo hago. Pienso en esto y en el agua.

Hay una locura que se apodera de la gente que muere de sed. Yo la escucho, pero trato de no verla. Te quitas la ropa sin importar quién esté al lado, y chupas cualquier cosa para tener algo de saliva: monedas, escapularios, tu anillo de bodas, quizás alguna piedra. Es como volver a ser un bebé, te conviertes en una gran boca. Lo demás de tu cuerpo está sólo ahí para cargarla, el resto de ti se vuelve cada vez más pequeño y más lejano, hasta que desapareces y lo único que queda es la sed.

Los que todavía tienen voz para hablar simplemente imploran por agua: «Por favor, Dios, Señor, por favor, sólo un sorbo». Y cada vez es como la puñalada de la monja en la basílica, porque yo soy el demonio en la esquina que no les da nada. Aquí dentro, nuestras oraciones no tienen destino. Dios no puede oírnos, o no quiere. Pero yo sigo rezando para que alguien nos encuentre, para que las rayitas regresen, porque tú eres la amiga de César con código de teléfono gringo. Y porque no tengo nada más. ¿Es por esto que mi mamá reza? ¿Esto es lo que la lleva a hincarse? Dime, AnniMac, ¿entiendes la conexión entre ser creyente y la desesperación? ¿Tú harías algo así? ¿En quién crees? ¿En qué crees?

Mi abuela Zeferina era una creyente tan fervorosa que era capaz de prenderse fuego para mostrarle su devoción a la Virgen, y no era la única. Hace cinco años fue la última vez que hicimos el peregrinaje al pueblo de Juquila, en lo alto de las montañas del Sur, en donde la Virgen se le apareció a una campesina que lavaba su ropa. Abuela le hizo un nuevo vestido y quiso ofrecérselo en persona, pero la lista de espera para vestir a Juquila es larga. En su iglesia, hay una habitación llena de vestiditos hasta el techo. No cientos, AnniMac, miles. Juquila tiene ropa de aquí al Día del Juicio Final.

En la plaza junto a la iglesia de Juquila, hay mesas con montoncitos de barro para que los peregrinos moldeen sus propios milagros: una pierna que debe ser curada, un avión para un viaje seguro, un pariente enfermo en cama. Para estas bendiciones, ofrecen dinero y comida y vestidos y, algunos, como mi abuela, bailan en la oscuridad de las calles en medio de un «coheterío». Dicen que los chinos inventaron la pirotecnia, pero son los oaxaqueños los que bailan y se convierten en ese fuego. Para los santos, construimos castillos de fuegos artificiales tan altos como una iglesia, y para Juquila algunas mujeres llevan otros más pequeños en sus cabezas. Los coheteros los construyen de caña mojada, para poder darle la forma que quieren: una iglesia, un toro, un fantasma, una virgen. A esto le agregan las ruedas giratorias, hechas también de caña, y después los fuegos artificiales. Algunos son disparados muy alto hacia el cielo y su explosión es colorida, y otros son proyectiles con llamas. Son los proyectiles los que hacen girar las ruedas y echan a andar el castillo.

Mi abuela sabía que era la última vez que haría este peregrinaje y estaba determinada a bailar en la plaza frente a la iglesia de Juquila. Era el 8 de diciembre, la noche de su fiesta, y había cientos de peregrinos acompañados por una banda de veinte cornos. La abuela llevaba una falda verde y ancha en la parte de abajo, así que cuando giraba parecía una campana. Encima llevaba un huipil que había tejido ella misma en el telar y que había bordado con flores. Por su porte y sus movimientos, hasta de vieja era hermosa. El abuelo estaba con ella y le dio un trago de mezcal antes de salir al baile, para encender su propio fuego. Después revisó una vez más el atado de su rebozo en la cabeza. Los coheteros tenían lista la canasta con el castillo, que era una estatua de Juquila; los fuegos artificiales y los detonadores estaban en su lugar, para que pudieran prenderse en la secuencia adecuada durante el baile. Fue el abuelo quien la ayudó a colocarse la canasta y el castillo en la cabeza, y la acompañó hasta la plaza. Un cohetero los siguió y, cuando le preguntó a mi abuela si estaba lista, ella asintió con una sonrisa y cerró los ojos. Entonces, encendió la mecha.

Ésta era la señal para que la banda de la calenda comenzara a tocar. Los tambores y la tuba llevaban el compás mientras los clarinetes chiflaban así como los cohetes y las trompetas imitaban los estallidos. Todos los ojos estaban puestos en la abuela, que ahora era una torre, un castillo danzante de cuatro metros de alto. Ella se movía con cuidado en la calle vacía, haciendo pasos sencillos porque llevaba una bomba encima. Era como una especie de duelo entre ella y el fuego, y nadie se acercaba porque era una ceremonia que se llevaba a cabo en soledad. Ella haría su propia luz. Los cohetes salieron disparados de su cabeza en todas direcciones, y explotaron encima de la calle, la iglesia, la banda: había chispas y fuego y pedacitos de cosas que se quemaban aquí y allá, descendiendo como estrellas fugaces, reflejándose en el vidrio de la iglesia, en el metal brillante de la tuba, quizás haciendo un agujero en tu chamarra o en el huipil de tu abuela. Y cuando ella sintió que esa flamita entró y quemó su piel, y todo ese fuego y calor le chupó el aire de los pulmones, no hizo ningún gesto de dolor, sino que rezó con más devoción y siguió danzando, pues ella ya no era tu abuela, sino un volcán zapoteco que enviaba un mensaje a la Virgen, y tú eras su testigo en el centro de la creación.

En ese momento, los proyectiles salieron disparados y las ruedas en su cabeza giraron cada vez más rápido, hasta desaparecer en halos de incendio luminoso que dieron vueltas en la oscuridad alrededor de Juquila, y hubo tanto humo y fuego y color que era difícil distinguir a la persona, o entender cómo respiraba, o incluso creer que dentro de todo eso estaba tu propia abuela danzando, probando su devoción en cuerpo y fuego y oración. Entonces, todos aplaudimos, alabando su valor, su belleza y su fe, porque ella había detenido el tiempo y, con su danza, nos había liberado del pasado, del futuro, de todas las cargas que llevábamos a cuestas. Pero sólo por un momento; después, las ruedas giratorias se detendrían, los últimos cohetes volarían y el marco de bambú colapsaría sobre sí mismo en pequeños fuegos que se quemarían aquí y allá. A lo mejor la música se haría más suave o se detendría, o a lo mejor no, pero tú te adentrarías en la calle para ayudar a tu abuela a quitarse de encima esa canasta humeante.

Esto no sucede sólo una vez. Muchas mujeres hacen esta danza y demuestran su fe enviando un mensaje glorioso a la adorada Virgen, cuyo amor por sus devotos es ilimitado. Y si sigues ahí y te despiertas a las tres de la mañana, contemplarás una extraña y maravillosa visión. La mayoría de la gente se ha ido para ese momento a su casa, pero a lo mejor hay un cohetero con algunos fuegos artificiales que le han sobrado, recordándole a Juquila y a Dios en el cielo que seguimos AQUÍ. Y, por supuesto, Juquila está ahí en su santuario, en su pequeño altar con flores por todos lados, incluso en el techo, y su ropaje nuevo y brillante con holanes de orquídeas alrededor de su cuello, una corona en la cabeza y el cabello que se derrama hasta los pies como un río oscuro.

A Juquila nunca la abandonan, y durante la parte más fría y más quieta de la noche, justo antes del amanecer, llega el momento de cantar *Las Mañanitas*, nuestra canción de cumpleaños. Y, para esto, la banda se viste de negro —de la cabeza a las botas—, se pone sombreros amplios, ponchos de lana sobre sus chamarras pequeñas y pantalones con conchos plateados de lado, hechos para atrapar la luz y reflejarla. No dos, no cuatro, sino ocho de ellos aparecen en la soledad de la noche. Son mariachis, pero a esta hora, con sus trajes negros y sus estuches, emergen en la oscuridad de la calle como extraños sacerdotes vaqueros que llevan sus herramientas para hacer un sacrificio. Uno por uno entran en la iglesia quitándose los grandes sombreros que, en conjunto, pueden llenar una habitación. Después de colocar los sombreros en las sillas y los estuches en el suelo, sacan sus guitarras y guitarrones, un enorme contrabajo y una trompeta pequeña y plateada. Se acomodan alrededor de nuestra Juquilita y comienzan a cantar y tocar para ella. No hay público, salvo nuestra pequeña santidad y nuestra gran soledad, a menos que estés observando desde la puerta, escuchando las voces graves y dulces por las que el falsete se entrelaza. Es un ascenso y un descenso en conjunto, es algo que se expande y trenza el sonido, son ocho voces haciendo el amor en el aire y ofreciéndoselo a Juquila.

> *El día en que tú naciste*
> *nacieron todas las flores*
> *y en la pila del bautismo*
> *cantaron los ruiseñores.*

Y sigue:

> *Con racimos de flores,*
> *hoy te vengo a saludar*

y hoy por ser día de tu santo
te venimos a cantar.

De las estrellas del cielo
tengo que bajarte dos,
una para saludarte
y otra para decirte adiós.

Durante una hora o más cantan así, llenando esa iglesia monumental que está hecha para albergar el canto y, así, todo y todos se multiplican ahí dentro, acumulándose hasta que sus cuerpos y sus cabezas vibran como los instrumentos, y la iglesia se transforma en una enorme caja de sonido, cantando desde sí misma a través de las puertas y las ventanas abiertas, transmitiendo el sonido hacia el valle para mezclarse con todos los otros que partieron antes. Y cuando terminan, estos hombres de negro se persignan, empacan sus instrumentos y se desvanecen en la noche, ocho sombreros que flotan al sonido de las risas y la botella que pasa. Es un regalo secreto para ella, y también para nosotros.

¿Cómo no podría escuchar esto Juquila? ¿Qué dios soportaría desviar la mirada ante esto?

sáb 7 abr — 08:01

¿Qué significa cuando la única prueba de que estás vivo es el dolor que sientes? Puedo ver a mi abuela de ochenta años con todo el fuego a su alrededor, danzando mientras sus pulmones y su piel se queman. El calor no la debilitó, la fortaleció, ¿qué es la fe si no se pone a prueba?

22

Mi abuelo murió en noviembre, pero dos días antes de cerrar los ojos por última vez, me pidió que le pasara su bolsa. Estaba hecha del escroto de un burro y siempre la tenía en su *payu*: un cinturón de algodón rojo que ahora sólo usan los danzantes de las festividades. Al final, permanecía tanto en la cama que su bolsa estaba colgada de un clavo en la pared. Se la bajé y con sus ojos me dijo que la desatara. Después, la tomó de mis manos, buscó dentro y sacó la pequeña cabeza de barro que ahora llevo conmigo. Es vieja —unos miles de años o más—, está rota de una oreja, pero por los dientes y los ojos, se puede distinguir que es un jaguar.

—El profesor dejó que me quedara con ésta —dijo el abuelo—, porque es zapoteca y yo también. Muy pronto me iré para la tierra, pero ésta ya estuvo allá abajo durante mucho tiempo.

Extendió su mano para dármela.

—Creo que si hubiera tenido la oportunidad de conocerte, tu abuelo gringo habría querido que la tuvieras. En ciertas cosas me recuerdas a él, como cuando ladeas la cabeza para escuchar. También veo al profesor en tu curiosidad; sólo ve con cuidado a ver dónde te lleva.

Al tomar esa pequeña cabeza de barro de la mano de mi abuelo, no pude contener las lágrimas porque sabía que él ya no volvería a sostenerla. En ese momento, sólo vi hombres muertos pasándosela de uno al otro desde mucho antes de mis abuelos. ¿Cuándo seré yo el próximo?

Los últimos días de mi abuelo los pasamos sentados fuera de su casa, algunas veces durante horas sin decir nada, viendo a través del valle hacia las crestas verdes de las montañas que nos circundaban. Estar con él era suficiente. Fue uno de esos días a principios de noviembre cuando llegaron las hormigas soldado. Esta vez atacaron el árbol de flores doradas plantado detrás del granero en donde el abuelo almacenaba su maíz. De ahí, las hormigas llegaron marchando a través de los escalones de la casa del abuelo en una línea perfecta, una detrás de otra en cientos y miles, cada una con su propia bandera dorada. Día tras día llegaron, ondeando sus banderas doradas hasta que no quedó nada de aquel árbol, salvo las ramas desnudas. Después de tres días, el abuelo vio el árbol muerto y la línea de hormigas que desaparecía en el bosque y dijo: «Nos pasa lo mismo a nosotros, ¿verdad?».

sáb 7 abr — 08:53

A Lupo y a los coyotes les digo: «Chínguense, no estoy muerto». Con cada palabra transmito esto, ¿pero qué puedo ofrecerte, AnniMac, cuando pido tanto? La salvación no es cualquier cosa. ¿Cómo iba yo a saber que el agua y la luz eran tan importantes? Quien me mantiene vivo ahorita es mi abuelo. Así que ésa es mi ofrenda para ti: su fuerza y esta historia que me contó sólo una vez.

En aquellas últimas semanas, el abuelo mojaba la cama de la misma manera en la que la Apache tiraba el aceite. Fui yo quien sacó su petate todos los días para lavarlo, de manera que agradecí que el viento corriera por la vieja casa tan fácilmente. Cuando no hacía frío, se sentaba por las mañanas en una pequeña banca afuera, recargado en la pared de su casa y de cara al sur. Ahí se calentaba al sol como las lagartijas que, en muchas ocasiones, hacían lo mismo junto a él. El adobe en esas paredes es viejo y está hecho de la tierra que circunda el pueblo, así que uno puede ver muchas cosas en esa mezcla. Junto con las rocas y el lodo y el pasto, hay una suela de un huarache viejo, pedazos de alfarería, la quijada de una cabra, un trapo de algodón, algo de alambre: se trata de la historia de nuestro pueblo en ese revoltijo. Por la cabeza del abuelo, ahí donde se sentaba, había una telaraña en forma de embudo, pero nunca se molestó en quitarla. Tantas criaturas cayeron sobre mi abuelo o reptaron por su cuerpo en la vida que parecía como parte de la Sierra. Él ni siquiera mataba a los escorpiones, sólo maldecía y los hacía a un lado. Me senté de esta manera con él muchas veces en mi vida y vi muchas cosas que enmarcaban su rostro lleno de surcos. Para mí, esas arrugas eran un mapa que me ayudaba a encontrar mi camino.

Frente a su banca, había un tocón de árbol con un par de clavos que sobresalían, y ésta era la mesa de trabajo en la cual tallaba pequeños animales —sobre todo, burros y toros—. Algunas veces los pintaba, pero la pintura era cara y, hacia el final, sus manos temblaban. Para él, era más fácil manejar el cuchillo. Cuando lo visitaba, le llevaba algunos clavos pequeños y así era como fijaba las piernas, tan cerquita que era difícil ver la junta. Los cuernos y la cola se adherían sin pegamento, sólo con resina de árbol. Casi todo este trabajo lo hacía con un machete y un cuchillo con mango de pata de cabra, pero también tenía un viejo serrucho y una lima con asas hechas de mazorcas. Lo que él podía hacer con este puñado de instrumentos era sorprendente, y le gustaba pasar el tiempo así. Una mañana, cuando el sol ya había calentado y no tenía clavos, me contó una historia:

—No fue mucho después de que el jaguar Pancho Villa fuera asesinado —dijo—. Lo balacearon en un Dodge, ¿sabes? No sé qué modelo era, pero después de eso, lo llamamos el Dodge Emboscado.

El abuelo me miró y guiñó el ojo. Era una broma en la cual no había pensado durante casi cien años, pero te digo que su nombre era Hilario.

—Tenía como dieciocho años entonces, así que el año debió de haber sido 1925 o 1928, pero quién se va a poner a contar. Desde la Revolución, muchos hombres (no sólo soldados y asesinos) llevaban armas, pues uno las encontraba por todos lados. La gente estaba acostumbrada, y muchos sentían que si no llevaban hierro encima algo les faltaba. Yo no tenía un arma entonces, porque era demasiado cara, pero puedo darme cuenta de que el hombre que tiene una es baleado con frecuencia. ¿Sabes cómo les llamábamos a las balas en aquellos días? —sonreía para sí mientras me lo contaba—: Pequeñita y calientita. No suena tan mal, casi como una mujer.

Entonces cerró los ojos y tarareó, tamborileando con los dedos sobre su rodilla. Y después empezó a cantar con una voz entrecortada:

Con mi 30-30 me voy a marchar
a engrosar las filas de la rebelión
si mi sangre piden mi sangre les doy
por los explotados de nuestra nación.

Tarareaba y fruncía el ceño, como esforzándose por encontrar las palabras. Después de un momento, lo llamé. Abrió los ojos entonces y se sorprendió de verme.

—Abuelito —dije—, ¿qué es lo que cantas?

—*Carabina treinta-treinta*. Toda esta plática me recordó la canción. Muchos hombres tenían un rifle Winchester en aquellos días y esa canción era muy popular. Siempre me gustó la tonada. Es sobre nosotros, ¿sabes?

Volvió a cerrar los ojos, asintiendo al tono de la melodía invisible y remontándose en el tiempo. Subía las cejas y sonreía, moviendo el brazo al compás.

Ya me voy para Chihuahua
ya se va tu negro santo
si me para alguna bala
ve a llorarme al campo santo.
¡Viva México!
¡Viva!
Con mi 30-30 me voy a marchar
a engrosar las filas de la rebelión.

—Sí, así iba. Más o menos.

—Creo que conozco esa canción —dije—. La escuché en el radio.

—¿En el radio? Me lleva la chingada. *Ooni'ya*, si te gusta, debo cantarte *El enterrador.*

—Abuelo —dije—, me estabas contando una historia de cuando eras joven.

—Sí, es cierto —dijo, y pude ver que volvía a hacer un esfuerzo por ubicar en dónde estaba una de las tantas cosas que había ido acumulando en su vida—. *Ooni'ya*. En aquella época no tengo esposa ni hijo y soy bajito, pero no tanto como ahora. Es el mercado de Tlacolula, en domingo, y debe de ser abril o mayo porque hace más calor que en el infierno. Voy p'allá a vender algunos guajolotes. Verás por qué recuerdo esto, y también la música terrible. Bueno, pues empecé tarde esa mañana... —Sonrió y se llevó el pulgar a la boca, explicando con gestos que había estado bebiendo—. Ya había caminado muchas horas bajo el sol con dolor de cabeza y mi burra y los guajolotes en las canastas, una a cada lado, cuando escuché la música antes de llegar al Zócalo. Esa música (si se le puede llamar así) sale de un acordeón y cuando llego al Zócalo la busco, pues me pregunto quién puede estar haciendo esos sonidos tan espantosos que parecen como de animal. *Ooni'ya*, ¿conoces la cantina que está del otro lado de la iglesia? Sentado en el piso con la espalda apoyada en la pared hay un indio que no reconozco. Él es quien tiene el acordeón y está tocando *La Adelita* una y otra vez, tan desafinado como si estuviera torturando a la pobre mujer. Quizás el acordeón está descompuesto o probablemente el indio esté borracho. Y ahora que estoy cerca, ¡puedo escuchar que este cabrón también está intentando cantar! Es como un lamento tan feo que pienso que debe de ser un imbécil y no entiendo por qué lo toleran. Bueno, pues hay algunos gachupines de piel clara por ahí (hijos jóvenes de hacendado) que toman aguardiente en la cantina. Están sentados bajo los arcos y puedo ver su cántaro en la mesa y las copas de barro por aquí y por allá. Pero todavía es de mañana, así que por lo regular nadie está demasiado borracho aún.

»*Ooni'ya*, voy caminando junto a la cantina con mi burra y los guajolotes cuando oigo que uno de estos machos jóvenes grita: "¡Paisano!". Al principio no pienso que se trate de mí, ¿por qué habría de pensar que sí? No tengo nada suyo y nada que decirle a un hombre así. Además, esos rebuznos del indio del acordeón me distraen. Nuevamente escucho: "¡Paisano!", y me sigo sin voltear. "¡Tú! ¡Chaparro! ¡El sordo de los guajolotes!".

»Escucho a todos riéndose ahora y volteo a verlos, sobre todo a uno en particular. "Sí, tú", me dice y después a sus amigos: "Les digo que estos pendejitos saben mucho más español del que aparentan". Luego me dice: "¡Joven! ¡Quiero comprar un guajolote!". Se ríe de esto y sus amigos sonríen de cara a sus copas y sacuden la cabeza. "¿Qué más escondes ahí, amigo? ¿A tu hermana?".

»El hombre que dice estas cosas es un poco mayor que yo y, por su aspecto, español (al menos de padre). De cualquier forma, es el tipo que no ha hecho nada en la vida y ya se siente un chingón. Me doy cuenta por la manera en que se viste, ¡como un charro que perdió su caballo! Lleva pantalones de cuero de cabra y conchos a los lados, y una chamarra de gamuza fina que muestra su cinturón de plata. Sus botas son altas con espuelas que ningún empleado usaría; allá atrás, parecen ruedas de carreta brillantes. En la cabeza trae puesto un sombrero tejano tan grande y con tantas costuras doradas que se ve como de mujer. También lleva una espada en su cinturón, cosa que no es tan común en la época. Quizás es pariente de alguien que está de paso, no lo sé, pero lo miro y me pregunto en dónde habrá dejado la fiesta.

»Hace mucho calor y no quiero meterme en problemas con estos hombres, así que un poco más adelante doy la vuelta en la esquina y sigo caminando. Junto a la cantina, me topo con una carreta que tiene un montón de ollas y colgada de lado hay una correa rota para el yugo de los bueyes. La correa está hecha de cuero de buey y es pesada y más ancha que un cinturón. Este pendejo ve que tiene audiencia ahora, así que se levanta, toma la correa rota de la carreta y camina hacia mí, envolviendo su mano con el extremo de la correa. Yo camino más rápido, tratando de llegar al mercado antes de que me alcance, pero se da cuenta, acelera el paso y me intercepta. "¿A dónde vas, mi pequeño amigo? Ésa no es la manera de tratar a un buen cliente". Voltea a ver a sus cuates en la cantina, sonriendo y asintiendo como si hubiera dicho algo muy ingenioso: "Ahora, ¡veamos esos guajolotes!".

»Levanta la tapa de una de mis canastas y esto sorprende a la burra, que se voltea repentinamente y le pisa el pie. Ante esto, sus amigos se desternillan de la risa, pues el tipo lleva unas botas muy finas que le llegan arriba de la rodilla. Esto es humillante para él, y también doloroso, así que retrocede y latiguea a la burra en el trasero. La burra da un salto hacia delante y yo pierdo el control. Esto también inquieta a los guajolotes y le digo al hijo de la chingada que no puede golpear a mi burra. "¿Cómo chingados no?", dice, y lo vuelve a hacer. Yo trato de proteger a la burra poniéndome delante del animal, que ahora se sacude, y también intento mantener a los guajolotes en las canastas. Le grito para que se detenga y trato de empujarlo con mi mano libre, ¡y entonces intenta pegarme! *Ooni'ya*, eso colma mi paciencia y cuando quiere latiguear por segunda vez, yo atrapo la punta de la correa. "*¡Bíttu!*", le digo, y ahí estamos: él en un extremo y yo en el otro, a sólo un brazo de distancia entre nosotros. Él jala con firmeza la correa, pero en aquel entonces yo era fuerte y no la dejo ir. Él es mucho más alto que yo, especialmente con esas botas y ese sombrero, pero nuestros ojos se encuentran y nuestra mirada se queda trabada, como la de los perros. Creo que ese momento es peor para él que para mí, porque tiene mucho que perder. Para un hombre de esta naturaleza, es intolerable ser desafiado por un indio. Debes entender que la Revolución terminó, pero en aquellos días los campesinos seguían sobajándose ante los españoles o cualquier güero, quitándose sus sombreros y viendo al piso. *Ooni'ya*, me insulta con ganas, deja caer su extremo de la correa y toma la espada. Grita algo como: "¡Pagano malparido! ¡Voy a golpear tu trasero negro hasta mandarlo al campo de nuevo!".

»No creo que su intención sea matarme, pero golpear con una espada puede ser algo muy serio y provocar un daño grave. Entonces dejo ir a la burra y la espanto con un ¡*ya*! Estamos solos en la calle e intento ponerle cierta distancia a este loco que salió de quién sabe dónde. Algunas personas empiezan a agruparse debajo de los árboles. Dos de sus amigos le dicen que regrese y se siente, pero otros se ríen y ovacionan y aplauden. Para empeorar las cosas, el cabrón del acordeón no se calla, y hace tanto calor que el sol es como una inmensa carga. Jamás había estado en una situación de esta naturaleza, pero tú sabes que mi padre peleó en la Revolución y fue una pérdida. Murió peleando contra chilitos como éste y ahora, después de todo eso, aquí hay uno más tratando de golpearme como si fuera una mujer, como a una *béccu'nà,* y mucha gente lo está viendo. *Ooni'ya*, no puedes dejar que algo así ocurra sin una reacción, no si quieres vivir una vida normal en ese lugar. Si no haces nada, cada hombre te tratará de la misma manera. Así son las cosas. De manera que ahora la gente quiere ver qué voy a hacer, de qué estoy hecho.

»Mi burra ya se fue y ahora somos sólo yo y este gachupín los que estamos en la calle. El sol está tan alto que casi ni tenemos sombra, sólo un agujero negro alrededor de nuestros pies. Recuerdo que el sombrero de charro es sólo un círculo que se mueve y cambia de forma en el suelo, y también recuerdo la forma en que el brazo sale con la espada. Es extraño lo que observa uno en una situación de muerte, las cosas en las que uno piensa. El charro le da golpecitos a su mano con la parte plana de la espada mientras se acerca a mí en círculo, al igual que un halcón que asciende en el cielo. Yo también me muevo porque me empuja a hacerlo, guiándome en esta danza, pero puedo ver que sus botas con toda esa joyería lo vuelven un poco torpe. A lo mejor también es culpa del aguardiente. A lo mejor tiene la esperanza de que yo corra, no lo sé. Hay un espacio en la calle que me permitiría hacerlo, pero no es una posibilidad real, no ante la mirada de toda esa gente. Es como si la correa siguiera entre nosotros, manteniéndonos juntos. Puedo sentir los latidos de mi corazón y mi boca está seca, pero finalmente encuentro algo para devolverle a este pendejo que me avergonzó en público y lastimó a mi burra. "¿Por qué tu madre te viste de esa manera?", le digo. "¿Está ciega?".

»No lo digo en voz alta, pero creo que los que estaban detrás de él lo escucharon y ahora debe defender a su madre o lo que sea de él la mujer que lo viste. "Vas a morir por eso", dice con toda la intención de cumplir su palabra, pues ya no grita. Estas palabras son sólo para mí. Así son esos hombres y no hay vuelta atrás. Alguien debe terminar esto. *Ooni'ya*, tú sabes que siempre llevo el machete conmigo y ese día lo había puesto en la correa encima de mi hombro. Déjame decirte que ese machete era uno antiguo al que llaman el Collins, hecho en Estados Unidos. Esa marca conservaba su filo y duraba mucho. Ya sabes que yo tenía ese Collins desde hacía bastante tiempo, lo manipulaba durante muchas horas casi todos los días, así que era como parte de mi propio cuerpo, era como mi mano derecha, y fue justo ahí donde apareció antes de que pudiera pensarlo. El charro ve esto y deja de darle palmadas a la espada para empuñarla. Algunas personas están asustadas, gritando para que nos detengamos, pero hay otros por ahí que quieren ver algo de sangre ese día. Es más barato que la corrida, ¿no? Y un indio muerto será un tema interesante de conversación durante la comida.

»*Ooni'ya*, con las dos hojas afuera, nadie se atreve a acercarse. Es un cuadro extraño, sabes, uno que nadie en el pueblo había visto antes. Estoy yo, incluso más bajito que tú, y llevo ropa de campo blanca y algo sucia, no traigo zapatos y en mi cabeza hay un sombrero de paja, y está este charro alto y pálido como un güero, vestido como para un desfile. Estamos el uno frente al otro, ¡listos para el duelo! No es una situación equitativa. Si me mata, a lo mejor paga una pequeña multa, pero si yo lo mato, seguro me ejecutan, a lo mejor ahí mismo. Además, la espada del charro y su brazo son más largos, lo que le da una ventaja, pero también algo de engañosa confianza.

»Todo está en silencio ahora, excepto por ese chingado acordeón, hasta que alguien pide a gritos que se calle. Entonces el acordeón emite un sonido extrañísimo, como un balido, como si le estuvieran pegando o lo estuvieran aventando y finalmente se calla. Ésta es como una señal para el charro y luego todo sucede muy rápidamente: el círculo de gente crece y el charro ataca, primero soltando la estocada como para echarme hacia atrás, y después blandiendo su espada con tal fuerza como si quisiera cortarme a la mitad. *Ooni'ya*, afortunadamente tengo los pies ligeros de tanto bailar y esquivar las pisadas de los animales, así que salto para atrás, volteando de esta manera hacia mi izquierda. Puedo escuchar su espada detrás de mí, en el aire, y tengo suerte por el momento, pero ahora estoy de espaldas a él. Vuelve a atacar, rugiendo ahora, blandiendo su espada hacia arriba y encima de su cabeza, como si fuera un hacha, y es en ese momento cuando resbala tantito con una de sus finas botas. Debe recuperar el equilibrio, de manera que yo me agacho tanto como puedo, como si estuviera cortando mazorcas, y lo ataco *así*.

El abuelo es muy viejo, pero su mente está a ochenta años de distancia, en aquella calle calurosa de Tlacolula. Para él es difícil pararse ahora, o agacharse tanto, pero su machete está junto a él, como siempre, y quiere que yo vea cómo estuvo el movimiento. Creo que también quiere revivir la escena. Hace que me pare como si fuera el charro y entonces, con el machete en la mano, me enseña el movimiento, blandiendo la hoja lejos de su cuerpo y dirigiendo la estocada hacia mi rodilla derecha.

—Sé muy bien cómo caen los animales —dice— y quiero que ese se derrumbe en el suelo tan rápido como sea posible, así que le doy en los tendones. Aunque sólo puedo darle con la punta del machete, es suficiente. El Collins es pesado y tiene filo, está hecho de buen acero gringo, y no se detiene. Hacía sólo un momento ese charro iba a la carga para matarme, pero ahora su pierna se dobla como si no tuviera huesos, y todo sucede tan rápido que no entiende lo que pasa. Te digo, ¡ese macho cae al suelo a la de *ya*! Y la espada se desploma, con todo su peso, en la arena. Yo salto, sin saber de cierto si podrá incorporarse, pero está acabado, su pierna está completamente desarticulada bajo la rodilla y la sangre corre a raudales. Ver a este charro revolcándose en el polvo con su ropa fina y haciendo sonidos como de niña sorprende a todos, incluyéndome.

»Por supuesto que con tanto enfrentamiento en los últimos años, la gente está acostumbrada a ver sangre y hay hombres que inmediatamente van a él, tratando de calmarlo, ofreciéndole agua y aguardiente. Uno de ellos tiene un cuchillo con mango de pata de cabra y con él corta un pedazo de pantalón para detener el sangrado. Yo no tengo ningún daño, pero mi corazón late como si fuera a explotar. Nunca más, ni siquiera por una mujer, me volvió a latir tanto el corazón. Ahora que el charro está desplomado sin su gran sombrero, puedo ver lo joven que es, lo suave que es su bigote y me pregunto qué va a ser de mí. En ese momento, uno de sus amigos de la cantina sale corriendo a la calle. Tengo miedo de que me ataque, así que vuelvo a levantar el Collins, pero él sólo está interesado en el sombrero. Está ahí, de cabeza y empolvado, y él lo levanta y lo sacude, como si también estuviera herido, como si fuera la bandera de la república. A lo mejor es de su padre, no lo sé. Entonces, guardo mi machete.

Ni siquiera pensé en limpiarlo, y es entonces cuando noto un extraño airecito en mi espalda. Cuando me toco, me doy cuenta de que mi camisa está desgarrada.

»*Ooni'ya*, por ser día de mercado hay un camión del ejército (el primero en Tlacolula) y lo utilizan para llevar al pobre cabrón a la ciudad de Oaxaca. Sobrevive durante siete días en el hospital. En ese tiempo, le cortan la pierna, pero la infección se le va al corazón de todas maneras. Te digo, las autoridades fueron justas conmigo, había muchos testigos y era evidente que yo no quería matarlo, pero creo que lo que me salvó fue haberme confesado. El sacerdote conocía a la familia del joven, y después de confesarme, él me defendió. Él no me lo dijo, pero después escuché que el padre de este joven se avergonzaba de él y su forma de beber. El joven le causaba problemas a mucha gente, no sólo a mí. Pero algo que el sacerdote me dijo y jamás olvidaré fue: "Hilario, si eres prudente, no volverás a hablar de esto".

»Sabes, nunca quise que pasara esto, pero puedo decirte, a partir de la experiencia, que los zapatos de Dios son mejores que el cuero español. Ese día fueron mis pies los que evitaron que muriera como mi padre. Espero que nunca te encuentres en una situación así, pero hay un dicho de aquel tiempo que encierra mucha verdad: "El tigre no es como lo pintan". Con un clavo tallé estas palabras en la hoja de mi Collins y eso me dio buena suerte. Incluso después de haber roto ese machete en el bosque muchos años después, jamás volví a tener ese tipo de problemas. Es una lástima lo del Collins, pues jamás pude encontrar otro, y estos nuevos que vienen de Nicaragua son una mierda.

Le pregunto a mi abuelo por qué nunca me había contado esta historia, y me contesta:

—Porque le hice caso al padre. A lo mejor es la única vez que lo he hecho, pero me protegió, y por él pude zafarme de todo el asunto. Esos hacendados tienen el poder y la influencia y pueden hacerle cualquier cosa a un campesino. El padre estaba en lo correcto. Si me escuchaban contar esa historia, parecería presunción y eso seguro me causaría problemas. Es un largo camino hasta el mercado, sabes, especialmente cuando vas a pie, y hay muchos lugares para una emboscada. ¡*Xútsilatsi*! Caes muerto antes de escuchar el disparo.

A finales de noviembre, el abuelo murió mientras dormía. Un vecino le hizo su ataúd y yo cavé su tumba. La familia vino y papá se ofreció a cavar conmigo. Yo sabía que no quería hacerlo, así que seguí cavando solo. Fue mejor así porque lloré como si se tratara del entierro de mi padre. En mi mente, mientras hacía el hoyo, lo veía en la excavación de Latuxí con su pala, abriéndose camino a través de la entraña de la tierra, hasta que no podía verlo más, hasta que encontraba algo muy profundo allá abajo, algo más suave que la piedra y más duro que el barro. Entendí entonces el trato que hacía con la Sierra, con la tierra: un Hombre Jaguar por otro.

Sé cómo murió mi abuelo porque estuve ahí, pero mi abuelo Payne murió lejos, sin mayor explicación. Siempre hubo una pieza faltante, y esa pieza está en el Norte junto con el Hombre Jaguar. Esto también desconcertaba a mi abuelo, pero lo más cerca que estuvo de una respuesta se la dio el periódico.

—Dos semanas después de traer a Zeferina a casa —me dijo—, fui al domingo de mercado en Tlacolula y le pregunté a mi amigo, el conductor del camión, si tenía periódicos. Me dio uno y en él había una historia en los obituarios que hablaba de la vida y el trabajo del profesor en los sitios arqueológicos de Puebla y en nuestro Latuxí. Ahí también leí que su muerte no había sido un accidente, como había dicho el sacerdote. El periódico decía que él mismo se había matado con una pistola. Siempre me pregunté qué había podido causar que un hombre tan fuerte y sano quisiera morir en la plenitud de su vida. Es una pregunta difícil. Por ser un gringo y un jefe, hay cosas sobre él que jamás sabré, pero si fue así, si el profesor se quitó la vida, sería el único hombre en quitarse la vida que conozco, y eso echa sombra sobre todas las cosas. Durante mucho tiempo, no le conté nada de esto a Zeferina ni a tu padre. No hasta que tuvo trece años y lo escuchó de algunas personas en el pueblo. Entonces me preguntó por qué sus ojos eran verdes como los de un gringo, y no cafés como los míos. Ésa fue otra pregunta difícil y, tras contestarla, nada volvió a ser igual entre nosotros. Y la razón por la que te lo digo —me dijo— es porque sea a donde sea que vayas, debes saber de qué y de quién estás hecho.

Esos ojos verdes, como los de mi padre y el profesor, no los tengo. Yo sólo parezco el hijo de mi madre. Si hay un gringo en mí, se esconde muy dentro. Y ahora me pregunto en dónde.

En una ocasión, el abuelo me contó una historia extraña, y siempre me he preguntado si sería cierta. A veces, el profesor le hablaba al abuelo sobre Diego Rivera, y también de sus murales que plasman la historia de México. En uno de ellos está la gran pirámide de Tenochtitlán, y el abuelo Payne le dijo a mi abuelo que había una explicación para la claridad con la que Rivera imaginaba la época de Moctezuma, antes de la llegada de Cortés, con tantos hombres sacrificados y toda esa sangre que corría por los escalones como una cascada.

—Una noche —dijo el abuelo— el profesor me contó que el señor Rivera se preguntó un día si los aztecas sólo sacrificaban a esta gente o si también se la comían. Bueno, Rivera era un hombre que hubiese intentado cualquier cosa. Sólo había que ver su boca y su panza para saber que, junto a él, nada estaba a salvo. La señora Kahlo fue valiente y loca al dormir en la misma cama con un hombre como ése. Vete tú a saber si esto es cierto, pero el profesor y Rivera eran exploradores, hombres jóvenes y curiosos que intentaban entender lo que significa ser mexicano, y si uno de ellos decía: «Debemos probar», el otro contestaba: «Sí, debemos».

»El profesor me contó que el señor Rivera quería saber lo que era ser un sacerdote en lo alto de la pirámide, lo que era tomar a un hombre, abrirle el pecho y sacarle el corazón palpitante con las manos desnudas y un cuchillo de obsidiana. Quería saber cómo era el momento en que todavía palpitaría en su mano; quería sentir ese músculo todavía vivo con todos sus colores brillantes; sentir cómo no dejaba de palpitar porque no sabía hacer otra cosa, palpitar porque no hacerlo sería dejar de existir.

Y el abuelo le dijo al profesor que eso no era cierto, que no era verdad.

Pero *es* cierto, AnniMac. Los oaxaqueños conocen a fondo esto porque hacemos la misma operación en casa: nos sacan vivos de nuestra familia, de nuestro pueblo, y nos ponen en manos de un extraño para latir y latir hasta que no podamos hacerlo más. Desde siempre.

Y el profesor le dijo a mi abuelo: «Sí, mi amigo, es verdad. Mira». Entonces sacó su cartera y aplastada ahí, plana como una tarjeta de teléfono, había una oreja de hombre. Estaba vieja y seca, pero ciertamente era una oreja. El abuelo no podía creerlo, pues muchos hombres durante la Revolución guardaban, como una especie de presea, ese tipo de cosas.

—¿No me está vacilando? —le preguntó—. ¿Usted y el señor Rivera realmente se comieron esto?

—Esto no —contestó el profesor—. La carne.

Espero que puedas perdonar a mi abuelo por su pregunta:

—¿A qué sabe?

—Como a ternera —le dijo el profesor—, pero con algo extra.

—¿Condimentada? —preguntó el abuelo—. ¿Como la papaya?

—No —contestó—. No exactamente. En mi experiencia, el sabor es único.

—¿Me gustaría? —preguntó mi abuelo.

—Creo que tendrías que estar muy hambriento —contestó el profesor—, o ser un jaguar.

23

sáb 7 abr — 10:59

El metal ahora está caliente, así que doblé mi sudadera debajo de mi hombro, puse mi mochila debajo de mi cadera y volví a ponerme los tenis. Por la forma del tanque, mis pies se curvan hacia arriba en la pared de enfrente y ya no puedo sentir los dedos. Creo que esta posición empuja la sangre a mi cerebro, y puedo sentir aquí —la presión y el pulso— como si mi corazón se hubiera desplazado a mi cráneo. Mi estómago está contraído, como un puño. Estoy acostado de lado con mi botella como almohada, y esto coloca mi cara justo a la altura de la entrada de la manguera en donde ahora sopla una pequeña brisa. Hace muchísimo calor, pero descubrí el secreto para poder refrescarme. Se trata de los ojos. Ese aire vibra como plumas suaves en mis párpados. Los mantengo cerrados para que haya menos evaporación, y porque ahora duele dejarlos abiertos. También por eso hablo tan quedito, tratando de conservar el agua de mi cuerpo. Espero que puedas escucharme. Entiendo ahora que esta entrada es la única vía de regreso al mundo de los vivos: al aire y a la luz y al sonido, y pronto la cruzaré.

sáb 7 abr — 11:33

Hace demasiado calor. No dan ganas de nada. Una rayita. Una tercera parte de la batería de César. Sólo queda un cuarto de su agua.

Y respirar comienza a sentirse como arena hirviente.

Esto y la espera.

sáb 7 abr — 14:22

Hola a todos. Soy Héctor María de la Soledad Lázaro González. Y sigo vivo.

sáb 7 abr — 17:31

Escuché a alguien —creo que un hombre— implorando su muerte. No pude reconocer su voz porque parecía como el sonido de un cuervo, pero reconocí la palabra «morir» y me tapé los oídos con los dedos. Yo tenía agua y aire y no los compartí; puse los dedos en mis oídos hasta que la voz se desvaneció.

sáb 7 abr — 17:42

¿En tu país es un pecado ser migrante? Si es un crimen, debe de ser un pecado, ¿no? ¿Es tu dios gringo el que nos castiga así?

Cuando era pequeño le preguntaba a mi madre si yo era un pecador. «Naciste siendo un pecador —me decía—. Pero no tienes la edad suficiente para confesarte. Todavía». Pero ese «todavía» ha ido y venido, y ahora tú eres mi confesor. Y este de aquí es el confesionario más grande del mundo. Te confieso que preferiría tener algo de agua fresca en este momento que un «para siempre» al lado de Jesús. Ahogarme sería una bendición.

Esto es un ataúd, o una crisálida.

Todos teníamos el mismo deseo, pero nadie podía ver más allá de sí mismo. Compartíamos nuestra soledad, y nos parecíamos tanto a los animales que, en su pánico, sólo se lastiman más. Una vez vi un burro, uno joven, con la cabeza atorada en una cerca de alambre de púas. Cada vez que intentaba sacar su cabeza, se cortaba y cada vez que se cortaba entraba en pánico y se cortaba más. Los otros burros en el campo se acercaron y se quedaron junto a él, pero qué podían hacer, ahí lo encontramos en la mañana: muerto en la cerca con los buitres sobre él y los burros parados alrededor. La única diferencia entre los que estamos aquí y ese burro es que nosotros pagamos treinta mil pesos. Demasiado para un ataúd.

Uno cambia, sabes, en una situación así. ¿Quién querría estar sordo y ciego? Pero eso es lo que hoy deseo. Algunos se fueron en silencio, en medio de tanta oscuridad que ni siquiera lo notas. Otros dejaron a un lado sus rosarios y sus medallas, y te digo que para un mexicano ésa es una franca señal de desesperanza. Se enojaron, enloquecieron, se lastimaron y rasgaron su ropa. Ya ni siquiera puedo reconocer sus voces. Sonaba como si hubiera animales aquí dentro atacando a las personas, pero eran ellas las que se atacaban a sí mismas: porque vieron cosas que no estaban ahí, porque su piel dejó de sentirse como algo que les pertenecía, porque el dolor que te infliges es más fácil de tolerar que el dolor que te inflige el mundo de afuera. Algunos golpearon sus cabezas contra el tanque, una y otra vez, hasta que sólo hubo silencio. Otros arañaron las paredes hasta que la piel se desprendió de sus dedos, hasta que llegué a entender que el sonido que escuchaba no era el de las uñas, sino el de sus huesos contra el metal.

El alma humana no fue hecha para enfrentar estas cosas y seguir viviendo.

La mayoría de la gente en este camión creía en Dios cuando llegó a Altar. Incluso después de ser abandonados por los coyotes, ellos creían en Él y en Su misterioso plan. Lo sé porque escuché sus oraciones. Pero, ¿ahora? Si pudieran hablar, creo que alzarían sus manos y le dirían a cualquiera, al mismísimo papa: «*¿Qué plan?* ¡Dios no tiene un puto plan!».

A menos que sea sufrir.

24

sáb 7 abr — 18:02

César todavía respira, incluso con tan poca agua. Él es el más
fuerte de todos aquí. Él es el único que emite un sonido aquí
dentro, ahora. Escucha...

sáb 7 abr — 18:07

¿Todavía me estás escuchando, AnniMac? ¿Escuchas lo que
tengo que decirte? Cuando estábamos en Altar, César me pidió
algo que no le di. Y todo este tiempo he tratado de compensár-
selo, cuidando sus cosas, su teléfono. Pero ya no puedo. El agua
de César casi se acaba y yo ya no tengo tiempo. Ésta es la confesión de César, pero también la mía. Hablaré en su nombre porque él no puede. Esto es lo que ahora hago por él.

Así es como llegamos a la tercera parte de esa página del Códice de Oaxaca. Si caminas junto a la pared, más allá del hermoso
maíz que crece y de los hombres con máscaras y agujas y planes
especiales, llegarás a otra figura. Se trata de una campesina zapoteca como mi mamá y también como la de César: sin zapatos,
con largas trenzas, vestido y huipil, y un rebozo en sus hombros y

otro en la cabeza. Pero esta campesina tiene una carabina —una 30-30— que apunta a los hombres de las máscaras, como si quisiera volar a esos hijos de la chingada.

La medianoche llegó y pasó por delante del taller de Lupo y seguíamos esperando a que el camión estuviera listo. Todo este tiempo César habló conmigo, habló sin parar.

—Se hace muy tarde —le dije—. Quizá deberíamos descansar un rato.

—No, hermano. Tú eres de la Sierra y ésta es tu gente. Necesitas saber lo que está pasando.

¿Y qué iba a decir ante eso? Es difícil decirle que no a César.

—El verano pasado —dijo— fui a Oaxaca a preguntarle a la gente qué semillas estaban usando y de dónde las obtenían. Y descubrí que sí, que el maíz de SantaMaize estaba siendo cultivado en la Sierra de Juárez, ahí en mi propio pueblo. Podías distinguirlo desde lejos porque las mazorcas eran mucho más grandes y dentro los granos eran casi blancos. Nos dijeron que esto no iba a suceder. Nos dijeron que sólo estaban importando este maíz como alimento, no para el cultivo, y que el gobierno había prometido asumir el control. De manera que, ¿cómo pudo un camión cargado de esta semilla encontrar su camino hasta la Sierra? Nadie pudo explicármelo.

»Y mi padre me contó algo más, pues él también llegó a comprar un poco de ese maíz. En verano, él normalmente siembra dos veces. Cuando intentó volver a plantar algunas semillas, tras la primera cosecha, se dio cuenta de que ninguna volvió a germinar. Me mostró el lugar y no había nada en esa milpa, salvo maleza y algunos tallos lánguidos de frijol. Cuando vi esto me asusté porque mi padre sabe lo que hace y, a menos que no haya lluvia, sus cosechas nunca fallan. Así que me llevé un poco de sus semillas a la UNAM y cuando estudié la secuencia genética descubrí el RIP, la toxina celular del Kortez400. Quedé en *shock*. ¿Qué más quieren de nosotros, Tito? Ya aceptamos su idioma, su gobierno, su dios. ¿También debemos rogar por nuestra comida?

No sabía qué decir, y César no esperó.

—Tengo estos datos —dijo—, pero es como encontrar una bomba que va en cuenta regresiva y no tengo idea de dónde ponerla. La SAGARPA no quiere escuchar nada al respecto, porque todo esto la haría quedar mal, y SantaMaize no quiere que la gente sepa que hay un producto sin regular suelto en el campo.

La cerveza se nos había terminado, y empecé a sentir frío.

—Cheche —le dije—, puedo ver que esto es malo, ¿pero no siempre es así? Tenemos que comprar agua, incluso para el consumo en las casas. Si no lo haces tú mismo, tienes que comprarlo. ¿No es así?

—¡Cabrón! —dijo—. ¡El maíz ya es nuestro! Y el agua también. ¿Que no ves cuál es el problema?

César se quedó en silencio, y yo pensé que estaba esperando a que yo dijera algo, pero no era así.

—Hace como un mes —dijo— tuve un sueño. Estaba en el pueblo preparando una canasta de maíz como cuando era un niño. Todo se veía normal hasta que di con esta mazorca que era más grande que las otras. En el sueño me pregunté por qué sería. Y cuando la saqué, en lugar de granos había hileras e hileras de diminutos cráneos blancos.

Mi cuerpo se sacudió y supe que el frío provenía de César. En la Sierra, en casi cada pueblo, hay ciertas personas que pueden ver cosas antes de que sucedan, y sentir cosas que otros no sienten; entendí entonces que César era uno de ellos. En ese momento, César —a quien yo admiraba desde que tenía catorce años— me estaba pidiendo algo más que un favor. Yo siempre quise tener algo que él deseara, no como una forma de despojo, sino al contrario, para poder dárselo. Ahora él quería que yo viera lo que él veía y lo ayudara a cargar todo este peso. Pero el camión partía en una hora y yo tenía mucho miedo, no sólo del futuro en el Norte, sino también del que César veía para Oaxaca.

—OK —le dije—, ¿pero qué se supone que debo hacer? ¿Por qué me dices esto?

Bueno, AnniMac, su respuesta fue toda una sorpresa, pues dijo:

—Porque puede que pase algo.

—¿Como qué? —le pregunté.

César se frotó el rostro con las dos manos y volteó a ver el cielo. Inhaló profundamente y pude escuchar el temblor de su pecho.

—Anoche —dijo— volví a tener el mismo sueño. Ahora escúchame, por favor. Cuando regresé a la Ciudad de México quise contarles a mis colegas lo que había encontrado, pero mi puesto ahí, y el de todo el departamento, estaba financiado por SantaMaize. Yo soy el único investigador que viene del Sur. A excepción de los conserjes, soy el único indio en todo el edificio. Si hago o digo algo que pueda desacreditarlos, me mandan de regreso a Oaxaca de una patada en el culo. Durante meses estuve rumiando la información, preguntándome en quién podría confiar. A lo mejor soy débil, pero esto era difícil para mí y, finalmente, en enero, le conté todo a mi novia. Ella es de Estados Unidos y vivió en la Ciudad de México por seis meses solamente. En su opinión, debo contarle todo a la prensa, y de inmediato. Le dije: «¿Sabes cuánto dinero hay involucrado en todo eso? ¿Sabes qué le ocurre a los informantes en México? ¿Cuántos periodistas son asesinados?». Entonces me dijo que debía acudir a la prensa extranjera, porque ellos protegerían mi identidad. Pero ¿cómo podía estar seguro de eso? Llamé a mi padre. Sólo hay un radioteléfono en nuestro pueblo, así que me comuniqué a la oficina municipal y ellos pronunciaron su nombre por el altavoz. Como cinco minutos después, mi padre tomó el teléfono. «Estoy comiendo», dijo, «¿por qué tú no?».

—Es igual que mi abuelo —le dije, pero César no escuchaba...

—No quise entrar en detalles con mi papá, porque estaba ahí parado en la oficina, así que describí la situación en palabras simples. Él me recordó que fue el gobierno mexicano el que me había dado las becas y que gracias a él tenía el conocimiento para seguir profundizando en esas cosas. Después me dijo en zapoteco: «César, tú eres mexicano y científico, pero antes que nada eres un zapoteco de la Sierra de Juárez. Nosotros nos enfrentamos a los aztecas. Le dimos un Benito Juárez a este país, y conservamos nuestra lengua. No es una coincidencia. Tú eres el primero en estudiar seriamente el maíz, y esto tampoco es una casualidad. Hay una razón por la cual tú hablas por nosotros y por el maíz. No olvides que eso es lo que estás haciendo. Bueno, pues la comida se está enfriando. Cuídate».

»Mi padre no explicó exactamente cuál era esa "razón", pero me dijo que tenía un deber. Decidí en ese momento que éste era mi país y que si no tenía fe en mi poder para protegerlo, ¿entonces qué hacía aquí? Planeé ir a la SAGARPA, porque conozco gente ahí, y me reuní con quien más confío. Se mostró interesado y pidió ver los resultados de mi investigación, y entonces no supe muy bien qué hacer. Jamás había estado en una situación de esa naturaleza. Decidí darle una copia porque estudiamos juntos en la universidad, y sin la cooperación de la Secretaría sería imposible arreglar este problema. ¿Qué más podía hacer?

»No tuve noticias de él durante una semana y estuve a punto de llamarlo cuando la Secretaría me llamó primero. Pero no fue mi amigo quien me marcó, sino un hombre que dijo trabajar para BioSeguridad, una nueva agencia hermana de la Secretaría. Él mencionó el nombre de mi amigo, dijo que estaba impresionado con mi trabajo y que quería hablar personalmente conmigo. Bueno, pues me sentí desconfiado, pero al ver que su número de teléfono tenía el mismo código de área que el de la Secretaría, pensé que probablemente todo estaría en orden. Me pidió que nos reuniéramos esa tarde frente al edificio de la SAGARPA. El arreglo me sonó lo suficientemente seguro y, por más absurdo que me parezca ahora, como el día estaba soleado, acepté. Me sentí un poco desconfiado, de manera que llamé a mi amigo sólo para asegurarme, pero no estaba en su oficina. Lo llamé a su celular, pero me saltaba el buzón de voz. ¿Qué debía hacer? Decidí ir de todas formas. ¿Qué podía pasar frente a la Secretaría? Cuando llegué me di cuenta de que desconocía el nombre y el aspecto de la persona con la que debía encontrarme, pero alguien me reconoció inmediatamente. "¡Dr. Ramírez!", afirmó. "Mucho gusto. Soy Raúl López, de BioSeguridad", me dijo mientras me daba la mano y su tarjeta.

»Me pareció que su voz no era la misma que la del hombre con quien hablé por teléfono, pero no estaba seguro. Este hombre estaba en sus cincuenta y su pecho y su cuello eran gruesos como los de un toro. No era alto, pero su mano era tan grande que, al saludarnos, se tragó la mía. Dirigió la mirada hacia la calle y un taxi se paró enseguida. "Tomaremos éste", dijo, mientras me puso su brazo alrededor y así nos movimos, o me movió sin parar de hablar. "¿Conoce el Café Verde en Coyoacán? Acaba de abrir. Tienen un café estupendo". Todo esto me lo dijo tan cerca que nuestras cabezas se tocaron. "Ahí hay una mesera con unas tetas increíbles. A lo mejor es su día de suerte y le dan un poco de azúcar extra con su café".

»Se rio y a mí todo el asunto me dio muy mala espina, pero también la sensación de estar frente a mi destino, como si yo hubiera elegido esto al momento de mostrar mi investigación. Por alguna razón, tuve miedo de resistirme, miedo de hacer una escena en ese lugar público, en todo ese rato él no dejó de hablar y siguió moviéndose hacia el taxi. "¿Sabe? La familia de mi madre es de Oaxaca, de la Mixteca Alta, no muy lejos de donde es usted. ¡Qué buenos son esos agricultores! Si uno puede cultivar maíz ahí, con todos esos cactus, lo puede cultivar donde sea. ¿No está de acuerdo? Súbase".

»Y entonces nos subimos al taxi. Iba muy rápido y noté que los seguros de las puertas se cerraron cuando entramos de lleno al tráfico. Raúl sacó su teléfono y envió lo que parecía un mensaje de una sola letra; después lo guardó. "Mi jefe está ansioso por conocerlo".

»Le pregunté si su jefe estaba en Café Verde. Ahora que lo pienso, qué patética era toda la situación. Me dijo que a Coyoacán iríamos después. Raúl no le habló al taxista porque él ya sabía cuál era el destino. Ya sabes cómo es el tráfico en la Ciudad de México; pues bueno, este tipo era un puto mago y se movía a través de las calles como si no existieran los demás autos, metiéndose por aquí y por allá, así que yo ya ni siquiera estaba seguro de dónde me encontraba. Raúl había dejado de hablar. Sólo miraba por la ventana, como si yo no existiera, como si su trabajo hubiera terminado. Estaba pensando en todo lo que podía suceder y en la forma de escapar. La manija de la puerta estaba ahí, al alcance de la mano. Raúl seguía mirando por la ventana mientras yo trataba de abrir, pero el seguro de niños estaba puesto, de manera que no pasó nada. Quien haya inventado el mecanismo no pensó en todas las situaciones posibles. Más o menos después de treinta minutos, llegamos al estacionamiento de un edificio nuevo como de oficinas. Había una reja con un portero eléctrico; el taxista tecleó un código y dijo: "Chaco". La reja se abrió y entramos al estacionamiento, donde sólo había otro auto. El edificio era como de diez pisos, pero parecía vacío. Le pregunté a Raúl si ésa era la oficina de BioSeguridad y me dijo que temporalmente sí.

»Aunque me moría de miedo, me aterraba más la idea de oponerme y tratar de escapar, pues entonces la ilusión de Raúl y el Café Verde y la madre de la Mixteca se habría desvanecido completamente y algo mucho peor, un tipo de verdad, la sustituiría. El taxista se estacionó lejos del otro auto y Raúl volvió a hacer el tono amistoso. "Nos está esperando", dijo. "Vamos".

»Todos nos bajamos y por primera vez vi bien al taxista. No era Danny Trejo, pero sí un tipo de aspecto rudo con un bulto debajo de su abrigo. Fue entonces cuando admití lo que tenía miedo de admitir antes: "Pendejo, te dejaste secuestrar". En la Ciudad de México, uno escucha todo el tiempo sobre este tipo de situaciones, pero por lo general les pasa a los empresarios o a sus hijos, nunca me imaginé que pudiera ocurrirme a mí. Pero así es y te puedo decir que no fue como me lo imaginaba. Era como ser arrastrado por un río poderoso con ímpetu propio;

todos estábamos ahí metidos y flotando hacia la puerta del edificio que el taxista abrió con un control; cuando entramos, comenzamos a subir por unas escaleras que parecían no terminar nunca. El taxista estaba enfrente, Raúl detrás de mí y yo en medio. Pensé que me iban a aventar por el techo y mis piernas temblaron tanto que tuve que agarrarme del barandal, y cuando hice esto sentí que ambos hombres lo notaron y se prepararon para cualquier intento de fuga. Todo el tiempo me aferré a una diminuta esperanza, mientras nadie hablara seguía habiendo una pequeña posibilidad de que el desenlace fuera distinto, porque ésa era una puerta que no soportaba ver cerrada.

»Como por el octavo piso, el taxista abrió la salida de emergencia y entramos en una especie de pasillo vacío cuya única luz provenía de una ventana al fondo. El vidrio estaba roto y soplaba el viento, así que tuve que taparme los ojos para que no me entrara polvo. Había marcos a lo largo del pasillo, pero sin puertas; conforme pasamos pude ver que todos conducían a cuartos vacíos de concreto con cables que colgaban del techo. Así era el cuarto en el que entramos, sólo que en ése había un hombre sentado en una silla plegable, de ésas que uno lleva a la playa. Era el único asiento en la habitación. Detrás del hombre había una gran ventana, pero parecía de las que no se abren. El sujeto estaba sentado junto a un enorme carrete de cable eléctrico, el cual utilizaba como mesa. Sobre él, había un teléfono celular, una botella de coca y el documento con mi investigación: diez páginas con un clip. Pude ver que se trataba de mi trabajo por la carátula.

»Cuando crees que vas a morir, todos los detalles de la escena se te quedan grabados en la mente. El hombre en la silla tenía como unos cuarenta y cinco años. Era oscuro, mestizo (aunque no del sur) y tenía la frente redonda como una vasija. El pelo que le quedaba se lo peinaba hacia delante. Llevaba una camisa rosa de puño doble, sin chamarra. Su boca era gruesa, ancha y algo torcida, y cuando nos acercamos pude ver que cada ojo tenía una tonalidad distinta de café. Esta diferencia de color creaba un extraño efecto, no era exactamente como estar en presencia de dos personas, pero sí frente a más de una. Pude sentir a Raúl y al taxista detrás de mí, entre la puerta y donde yo estaba. El hombre tomó el documento con mi investigación por el clip y, con su codo sobre el brazo de la silla, lo abanicó en una forma descuidada. "¿Éste es su trabajo, Dr. Ramírez?".

»Aliviado de no estar en el techo, agarré valor. "Creo que tengo derecho a saber con quién hablo", le dije.

»"¿Sabe que este edificio fue construido con tecnología de punta?", dijo el hombre, mirando hacia arriba. "Incluso van a instalar un techo verde, una milpa. Y en esta milpa cultivarán maíz y frijoles, y la gente en el edificio comerá el maíz y los frijoles porque eso es todo lo que un mexicano necesita".

»"¿Quién es usted?", volví a preguntar. "Si importara, ¿cree que nos habríamos reunido aquí?", dejó de abanicar el documento y lo sostuvo en el aire. "Esto es suyo".

»Nuevamente me sentí vulnerable y asentí con la cabeza.

»Él dejó caer los papeles sobre el carrete que le servía de mesa y me preguntó si era terrorista. Me miró con mucha calma y tomó un trago de su coca; al abrir la tapa lentamente, el hombre produjo un sonido como de latigazo en ese cuarto vacío. "¿Éste es su manifiesto?", preguntó mientras inclinaba la cabeza hacia mi trabajo. "¿Su argumento para sabotear el futuro de la agricultura en este país?".

»"¿Qué?".

»"Estudió la maestría y el doctorado en la UNAM con becas pagadas por nosotros. Ése es un honor, y muy costoso. Así que, ¿por qué odia tanto a México? ¿Por qué morder la teta de quien lo alimenta?", volteó a verme como si realmente quisiera saber. "Su padre es un campesino, ¿cierto? A lo mejor en este momento se encuentra en la milpa. Bueno, pues tenemos algo en común usted y yo. Mi padre también fue un campesino. Yo crecí en Morelos y por allá usamos caballos para el arado, pero como todas las milpas son iguales, podrá entenderme. Yo tenía nueve años y una tarde encontré a mi padre ahí, muerto en la tierra de un ataque al corazón. En aquel entonces, él era más joven de lo que yo soy ahora. Los caballos estaban parados ahí, como si tuvieran la intención de esperarlo para siempre hasta que se levantara. Después de ese día, yo comencé a arar la tierra con mis hermanos y hermanas. Tuvimos que hacer todo nosotros solos, pues mi mamá ya no era la misma".

»Apoyando los codos en el brazo de la silla, abrió sus manos hacia mí. "¿Y durante cuánto tiempo lo hemos hecho? ¿Quinientos años? ¿Mil? Los animales lo seguirán haciendo por otros mil, para siempre, pero nosotros somos hombres, ¿no? A lo mejor usted odia a México, ¿pero también odia a su padre? ¿Cómo es que un hombre joven puede ser tan egoísta?".

»Entonces se paró, caminó hacia la enorme ventana y me llamó con la mano. Yo no quise acercarme, pero insistió. Volteé a ver a Raúl y al taxista, pero ambos estaban ocupados con sus teléfonos. Me acerqué al hombre y me paré de lado junto a la ventana, para poder mantener un ojo en ambas direcciones. El hombre contempló la ciudad, que desde ahí parecía una alfombra desenrollada de cajas grises. "Hace veinte años", dijo, "todo esto era bosque y milpas, ¿pero no necesitan comer de todas maneras esas personas? Lo que la UNAM ha hecho por usted es similar a lo que nosotros hacemos por el maíz: maximizar su potencial. Cuando firmamos el TLCAN usted todavía era un niño, pero ése fue el regalo de mi generación a la suya. Desde que Porfirio Díaz construyó el sistema de ferrocarriles e industrializó la caña de azúcar, ningún líder mexicano había hecho un compromiso tan fuerte con el progreso. Gracias a Carlos Salinas, México se está convirtiendo en un país moderno, y nosotros nos estamos convirtiendo en gente moderna. Dígame, ¿cuántos años tenía usted cuando tuvo su primer par de zapatos?".

»"No recuerdo", le mentí.

»Se inclinó hacia mí como si estuviera compartiendo un secreto.

»"Yo tenía siete y no era el primero en usarlos. Ahora llevo Magnanni. Y mírese usted, un doctor en ciencias que trabaja en el laboratorio de biogenética de la UNAM, con estudiantes a su cargo. Es increíble, ¿no? En una generación, su familia ha progresado de la Edad Media a *esto*. Me puedo imaginar lo orgulloso que debe de estar su padre. Usted puede ayudarnos a mejorar el maíz nativo con la misma rapidez. Los transgénicos son el *futuro*", dijo dando un paso hacia mí y señalando por la ventana, "y México va a convertirse en un *líder*. Usted sabe tan bien como yo que México es la madre del maíz en todo el mundo. Y la ciencia es el padre. Juntos estamos produciendo una mejor especie de maíz que crecerá más, en cualquier lugar y sin pérdida de cosechas, sin padres muertos ni madres rotas. Usted sabe lo difícil que es esto, ¿por qué, entre todas las personas, querría amenazar el futuro de México? Ésta es una revolución, no sólo para el maíz, sino para la gente. ¿No entiende lo que esto significa para nosotros, para nuestras familias?".

»Sus ojos estaban húmedos y eso hacía que los dos tonos se distinguieran incluso más. Lo planteaba como si fuera una pregunta, pero puedo decirte que, para él, ya estaba contestada. Conocía esa materia como la palma de mi mano, pero tenía miedo y rabia y había algo en sus ojos que me atemorizaba. Me costaba mucho trabajo concentrarme, pero finalmente logré controlarme un poco y le dije: "Señor, ¿entiende el riesgo que está tomando? Nadie sabe lo que los transgénicos le harán al cultivo originario con el paso del tiempo, la ciencia es demasiado joven. Pero lo que sí sé", y señalé mi trabajo en ese momento, como apuñalándolo, "es que encontré el gen Kortez400 en la Sierra de Juárez, en cuatro ubicaciones distintas. Todo el mundo en nuestro laboratorio sabe que existe una prohibición global con respecto a los exterminadores, y todos los que trabajan con Kortez saben que es inestable. Así que, en nombre de Dios, ¿qué hace en *Oaxaca*?".

»El hombre estaba parado a dos metros de mí y suspiró, miró su reloj y después a Raúl. "Es absurdo", dijo, moviendo la cabeza. "Usted se proclama científico y no tiene fe en la ciencia para que realice el milagro que ya está realizando en cultivos por todo el mundo. Es una contradicción. Es malo para México y, si no está dispuesto a escucharme, será malo para usted". Caminó hacia la mesa improvisada, levantó su coca, tomó un sorbo y dejó la lata otra vez. "Ahora escúcheme y le diré lo que es esto", levantó el documento y lo sostuvo frente a mí. "Esto es una bomba sucia. Si la activa como intenta hacerlo, dañará seriamente a millones de personas y a una industria joven que le brindará prosperidad y respeto a México en el siglo XXI. Si usted comete este acto, dejará de ser un científico ante nuestros ojos y se convertirá en un terrorista, un enemigo no sólo de México, sino también de nuestros aliados y socios en Estados Unidos, y créame que éstos son enemigos peligrosos". Aventó la investigación al carrete, pero siguió hablando. "Puedo ver que tiene una pasión por este trabajo, un don incluso, y estoy dispuesto a creer que piensa que hace lo correcto. Ahora, doctor Ramírez, con respeto, quiero invitarlo a hacer exactamente eso, a ser parte de esta revolución verde que transformará a México. Ya está sucediendo. No sólo contamos con la ciencia, también tenemos el apoyo del TLCAN, de la SAGARPA, de su gobernador Odiseo y de varias compañías multinacionales, incluyendo SantaMaize. Pero ayudará a la causa tener un científico autóctono en nuestro equipo de trabajo, alguien que pueda representar a esa población y darle confianza en la misión, decirles que no le estamos quitando nada, y que simplemente armonizamos la ciencia con la tradición. Será una victoria para usted, para su gente, para todos los mexicanos, y también puedo decirle que si usted se une a nosotros será muy bien recompensado. Sé, con certeza, que la UNAM ha asegurado el financiamiento de un nuevo puesto en la Facultad de Ciencias, un puesto directivo para un genetista vegetal de sangre nativa. Doctor Ramírez, usted podría ser el primero, el Benito Juárez de la biotecnología".

»Para ese momento, el hombre sonrió como un patrón. "Es la oportunidad de su vida, pero para que suceda", puso su mano en mi trabajo, "esto debe desaparecer. Como sabe, estamos en contacto con su amigo en la Secretaría y tenemos su computadora. Necesitaremos su máquina ahora y la reemplazaremos con el modelo de su elección. Quizá también necesite un nuevo teléfono. Si hay otras copias, bajo cualquier formato, necesitará encontrarlas. Si estos datos o cualquier parte de ellos se filtran a los medios, si se reproducen en cualquier lugar, usted será el responsable y yo ya no tendré control sobre lo que pueda sucederle. Lo que sí puedo garantizar es que, como mínimo, su carrera en la UNAM habrá terminado. Pero usted es un joven ambicioso e inteligente y puedo ver otro camino ante sus ojos".

»Le hizo un movimiento con la cabeza a Raúl, quien dio unos pasos hacia delante con un encendedor. Volví a sorprenderme ante el tamaño de su mano. El hombre tomó el encendedor y me miró con el rostro como abierto, casi radiante. "Será como plantar tiempo en la milpa", dijo. "A partir de las cenizas, un nuevo comienzo".

»Entonces colocó el encendedor encima del documento.

»Así entendí lo que era en la historia de ese hombre. Él ya sabía lo que estaba por suceder y yo actué mi parte como si fuera una marioneta. Más que nada, lo que quería era salir de ese lugar, pero el encendedor era algo que no esperaba. Pensé que ese hijo de la chingada podía mamarme la verga si creía que iba a quemar mi propio trabajo. Ése era el tipo de cosas que le hacían a los disidentes políticos y a los espías, no a los científicos. No a mí. Pero todavía tenía que entender algunas cosas.

»"Quiere que queme esto", le dije.

»"Es tu decisión", me dijo, sonriendo como un gato mientras sus ojos de distintas tonalidades se ensanchaban. No podía moverme. Seguía tratando de meter esa idea en mi cabeza pero era muy grande y muy injusta. El hombre vio que vacilé y dijo: "Por supuesto, si necesitas más tiempo, podemos ir al techo a ver la milpa".

»Sabía que no había milpa. Sabía que lo único que había arriba era un largo camino hasta el suelo. Y ahora sé que cuando temes por tu vida haces cualquier cosa para salvarla. De manera que, como un robot, fui al carrete y tomé el documento y el encendedor. El hombre se paró con la cabeza hacia abajo y las manos frente a él, como si estuviera guardando un momento de silencio. Raúl y el taxista guardaron sus teléfonos.

»Sostuve mi documento en una mano y el encendedor en la otra. La única manera de acercarlos fue dividirme en dos. Ahí estaba el cuerpo físico con la investigación y el encendedor, y todo lo demás que era y en lo que creía se encontraba flotando sobre mí, allá por los cables que colgaban del techo. Desde arriba, atestigüé la manera en que mi mano giró la piedra del encendedor y acercó la flama a las páginas. Pude ver que el fuego inició en la esquina inferior y ascendió primero por los extremos y después aceleró por la parte de atrás, como si lo que siempre hubiesen querido hacer esas páginas fuera arder. Mi mano las dejó caer al piso de cemento en donde el fuego creció y el papel se retorció sobre sí mismo, y después se consumió, negro y humeante. Tras un minuto, la llama se detuvo, pero por ahí había algo de papel que todavía mostraba un poco de texto. "Todo", dijo el hombre suavemente, tamborileando los dedos entre sí.

»Mi cuerpo se hincó y tomó la última parte por el clip. Mi cuerpo volvió a encender el documento y lo tomó con los dedos, alimentando la flama hasta que hubo un olor que no sólo provenía del papel. Cuando todo desapareció, salvo el humo y unas cuantas líneas oscuras de texto en las cenizas, el hombre le hizo un gesto a Raúl con la cabeza. Después tomó el teléfono y la botella de coca. Raúl se acercó y pisó las cenizas, pateándolas aquí y allá. Recogió el clip y el encendedor y se los guardó en el bolsillo. Después de eso, dobló la silla de playa y la colocó bajo su brazo. El hombre de camisa rosada volteó a ver al que parecía que era yo, todavía de rodillas, y dijo: "Bueno. Ándale".

»Se pasó la mano por el cabello ralo y se dirigió hacia la puerta con el taxista frente a él. Con un movimiento de la mano, Raúl le dijo a mi cuerpo que los acompañara; mi cuerpo se levantó y salió del cuarto, seguido muy de cerca por el hombre de las manos grandes. Seguía suspendido como globo con hilo. Bajamos la escalera sin prisa. En algún punto del cuarto piso, en el ritmo y el eco de todos esos zapatos y pasos, en la vergüenza y el alivio de estar vivo, encontré un camino de regreso a mi cuerpo. Llegamos al *lobby* y atravesamos la puerta hacia el estacionamiento. Antes de meterse a su auto, el hombre volteó a verme: "Hazte cargo de lo que discutimos hoy", dijo. "De cualquier manera, te veré pronto".

»Raúl abrió la puerta del taxi para que yo entrara y, una vez dentro, la cerró, colocó la silla de playa en la cajuela y se subió por el otro lado. El taxista encendió el motor y, al pasar por la reja, las puertas volvieron a cerrarse automáticamente. El taxi avanzó y yo no pude hacer nada. No sentía el cuerpo, salvo por las ampollas que empezaban a crecer en mi dedo índice y en mi pulgar. Jamás me había sentido tan débil. Jamás me habían arrebatado la vida de esa manera.

»"Café Verde", le dijo Raúl al taxista, como para recordarle.

»"No quiero ir", comenté.

»"Acaba de abrir", dijo Raúl. "El café es fantástico, y la mesera, ¡Dios mío!".

»Volteó a ver por la ventana. Yo también miré hacia fuera y, por un momento, entre dos edificios, la nieve del Popo descendió desde el cono en largas franjas, y el humo milenario y eterno dibujó una estela en dirección opuesta hacia donde íbamos. Moctezuma vio el volcán y también Cortés, y ahora sé que veían cosas distintas.

25

La cabeza de Lupo se asoma por la esquina del taller para decir que falta una hora, y me doy cuenta de que había olvidado dónde estaba. César ni siquiera voltea. Su mirada está como perdida en el desierto, más allá de los reflectores del estacionamiento que ahora parece patio de prisión. Una sensación perturbadora y triste se instala en la boca de mi estómago al pensar en lo que está por venir. Jamás había estado en contacto con alguien en una situación parecida, y no puedo controlar mi desazón. Le pregunto a César lo que sucedió después y esto es lo que me dice, más o menos.

—Estuvimos en el taxi durante un buen rato —dijo—, y nadie dijo nada. No sabía a dónde nos dirigíamos y me preguntaba si podría caminar cuando llegáramos. En eso, finalmente, el auto se estacionó, estábamos frente al Café Verde. Era un lugar real. Los seguros se alzaron y el taxista salió y rodeó el auto para abrirme la puerta. Yo vi a Raúl para detectar alguna reacción de su parte, pero no hizo nada, excepto alzar uno de sus gigantescos dedos. «El hombre al que visitamos hoy. ¿Viste sus ojos? Son excelentes para encontrar cosas perdidas». Después señaló la cafetería con la cabeza y guiñó un ojo. «Suerte».

»Salí del taxi y empecé a alejarme en tal estado de estupor que me tomó como un minuto darme cuenta de que estaba en Coyoacán, una zona exclusiva cerca de la universidad, con árboles que dan sombra y casas de colores brillantes. Me sentía mareado como si me acabaran de hacer una transfusión y me puse a pensar si no me estaría siguiendo nadie. Quería irme a casa, pero a lo mejor ya había alguien en mi departamento. A lo mejor llegaba y ya estaba todo destrozado, o me volvían a secuestrar. Fui a un teléfono público y llamé a la oficina de mi novia. No sabes el alivio que sentí al escuchar su voz. Le pedí que nos reuniéramos en un café cerca de la universidad. Normalmente yo no hago esto, así que me preguntó si todo estaba bien. Le dije que algo había surgido.

»Nos encontramos en una cafetería para estudiantes en Churubusco, pues cualquiera de BioSeguridad se distinguiría en un lugar así. Ella estaba preocupada y no dejaba de preguntarme, pero la hice esperar hasta sentirme tranquilo después de haber examinado a todos en el lugar. Nos dieron nuestro café, nos sentamos y, sin perder de vista la puerta, le dije lo que te acabo de contar. Después le avisé que me iría de la ciudad y que ella debía volar a casa inmediatamente. Mi novia es una güera testaruda y dijo que no podía irse, que tenía un compromiso con su programa y que ceder al miedo era como justificar la maldad. Le dije que estaba siendo arrogante e ingenua, que México no era Estados Unidos y que ese tipo de BioSeguridad era un hombre aterrador que sabía todo de mí y que a nadie le ayudaría que a ella la usaran para chantajearme. Le pregunté dónde estaba su pasaporte y me dijo que en su mochila, pues ese día lo había usado para hacer unos trámites en el banco. Le pregunté por su computadora y me dijo que estaba en la oficina. Le dije que la recogiera y que se fuera directamente al aeropuerto, que saliera de México y no regresara hasta no tener noticias mías.

»Ella lloró y yo le dije que lo sentía mucho, pero le supliqué que hiciera todo esto y le prometí que la contactaría cuando supiera un poco más. Entonces hizo un gesto extraño y me preguntó si había conocido a otra persona. No pude creer lo que escuché, no pude creer que ella pensara que había inventado una historia de esa naturaleza, de manera que tomé sus manos entre las mías y me acerqué mucho para decirle: "Tienes toda la puta razón. Conocí a alguien más. Usa camisas rosadas y tiene ojos de distinto color y hace que me cague del susto". Eso fue lo único chistoso de toda esa tarde. "Corazón", le dije, "debes creerme y creer esto", entonces la besé y me pregunté cuándo lo volvería a hacer.

»Jamás volví ni a mi departamento ni al laboratorio. No voy a describirte nuestro adiós, pero soltar su mano en el metro fue el momento en el que me convertí en exiliado en mi propio país. Fue Orfeo quien descendió por esas escaleras. Podía sentir sus ojos en mí, pero tenía miedo de voltear. Abajo había un mapa de las líneas del metro cubierto por vidrio y, a pesar de mí, vi el reflejo para contemplar sólo una sombra oscura en medio del cielo.

»Me bajé en Centro Médico, saqué todo lo que pude del cajero automático, tanto de la tarjeta de débito como de la de crédito, para ir a la estación La Paz. De ahí, tomé autobuses locales a Puebla y después un Estrella Roja nocturno hasta Oaxaca. Conocía un lugar en el que podía esconderme con cierta seguridad, pero cada vez que el camión se detenía, los nervios se me ponían de punta ante la posibilidad de que Raúl estuviera esperándome con sus enormes manos. Rezaba, pero había pasado mucho tiempo, el trabajo me había absorbido y Juquila estaba muy lejos. Esperaba sentirla más cerca en Oaxaca, y necesitaba tiempo para idear un plan.

—El sol salía cuando el autobús llegó a la estación de segunda clase. Tomé un taxi directo a la casa de mi amigo, que vive solo cerca de la Central de Abastos y también es dueño de un taxi. Él estaba en casa, gracias a Dios, y no pude evitar llorar cuando abrió la puerta. Me abrazó, me dio una cachetada suave, como de hermano, y me ofreció un trago de mezcal. Era bueno estar de regreso en Oaxaca. Preparó huevos y tlayudas, y traté de contarle. Era la persona adecuada, había sido todo un activista en la huelga y no era la primera vez que escondía gente. No salí durante dos semanas. Le recé con fervor a Juquila y aproveché para pedirle disculpas por tanto abandono.

»Durante ese tiempo, me dejé crecer el bigote y una pequeña barba e hice un plan para dejar el país. Nunca quise irme, ¿sabes? No sabía qué más hacer, a menos que quisiera trabajar para esos hijos de puta de BioSeguridad, pero ahora no confiarían en mí y la UNAM nunca volvería a contratarme. Mi pasaporte estaba en la Ciudad de México y estaba seguro de que lo tenían, de manera que tendría que cruzar con un coyote. Era un gran paso, y como no estaba seguro de tener suficiente dinero, comencé a conducir el taxi. Es algo que hice en la universidad, y después de dos semanas de permanecer escondido sabía que, para ese momento, habrían buscado en mi pueblo sin encontrar nada. No había estado en el centro durante cinco años y confiaba en que estaría seguro si tenía cuidado. Mi amigo me ofreció la ronda nocturna y sesenta por ciento de las ganancias, menos la gasolina. "Sólo no te aloques manejando", dijo, "y no choques".

»Pensé que podría hacer suficiente dinero en un mes, pero me tomó más y en todo ese tiempo no usé ni mi teléfono ni mis tarjetas bancarias. No salí durante el día y tampoco intenté contactar a mi familia ni a mi novia. Fue difícil acatar esta regla, pero no me podía arriesgar. Pasé mucho tiempo trabajando en un artículo que hablaba de mis hallazgos e investigando los movimientos de migrantes en la frontera. Todo esto lo hice en la computadora de mi amigo, la cual limpiaba a cada momento. No dejé nada en el disco duro de mi amigo y tampoco mandé nada a la nube. No quería dejar ningún rastro que pudiera acercarlos a él o a Oaxaca. Siempre mantuve toda mi información y mi dinero conmigo, porque necesitaba estar listo para correr en cualquier momento. Tenía una memoria en mi llavero, pero los federales se quedaron con él. Ahora el teléfono es lo único que me queda. Y de mi amigo, creo que lo dejé sin nada. Mi única esperanza es que pueda convencer a los federales de que su taxi había sido robado. Mierda. No puedo pensar en eso ahora.

César apoyó la cabeza en la pared del taller y dejó escapar un gruñido.

—Desde ese día en la Ciudad de México, mi investigación y el sueño de volver a ver a mi novia me han mantenido en pie. —César volteó a verme y en sus ojos había una mirada que no era precisamente amistosa—. Tuve tanto puto cuidado. Durante dos meses nadie me reconoció, pero entonces te subiste al taxi por *dos minutos*...

Tomó un sorbo de su cerveza que pareció más una mordida.

—Nunca vi venir ese camión.

—Cheche —le dije—, de haber sabido...

Pero él sólo espantó las palabras con la mano. ¿Cómo puede uno discutir con el Destino?

26

Estaba seguro de que a estas alturas ya nos habrían encontrado, César habría ido al hospital y las rayitas habrían regresado: esto o una situación incluso mejor o, al menos, distinta. Pero cargar con las cosas de César es el trato que hice con él cuando tomé su agua. Toda su información está aquí, junto con su artículo en inglés: «Evidencia de ADN y V-GURTs transgénicos en campos nativos de maíz en Oaxaca, México». A lo mejor es la única copia que existe ahora. Ya traté de enviarla, pero sigue pendiente (junto con todo lo demás).

Hay algo más, AnniMac, y acabo de descubrirlo, un PDF llamado: «VueloJetBlue». Es un itinerario de un vuelo de Nueva York a Phoenix, y la fecha pasó hace dos días. Pero no fue esto lo que hizo estremecer mi cuerpo, sino el nombre. Eres tú: Anne Macaulay.

Todo este tiempo.

¿Estás en Phoenix ahora? ¿Esperando? ¿Buscando a César? Pobre César. Creo que fuiste tú la que lo hizo ser tan precavido durante tanto tiempo. Hizo esto por ti y por el maíz, y sigue vivo. Le voy a decir que estás cerca.

Si alguna vez recibes estos mensajes, debes saber que hice todo lo posible por que las cosas duraran: su batería, su agua, todo, pero temo que no fue suficiente y ya no puedo ayudarlo. Él estaba en lo correcto: no debí haberlo seguido. Debí apartarme en la Central de Abastos y regresar a mi pueblo. Si hubiera hecho eso, él no habría contactado a Lupo. Pero ambos queríamos que fuera cierto, ambos creímos que don Serafín nos ayudaría y las cosas mejorarían del otro lado de la frontera. Y hay algo sobre César: él es como un imán, y esas personas pueden ser peligrosas.

sáb 7 abr — 20:52

Aquí, pero no aquí. Hay sonidos nocturnos que me rodean por completo: algo que merodea y rasca. El sonido de pisadas suaves. Y pájaros, creo que son pájaros. Búhos que llaman, a lo mejor. Pero nadie contesta. De vez en cuando algo se estrella contra el tanque, tan contundente y sorpresivo que se siente como un martillazo en mi mente. Hay un eco cuando esto sucede, pero es demasiado fuerte para ser real. Quizá también sean pájaros, almas que vienen y van. Ha habido tanto de eso últimamente.

sáb 7 abr — 21:09

Debí haber compartido la entrada de aire. Lo sé, pero no lo hice. Sabía cuán preciada era, y si los otros hubiesen sentido este aire fresco lo habrían querido para sí, y no soy lo suficientemente fuerte como para defenderla. Así que mantuve la existencia de la entrada en secreto y guardé este aire dulce para mí solito. Antes, cuando la gente seguía moviéndose por aquí, me recargué sobre ella, protegiéndola, sintiendo su aliento en mi espalda, lo cual hacía que todos mis pelitos se erizaran. Y, después, cuando todo se calmaba, ponía mi rostro allá abajo para respirar y respirar y respirar.

Ya no hay necesidad de protegerla.

sáb 7 abr — 21:13

Estoy matando el tiempo y el tiempo me mata a mí.

sáb 7 abr — 21:22

Cuando tantas oraciones quedan sin respuesta, viene la necesidad del sacrificio. En Oaxaca siempre estamos listos para esta posibilidad, siempre practicamos. Durante el Día de Muertos y frente a la iglesia de la calle de la Noche Triste, he visto con mis propios ojos a un hombre vestido de papa. El personaje corta gelatina en forma de pechos de mujer y coloca los pedazos en una bandeja que alimenta a la congregación, mientras el diablo con sus cuernos y su piel de color rojo sangre baila con una botella de mezcal, vertiéndolo en nuestras gargantas como si fuera una inyección. Y del otro lado de la calle, colgando del árbol de las vírgenes, hay un cuerpo hecho de ropa vieja y huesos de animales. El muñeco lleva una pelvis de vaca por rostro y está embarrado de sangre o algo parecido.

Eso es lo que hacemos en los buenos tiempos.

¿Y por qué? Antes de que se desencadenaran nuestros problemas, a muchos turistas les gustaba visitar Oaxaca por su famoso Día de Muertos. En una ocasión, estaba con un amigo y sus hijos en el cementerio de San Miguel. Ellos habían trabajado todo el día para construir un escenario alrededor de la lápida de la joven esposa y madre que habían perdido. Como ella amaba las montañas, los árboles y el océano, todo eso era parte del escenario. Luego, como a la una de la mañana, irrumpió un turista alemán con su gran cámara Canon y su novia de dos metros de altura, y le preguntó a mi compadre:

—¿Pues qué se traen los mexicanos con la muerte?

Graciosa pregunta en boca de un alemán, pero mi amigo es un hombre con sentido del humor y le dijo a ese gigantesco cabrón, de manera muy tranquila y mirándolo directamente a los ojos:

—La muerte anda cerca, amigo. Siempre.

Entonces tocó la espalda de ese alemán con la punta del dedo.

—Siempre está justo aquí, esperando. Lo sabemos, lo admitimos y le damos la bienvenida. No es algo a lo que haya que temerle porque viene por todos nosotros y quién sabe cuándo.

En el cementerio hay una fiesta cada año. Todas las personas que han partido se reúnen nuevamente. Las velas arden en las tumbas, y hay una banda y comida y muchas familias. Los niños juegan en la oscuridad con sus hermanos y hermanas muertos y más allá, bajo el laurel, un hombre viejo en traje de jaguar baila con la amada a quien nadie puede ver.

El siguiente año yo también estaré ahí, de uno u otro modo, con este cuerpo o sin él.

sáb 7 abr — 21:34

Hola, ¿hablo con alguien?

Creo que alguien debe de estar vivo aquí dentro, pero ahora es difícil notar la diferencia entre nosotros.

sáb 7 abr — 21:38

Me llamo Héctor María de la Soledad Lázaro González y yo todavía estoy vivo.

sáb 7 abr — 21:41

El viento sopla en ocasiones y hace música en el tubo. Puedo escuchar al hombre de los camotes allá fuera, y cómo empuja su carrito de acero con tres ruedas mientras sopla su silbato de vapor. Ese fuego en el barril es lo que veo al atardecer, cuando me pongo a contemplar mi tubo. Junto al fuego hay un tanque de agua y es el vapor lo que cocina los camotes y hace que el silbato sople. Puedes escucharlo por todo el barrio: un sonido nostálgico y esperanzador al mismo tiempo. Tantos sonidos, tantos códigos que hay que entender. Muchas veces me despierto con el sonido de los gallos y los cohetes y el del hombre que, para cambiar tus garrafones vacíos por otros llenos, grita: ¡AAGUA-AAA! ¡AGUAAAA!

¿Pero en dónde está el pendejo cuando uno realmente lo necesita?

Y la flautita del afilador, y cada mañana el cartero en su bicicleta también toca el silbato que enloquece a los perros, y el hombre que hace sonar su pequeño triángulo y lleva una lata de metal, pero Dios sabrá lo que hay adentro. ¿Y cómo no recordar a la niña con las empanadas, que tiene como ocho años pero grita como un hombre? ¿Y el señor Claxon con el helado, y ese golpeteo metálico en la mañana que te advierte que debes sacar la basura pronto, y el camión del gas con su música de Los Beatles a todo lo que da? Y todo el día el repiqueteo de los telares y toda la noche el vecino con el perro que no se calla, y en ocasiones una calenda con sus cuernos y sus monos que llegan tan alto como para asomarse por tu ventana y matarte del susto, como pasó anoche.

Esta vez creo que estaba durmiendo, soñando. Se escuchaba el gemido y el silbido en el tubo, y después algo que rascaba en el tanque, y después golpes y arañazos, como si fuéramos una especie de instrumento. No creerías los tonos; eran tantos a la vez y, en ellos, pude escuchar tantas cosas: al mecánico que regresa, la campana del sacristán en el pueblo, mi madre que pregunta ¿quién es?, el lamento de la Llorona por sus hijos perdidos, otras voces que casi puedo reconocer, alguna criatura que intenta meterse, otros que intentan salir, la señora Ellen y sus canciones en el hotel. Hay tantas tonaditas que todo el tanque vibra y el rumor me atraviesa como si yo no estuviera ahí.

Pero cuando finalmente entiendo lo que produce estos nuevos sonidos, me siento estúpido, otra vez burlado, y recuerdo que estoy en un universo en donde el gobernador no es dios ni Odiseo, sino Coyote. Porque no es sólo el viento el que lo hace, sino los árboles. Es por eso que nadie nos ve. Jesús los perdonaría, pero yo no lo haré porque perdonar es el regalo del débil, lo que das cuando no tienes otra cosa que ofrecer, cuando esas chingaderas que te han hecho no pueden ser reparadas ni vengadas. Está mal pensar de esta manera, lo sé: una blasfemia más. Mi pobre madre.

Intento pensar como un coyote. No estamos en una carretera. Nos trajeron hasta un arroyo y nos quedamos como en un bosque, a lo mejor estamos en un pequeño cañón. En el desierto éste es el único lugar en donde encuentras más de un árbol junto a otro. Los árboles son como la gente en ese sentido, se reúnen junto al río. Hay un lugar en Oaxaca en donde la orilla del río está hecha de raíces de cedro y la madera forma como un canal, y las cascadas. Dios mío, es un paraíso. ¿Quién podría dejar ese lugar? Pero lo hacen. Por el Norte. Pues no entienden que el agua es lo más preciado que hay. Si salgo de aquí, tendré que decirles. Seré un aleluya del agua.

Dime, AnniMac, ¿ha sido buena suerte estar escondidos en la sombra? ¿O un truco cruel? La batería se está agotando y la vida del teléfono no es la única que se apaga.

27

sáb 7 abr — 21:57

Ésta es la primera noche que siento calorcito desde que dejé Oaxaca, y por ello debo agradecer a los otros. Hay mucha ropa y
mochilas aquí y con ellas he hecho una cama para César y lo he
tapado. Al principio tenía miedo de los demás —tantos y tan callados—. Puedo sentirlos cerca, alrededor de mí como una familia de fantasmas.

sáb 7 abr — 22:31

Es difícil decir esto, AnniMac, porque eso significa que debo dejar de hablar contigo, pero el agua se ha terminado, toda. Además de la respiración de César, los únicos sonidos que escucho
provienen del exterior. Tengo frío y la carne de gallina, incluso
con la chamarra extra. Me duele la parte baja de la espalda, los
riñones, y sé que es por la sed, pero ahora sólo tengo orina en la
botella. Va a ser difícil, pero no hay prisa porque aquí tenemos
tiempo, ¿no? Una eternidad.

sáb 7 abr — 23:18

Desperté tras un sueño de agua y comida. Estaba acostado junto a César. Tenía el teléfono en su hombro y me quedé dormido

mientras le hablaba. Cuando desperté, lamía su rostro y no quería parar, no podía hacerlo. Toda su sangre y su sudor, su frente, sus ojos, su oreja que acumulaba tantas cosas. Lo limpié como un gato.

Adentro es un mundo en donde tu mente observa desde lejos, y la necesidad y el dolor son los únicos dioses que reconoces.

dom 8 abr — 00:07

Es César. No es César. AnniMac, ya no respira y su mano está fría. Hay un error. ¿Por qué sigo aquí? Es su tacto, ¿sabes? Es su aliento el que me mantiene sano.

El silencio es terrible.

dom 8 abr — 01:11

Sueño con sandías, un montón de sandías cortadas en medias lunas. Me las como una tras otra sin parar y, de alguna manera, en estas sandías, en el acto de comerlas, hay algo importante, una especie de perdón.

Pero ahora estoy despierto y en mis manos no hay sandías, sino el teléfono de César y la cabeza de jaguar de mi abuelo: lo único que no está vacío o muerto, las únicas cosas que, aquí dentro, me dan valor. ¿Quién es valiente? No muchos, yo no, pero César sí. Incluso en este mismo momento. Y mi abuelo que llega una y otra vez a mí porque vivió a través de tantas cosas. A él le pregunto:

—Abuelo, ¿por qué afilas y afilas tu machete?

—¿Por qué? —dice él, como si yo debiera conocer la respuesta—. Porque nunca sabes para qué puedes necesitarlo.

Su voz suena muy cerca, pero no lo veo hasta que se me viene a la mente el accidente del taxi. Es una enorme sorpresa para todos: los tres vamos caminando de regreso a casa con una carga de madera. Vamos bajando la montaña y, de pronto, un taxi aparece por la curva tocando un claxon que suena a sirena de policía. Isabel está cansada y medio dormida, y no es un sonido que ella conozca, así que salta hacia el lado equivocado y sale disparada hacia arriba, con la leña y toda la cosa, y se estrella contra el parabrisas.

El taxi se detiene en la cuneta, del otro lado del camino, y el abuelo corre como un jovencito. Isabel está en el asiento de adelante, hay pedazos de vidrio y madera por todos lados. Hay dos señoras de San Jerónimo en la parte trasera y no dejan de gritar y limpiarse la orina y el excremento que ha caído en sus rostros y delantales. La cabeza de Isabel está en el regazo del taxista y el hombre tiene la nariz rota —por el impacto con Isabel o con algún pedazo de madera— y lleva como una barba de sangre. Su cabello brilla por el vidrio y en toda su frente hay pequeñas heridas como las de Jesús. Una y otra vez se toca los ojos, diciendo: «¿Dónde están mis Ray-Ban? ¿Quién se llevó mis Ray-Ban?».

Pero el abuelo está demasiado enojado como para preocuparse por el conductor. Lo que quiere es salvar a Isabel y abre la puerta del pasajero para desatar su albardón. Los ojos de Isabel están abiertos y él le habla en zapoteco, dándole palmaditas en el rostro, para decirle que está cerca. Parece que no está tan mal, de manera que el abuelo la agarra de las patas traseras y trata de sacarla por la puerta. Yo sigo parado, olvidando que tengo cuerpo, hasta que lo escucho gritar: «¡Héctor! ¡Agárrala! ¡Agárrala!».

Tomo su cola con ambas manos y juntos la sacamos del taxi. Entonces nos damos cuenta de que una de sus patas delanteras ha desaparecido a la altura de la rodilla, y el abuelo chasquea la lengua diciendo: «¿Dónde está tu pata, muchacha? Eso no está bien. ¿Qué ha hecho éste con tu pierna?». Isabel no sabe que perdió la pata y trata de pararse y caminar, pero no puede hacerlo y se cae una y otra vez; entonces el abuelo la toma por el cabestro con su rostro pegado al de ella, diciéndole cosas que no puedo escuchar, y de esta manera la conduce lejos del auto, dándole palmaditas a su nariz y ayudándola a caminar. Repentinamente, antes de que Isabel pueda darse cuenta, mi abuelo le tuerce la cabeza y el animal cae al piso. Encima de ella, mi abuelo le sostiene la cabeza hacia abajo y cubre sus ojos para calmarla, sin dejar de hablarle, hasta que ella deja de patear e intentar pararse. Ella respira como un fuelle y sus fosas nasales son grandes y redondas; su aliento barre el polvo al lado del camino formando pequeñas nubes, moviendo piedrecitas. Puedo sentir esto en mi cara y escuchar al abuelo respirar al mismo tiempo que ella y que yo.

El machete del abuelo sigue en la fajilla sobre su hombro y él lo saca con su mano libre. Lo toma casi de la punta y lo pone en el cuello de Isabel, tratando de sentir el pulso con sus dedos. Cuando lo encuentra, yo también puedo sentirlo, como si fuera mi propio corazón el que latiera. Con la otra mano, el abuelo sostiene con firmeza el machete y mete la hoja con mucha facilidad, como si sólo la estuviera limpiando. En ningún momento deja de hablarle al oído y, al escuchar lo que dice, sé que todo va a estar bien. Isabel casi no se mueve. Sólo respira mientras la sangre mana brillante, haciendo pequeños ríos en el polvo y en la mano de mi abuelo, que también es la mía. La respiración de Isabel se hace más lenta y menos agitada, sus fosas ya no son tan redondas, y pasa lo mismo conmigo y con el abuelo, hasta que todo queda en silencio y el único sonido es el del viento en el camino.

A veces la vida te encarga este tipo de cosas, pero no todos pueden hacerlas.

Si salgo, les prometo a ellos y a ti que haré un peregrinaje por las montañas hasta la iglesia de Juquila. Encenderé veladoras para todos y entregaré el pequeño vestido que César le compró, el mismo que até a su cabeza. Le contaré al padre sobre el sacrificio de César, y le diré que Juquila debe usarlo, así como está.

Porque se acerca, más cerca todo el tiempo.

Escucho a alguien gatear en el tanque. Lo escucho respirar; es un gruñido profundo, como el de un animal. No sé quién es y no tiene a dónde ir. Estaba durmiendo, pero me levanto de inmediato con la espalda contra la pared y escucho. Puedo oír sus rodillas en el fondo del tanque, sus manos en la ropa de la gente, pero nadie emite un sonido, sólo él. Cuando está encima de la mujer maya, volteo el teléfono y apunto la pantalla en esa dirección. No puedo reconocerle la cara, pues la piel la tiene tan pegada a los huesos y la lengua la trae afuera de la boca como la Muerte misma. Él ruge ante la luz y avanza más rápido. Sigo apuntándole con la luz y cuando está encima de César, pateo su cara echándolo para atrás con mis talones. Él intenta tomarme de los pies, pero le resulta difícil porque sus manos están mojadas de quién sabe qué y los zapatos se me salen. El miedo me vuelve fuerte, y doy patadas para salvar mi vida, hasta que escucho que algo se rompe y deja caer la cabeza, pero tengo miedo de que se levante, así que sigo pateando. Como está tendido sobre César, con mis pies lo empujo hasta que su cabeza da en el piso del tanque, y entonces con mi talón le pego una y otra vez, pero el gruñido no se detiene, sólo se hace más fuerte —sonidos horribles que ningún animal puede hacer—, y sólo cuando muerdo mi manga para recuperar la calma, todo queda en silencio.

Dios me da un día más.

¿Cómo lo sé?

Porque desaparezco una y otra vez.

Todo ha desaparecido menos la espera. Espero que mi valor regrese porque aquí la vida y el valor son lo mismo. César y todos los demás, tan cerca de mí ahora —como Odiseo en el café donde todas las leyes se rompen y a nadie parece importarle—, hablan al mismo tiempo, pero sólo de agua. Y tú también eres agua: una alberca fresca y hermosa. Nado en la idea de ti y eso me mantiene vivo. Tú y César y el abuelo me dicen que piense lo imposible, que todos estos cuerpos son sólo eso. «La garganta es un agujero vacío», dices. El corazón es un pozo seco. En esta soledad oscura, puedes enloquecer.

dom 8 abr — 03:51

Sí, soy yo de nuevo porque estoy haciendo algo difícil: buscar agua. Hay mucho líquido aquí dentro y todo está podrido. Sólo busco las botellas. No estoy mirando, no tolero verlos, sólo palpo, como ciego. Mis dedos son gusanos entre los muertos. Las lenguas son lo peor: tan grandes y duras que me revuelven el estómago. La mayoría de las botellas están vacías. Las que tienen orina las guardo, porque esto es lo que un forajido hace. Pero Dios me sonríe hoy, o quizás eres tú, porque hay agua. Sí, es un milagro. Encuentro una bolsa de plástico atada bajo el huipil de una señora, pues así es como algunas personas llevan sus cosas. Por el copioso bordado sé que es la mujer maya de Chiapas. Recuerdo su rostro porque la última vez tenía una expresión de mucho miedo, y los mayas no se asustan con facilidad.

Sé que está mal haber puesto las manos donde las puse para encontrar el agua. Cuando nos subimos al camión, sus chichis eran grandes, pero ahora son pequeñas, no más grandes que la bolsa de agua. Eso es lo que la sed te hace y yo también me estoy encogiendo. Susurrando para mí, para ella, le digo: «Lo siento, hermana, pobrecita. Discúlpame, por favor». Sólo hay poquita, pero ahora es mi vida —no la de ella— la que flota en esa bolsa, y la haré durar. Algo me ha elegido para que viva, así que es necesario un trueque. Al mantener en secreto mi tubo, al tomar el agua de César, he cumplido con mi parte del trato.

dom 8 abr — 04:10

El tanque está lleno de luz: brillante como un sol y todo arde. Veo sus figuras oscuras con anillos de color naranja a su alrededor, las bocas muy abiertas y es imposible respirar. Tengo miedo de verlos. ¿Qué tal si voltean? ¿Qué tal si se dan cuenta?

dom 8 abr — 04:32

No vacié el agua de la mujer maya en una botella, sino que fui chupándola poco a poco de la bolsa, sólo lo suficiente para humedecer mi boca. Duraba más de esta manera, y la suavidad de la bolsa en la boca y en las manos me hacía sentir menos solo.

Vivo otro día, o quizá sólo otra hora. Intento contactarte una vez más porque estas palabras son mi machete y estas llaves son mi rosario, y mientras las siga pronunciando, sé que no estoy muerto.

28

Mi abuelo está aquí con su piedra especial, la que encontró cuando estaba arando. Muy vieja para tener un nombre, pero pesada y con un agujero. La levantas hacia el sol para que los rayos la atraviesen. ¿Puedes ver esto? Hace un hoyo de fuego en mi cabeza para que tú y Dios puedan ver dentro.

Tengo otra confesión.

Soñé anoche que tocaba mi boca. Pensé que era mi propia mano. Supe que era César sólo después, no por el sonido que hizo porque no era el sonido de un hombre, sino el de un animal, un animal que se ahoga con arena. Sus dedos estaban tiesos y su mano era torpe e iba en busca de algo húmedo, creo. Lo sé porque todos ellos buscaban algo húmedo, y debo tener piedad, pero en ese momento, en medio de la oscuridad, me moría del miedo. Mi mente ya no funciona bien y lo mordí. Sin pensarlo, en mi sueño. Lo hice. Está mal, lo sé, pero es como volver a ser un bebé. Tomo lo que quiero como si el mundo me lo debiera. Ése es el tipo de sed que tengo. No puedo parar, nada puede detenerme.

Mi tío dice que cuando alguien se está ahogando se comporta así: treparía a su propia madre, hundiéndola, con tal de respirar. «Lo he visto con mis propios ojos», dice. «Una vez, en el Río Bravo».

Es tan difícil distinguir lo que soy de lo que es él. Pero estaba ahí cuando cruzamos.

Éstos son mensajes que te llegan de la cruz en la montaña, pero estás a salvo ahí, del otro lado misericordioso, espero, porque lo necesito en este momento...

Dominus noster Jesus Christus te absolvat...

Sí. Por favor. Amén. Pero ¿cómo puede uno absolver o castigar esto? ¿El cuerpo que quiere vivir? Si la vida es respirar y nada más, entonces estoy vivo. Mi madre no me reconocería ahora. *Chamaco* me decía, *diablito*. Antes era puro enojo, ahora es una profecía.

...

Oscuridad y agua en todos lados. Los espíritus del agua vienen en la noche cuando enfría, entran en mí con cada inhalación. Ahora los puedo sentir a mi alrededor, rodando por las paredes, hacia mis manos y mi lengua. Han tratado de decirme todo este tiempo que nos estamos convirtiendo en algo nuevo, para poder atravesar el tubo y reunirnos con los otros.

Duele tanto hacer esto, dejar el cuerpo: calambres y frío y fracturas, huesos demasiado grandes para esta piel.

...

Monto la bicicleta de mi tío, y la burrita Isabel me sigue atada de una cuerda. Pasamos a un hombre que jala una carreta con un perro blanco en ella. Detrás de él, está ese viejo silencioso que perdió un duelo y también la mano, así que debe cargar la canasta en la cabeza, balanceándola en su sombrero. Y allá, en el campo detrás de la escuela, un caballo camina con una garza, y sus pasos coinciden como si fueran viejos compañeros que entablan antiguas conversaciones. Bajo la sombra de la iglesia veo a un hermano que duerme en una carretilla y a otro sobre una pala. Y cada año en Semana Santa viene el mismo Nazareno, sin zapatos ni sombrero, arrastrando su cruz por el camino, yendo a quién sabe dónde, paseando una y otra vez a la misma burrita que, tirada, sirve de festín a un grupo de buitres que parecen estar en un bar bebiendo micheladas.

Alguna vez supe todos sus nombres, pero ya no.

...

Tengo un sabor a sangre y óxido y muerte. Este mezcal no me está cayendo bien. Y esta comezón en mis piernas, profunda hasta los huesos, como que algo repta por ahí, tratando de salir, pero no hay manera de que llegue a ese lugar. Me dice que rasgue mi piel, pero trato de ignorarla.

Ahora observan, todos ellos, para ver lo que haré, pero en lugar de ojos tienen pequeñas cubiertas de metal, de las que uno ve en la banqueta y dicen: AGUA. Éstas son las señales que te dicen lo que es verdaderamente importante, medallitas para los santos, para la santa Agua. Respira su nombre una y otra vez, como lo hago yo ahora, AGUA, Agua, *agua*. Conocerás, entonces, la oración de la muerte y el deseo, vivir y morir en una pequeña palabra, la Única Palabra —que en realidad no es palabra, sino sólo sonido en la garganta—.

César está aquí, junto a mí, y sus ojos de AGUA son esos ojos viejos con estrellitas en ellos. Irradian un calor rojo. Creo que es señal de enojo.

...

Todo esto está despertando a la vida, como la jungla. Nos estamos evaporando en una nube caliente y las moscas están por todos lados, o a lo mejor siempre estuvieron, esperando. También llegan otras cosas que se entregan al festín. Pero yo sólo tengo sed. Tiemblo de calor. La luz en el tubo es una estrella en el cielo negro y alguien aúlla a través de ella. Quizá puedes escucharme.

...

El señor Cacahuate sonríe en la esquina con su bastón y su bombín y su monóculo. Nos muestra la pintura, esa vieja de la iglesia del camión de cacahuates, la que dice de lado: LA TENTACIÓN MÁS GRANDE. Y en el techo, en aquella nube solitaria, está la mano de Dios extendida hacia abajo, como para alcanzarnos. Todo este tiempo, el señor Cacahuate lee las palabras: La Tentación Más Grande, La Tentación Más Grande, una y otra vez, hasta que entiendo que sí, la tentación es demasiado grande y ésa es la razón por la cual Él come cacahuates.

Todos menos uno, el que no le gusta.

Ahora estoy despierto y me siento mejor, hablándote. Cuando salga, te enseñaré mi país, el país de César. Podemos conducir la camioneta Apache hasta la costa para ver los pájaros fragata, esos rabihorcados con sus colas de tijera que cuelgan quietas en el aire mientras vuelan, y las nubes que echan carreras arriba, y aquel lugar secreto al sur de Puerto, donde vi al rey pelícano con su medalla. Los gringos también lo vieron, así que debe de ser real, y tomaron fotos mientras se alejaba, con la cadena columpiándosele al cuello. Y a lo mejor las tortugas. Se tardan dos días en hacer el amor. Lo he visto con mis propios ojos: flotar y flotar como si tuviéramos todo el tiempo y, a nuestro alrededor, sólo el agua y el cielo. Y las tortuguitas recién nacidas, tan dulces y pequeñas y tristes, perfectas en tu mano. Pero deben ir al mar, y no hay nada más dulce o pequeño o triste que una tortuguita bebé de cara al mar por primera vez.

Todos los demás se las ingeniaron para salir de aquí, ¿por qué yo no?

...

Sí, lo sé, puedo verte ahí. Eres más alta en persona y todavía más hermosa. ¿Es la luz o son mis ojos? Tus manos y tu rostro sólo flotan. ¿Es el día del Juicio Final? ¿Buscas a tu hijo? He dicho tanto ya. ¿Cómo entraste?

De la misma manera en la que ellos salieron. Todos menos yo. Y ahora sé por qué.

Sí, viajé a la pirámide. Subí los escalones, uno por uno. Mis pies estaban mojados de sangre, las piedras eran tan resbalosas que tuve que usar mis propias manos, metiendo los dedos en las grietas. Jamás olvidaré el sonido, ni ese avión con todos los rostros que miraban sin ver por las ventanillas.

Mis oídos timbran, zumban.

Puedo escuchar al organillero, pero no puedo ver al changuito.

...

Al códice le falta una página, pero la encontré en esta pared que nos envuelve como el vientre de un animal. En donde debería haber palabras hay un jaguar, y donde debería haber manchas hay gotas de agua diciendo de mil maneras, tan claramente como cualquier voz: «El agua es lo único verdadero para todo lo que vive».

Algún día esta página faltante será pintada en donde todos puedan verla y ahí nos veremos reflejados...

un jaguar
un camión de agua
una barra de pan
una bolsa de semillas
plantas que nacen, abriéndose paso por la tierra
pajaritos negros que escapan
un último pájaro que permanece
una lista de preguntas
¿Era demasiado grande o tenía la forma equivocada?
¿Era muy malo o su color no era el correcto?
¿Espera algo? ¿A alguien?

Y el maíz que ha seguido creciendo durante todo este tiempo.

...

¿Eres lo que más deseas o lo opuesto? Si no deseo otra cosa más que agua, ¿es porque soy agua? ¿O porque no tengo nada? Si no deseo otra cosa más que amor, ¿es porque soy amor? ¿Queremos siempre más de lo que estamos hechos? ¿Necesitamos lo que somos?

A lo mejor puedo darte todo esto. A lo mejor por eso has venido. Después de todo este tiempo.

Entiendo ahora que toda el agua es sagrada y que estamos hechos para beber y para amarnos los unos a los otros. Yo te amo. Lo hago. Esto es lo que son estas palabras. Pero, ¿es porque estás aquí? ¿Es porque eres el ser en el universo que recibe estos mensajes? ¿O porque espero que estés? ¿Es sólo porque deseo ser salvado? Y ser salvado, que se me permita vivir —beber y amar—, es lo que más quiero, además de una alberca de agua cristalina. Sé que esta pregunta es como un círculo, una alberca redonda y profunda, y me hundo en la respuesta.

¿De quién son estas manos blancas? No lo sé.

Sólo sé que cuando me tocan, el dolor ya no es tanto.

Todas las cosas son mías porque soy de Él
¿Cómo puedo dejar de cantar?

...

Hay una respiración en el tanque. ¿Eres tú? Eres todo lo que necesito ahora, más que cualquier cosa, salvo el agua. Y ese mismo sonido seco, el sonido de quien muere. Toda mi agua muy dentro de mí ahora. Sólo el tubo y lo que dice.

Su respiración viene y va, entra y sale. El tanque vivo ahora, después de todo, lleno de nosotros y lo que somos. Un sonido profundo en la garganta.

Como algunas historias que mi abuelo me contó.

Está encima de nosotros. Manos. Pies. Garras. Palmaditas suaves y arañazos tan fuertes que retumban en mi cabeza. La comezón en el hueso que no puedo alcanzar. Las navajas en mi espalda. Más respiración en el tubo y las garras otra vez, tratando de meterse, el sonido del corazón pulsa en el cuerpo. Está tan cerca que casi lo toco. Garras y dientes, una piedra afilada que se adhiere a los huesos.

Lo que quiere esta criatura.

Lo que dice.

No. Todos nosotros hemos partido.

... en este mundo hay que dejar ir tantas cosas.

Siempre y para siempre.

Ya terminé...

Zumba...

Un zumbido

Un zumbido en mis oídos

                        Pero no hay respuesta

Epílogo

Transcripción parcial de una entrevista que condujo John Bernard (supervisor del condado Pima) con los encargados del manejo de fauna silvestre, Ted Harvey y Calvin Wills, del Departamento de Caza y Pesca de Arizona.

11 de abril de 2007

JB: Entonces, ¿cómo los encontraron?

TH: Bueno, pues no fuimos nosotros, sino A2, al que llamamos Alvin.

CW: Rima con Calvin.

TH: Es nuestro último espécimen, y seguro que se topó con ellos. Acabábamos de ponerle un collar hacía apenas una semana, tratando de averiguar si estaba de paso o si iba a quedarse. Típicamente, los machos se mueven de acá para allá, así que cuando se detienen durante más de un día, eso significa una de tres cosas: están enfermos, les han disparado o han cazado algo. La otra posibilidad es que hayan encontrado pareja, pero no es probable tan al norte. No se ha visto una hembra en Arizona desde los sesenta…

CW: A eso se le llama racha de sequía.

TH: Pero nos preocupamos cuando la señal deja de moverse porque allá afuera hay peligro, todo tipo de gente con ganas de dispararle a un jaguar. Hay narcos a los que les encantaría tener uno de ellos colgado de la pared, y hay muchos rancheros que tienen una actitud intolerante (sí, pero aquí no) hacia cualquier tipo de depredador. Tú sabes: «bala, pala y calla». Los indios nativos podrían tener sus propias razones, pero por ellos no puedo hablar...

JB: Entonces, ¿cuándo los encontraron?

CW: Quiere saber sobre el camión, Ted. Perdón. Entre nosotros siempre se trata de los gatos.

TH: Estoy seguro de que sabe que, por acá, hay ilegales hasta debajo de las piedras. Ensucian el desierto como no tiene idea y eso perturba nuestro trabajo, especialmente cuando lidias con una criatura como el jaguar. Por su timidez, este animal sólo te permite trabajar a su alrededor.

CW: Estábamos esperando una señal aquella mañana de Pascua, y Ted no regresaba de la iglesia. Capté la señal de Alvin inmediatamente, revisé el GPS y vi que había estado en un mismo lugar durante más de veinticuatro horas, de manera que empacamos el equipo y nos dirigimos hacia allá. El sitio está como a tres kilómetros del camino más cercano, estacionamos el camión y nos internamos. Teníamos nuestras mochilas, los radios, la cámara, el GPS, un rifle con dardos tranquilizantes, y Ted llevaba un arma corta, pues uno nunca sabe lo que pueda salirte al paso en estos días. Esta área —el Valle de Altar— es desierto semiárido completamente abierto; ahí puedes encontrar ocotillo y mezquite, algunos cactus de barril y saguaro, pero básicamente es muy fácil desplazarse. Ésa es la razón por la cual se ha convertido en la carretera de los ilegales, y con todo ese tráfico pedestre, se hace cada vez más difícil rastrear a un animal. Últimamente, también hay muchas huellas de llantas. Más o menos a kilómetro y medio al norte de la frontera, vimos un pequeño bosquecillo de palo fierro y palo verde en un punto bajo hacia el sureste. Parece que hay un arroyo. Debe de haber una cantidad decente de agua subterránea porque los árboles son viejos y hay un par de saguaros de buen tamaño, así que en ese momento estábamos bastante seguros de haber encontrado a nuestro gato. Nos encaminamos en esa dirección y cuando estábamos como a unos doscientos metros, nos detuvimos para corroborar su señal. Todavía estaba ahí, no se había movido para nada. Era un buen lugar para echarse, más fresco, pensamos que seguramente había cazado algo, quizás un jabalí o algo parecido. Como había una brisa fresca que viene del este, no podía olernos. Lo que hicimos, entonces, fue arrastrarnos hacia él, pecho tierra.

JB: ¿Y el camión?

TH: Ya casi llegamos a ese punto, jefe. De cualquier modo, yo vi primero el vehículo, y le dije a Cal que se detuviera. Le dije que teníamos compañía, seguro de traficantes, pero no sabíamos si de humanos o de drogas. En materia de seguridad, hace una gran diferencia. Si es mota, hay que salvar la propia vida; si son mojados, probablemente tendrás que salvar la suya. En ocasiones, vienen juntos.

CW: Diablos, en estos días te puede llegar a disparar uno de los tuyos.

TH: Ha sucedido en más de una ocasión, estoy seguro. De cualquier manera, no podíamos saber qué estaba haciendo Alvin. ¿Alguien le disparó y aventó su collar por ahí? ¿El vehículo estaba abandonado? Nada tenía sentido. Nos acercamos un poquito más, pero todo parecía muerto. No había ni un sonido, sólo palomas y codornices. Aunque no queríamos ser emboscados, los que hemos pasado bastante tiempo en estos territorios como que podemos *sentir* si estamos solos o no. Y ahí se sentía bastante solitario.

CW: Nos acercamos como a cincuenta metros y pudimos ver el camión allá por los árboles. Era una especie de tanque, viejo, inusual para lo que uno encuentra por aquí. Tenía algo escrito en un lado, parecía como grafiti, pero la vegetación era demasiado espesa y nos impedía ver. Era evidente por qué no los vieron desde el aire. Bueno, pues esperábamos que fuera nuestro gato, así que nos movimos hacia el oeste en contra del viento y, cuando estábamos como a treinta metros, comenzamos a oler eso. Un jaguar se comería prácticamente cualquier cosa si está lo suficientemente hambriento, y ahora Ted y yo nos dirigíamos a ese lugar, imaginando que Alvin se estaba alimentando de carroña. Los bueyes de Corriente suelen esconderse en lugares como éste, quizás antílopes, pero también un mexicano y, con ese camión ahí, bueno, pues puede imaginar lo que supusimos. En veinte años he visto demasiadas cosas por estos lugares, pero esto era inédito. Cargué un dardo y Ted tomó su Glock por si el jaguar no estaba solo, y entonces gritamos llamando a Alvin, pues queríamos que se moviera.

TH: Como no sucedía nada, aventé un puñado de piedras. Bueno, pues eso lo sobresaltó y no se veía como un gatito contento, porque empezó a gruñir. Por lo general, si uno los espanta, salen corriendo y te quedas sin saber a dónde se fueron, pero era evidente que nuestro amigo no quería moverse. Definitivamente, había encontrado algo y no quería compartirlo. Nos paramos para que pudiera vernos, para que se diese cuenta de que éramos más grandes que él, y avanzamos caminando así, muy juntitos y haciendo ruido. En ese momento, comenzamos a oler la carne, era como una mezcla entre animal atropellado y letrina, y escuchamos movimiento por la parte trasera del camión. Era Alvin y gruñía bajito, pero sin cesar.

CW: Tenía listo el dardo sedante y bordeamos la zona como hacia el sur, buscando un claro, y lo encontramos ahí en el arroyo. Estaba parado en la arena desnuda, por la parte trasera de un camión que parecía como de agua, pues se podían ver las entradas ahí justito por encima de la cabeza de Alvin. Bueno, pues Alvin no se movía y le dije a Ted que quizá pensaba que el camión era suyo. Buscamos por todos lados el cadáver, porque sabíamos que debía de estar cerca, pero no había nada, ni debajo del camión ni en sitio alguno. Era muy extraño.

TH: Yo pensaba que debía estar más allá, por los árboles, o quizá lo había subido hasta las ramas, pero ése es un truco más bien de los leopardos; los *onca* normalmente no hacen eso.

CW: Fue en el arroyo seco donde vimos las primeras huellas frescas de humano, mezcladas con las de Alvin; no eran viejas, no tenían más de unos cuantos días. Parecían como las de dos tipos que iban de camino al Sur, en retirada hacia México. Pésimo lugar para que se te descomponga el vehículo. Para ese momento ya no nos preocupaban los narcos, porque ningún mexicano permanecería cerca de nuestro amigo. Ahora estábamos como a quince metros y hacíamos movimientos con los brazos, para que huyese. Por otro lado, era como si uno no quisiera verlo partir, ¿cuántas veces puedes estar así de cerca de un jaguar? No muchas, eso sí se lo puedo decir.

TH: Demonios, nunca, a menos que esté muerto o sedado.

CW: Y lo que sí es seguro es que jamás se quedaría parado como Alvin lo hizo. Me preguntaba si no estaría enfermo. Quizá rabioso. De manera que puse una rodilla en el suelo y apunté con mi rifle, pero en realidad pensé: «Sólo observémoslo por un minuto». Pues bien, por la manera en la cual se desplazaba de un lado al otro, mirándonos y gruñendo, ciertamente no *parecía* enfermo, ¡sino enojado! Y le dije a Ted que me parecía que el viejo Alvin nos estaba echando el mal de ojo. Era la primera vez que lo veíamos desde que le habíamos puesto el collar, y él es todo un espécimen, de ésos sobre los que uno lee. Y lo veíamos allá fuera en medio de todas esas tonalidades pálidas de cafés y verdes, y él tan brillante, con las manchas que parecían saltarle del cuerpo. Era como si una pieza de la jungla hubiese aterrizado en el desierto, como si el jaguar estuviera más vivo que todo lo demás a su alrededor, incluyéndote a ti. Es difícil explicarlo si no lo has visto. ¿No es cierto, Ted? Y Ted tomaba fotos como un turista japonés.

TH: Tengo tantas que parece una película. Mire, échele un vistazo. Sí, ése es el botón.

JB: *Wow*. Es hermoso y enorme. Dios mío, mira esos dientes.

TH: Proporcionalmente, tiene la mordida más poderosa de todos los felinos. Te tritura el cráneo. Así es como matan, ¿sabe? Te atraviesan el cerebro.

JB: Sorprendente. Ajá, y ése es su collar.

CW: Lo observamos por un par de minutos haciendo esto.

TH: Que es toda una eternidad, de acuerdo con el parámetro felino.

CW: Fue un largo rato y notamos que, de tanto en tanto, olfateaba a través de las entradas para las mangueras, especialmente aquella de la derecha, ésa con el codo ahí.

TH: Seguro que estaba oliendo algo, y le dije a Cal: «Oh, Dios mío, ¿crees que de ahí venga este olor?». Y entonces, santo cielo, como que supimos que había gente ahí dentro. Por el olor, habíamos llegado muy tarde, pero era necesario comprobarlo, necesitábamos que Alvin se moviera de ahí.

CW: Yo no quería sedarlo si no era necesario, de manera que salté y le grité y él emprendió la retirada hacia los matorrales. No muy lejos.

TH: Míralo, se puede ver ahí. ¿Ves su ojo?

JB: Parece que relumbra.

TH: Sí, da miedo.

CW: Bueno, Ted y yo nos acercamos juntos dando uno que otro grito, y eso lo ahuyentó en serio. Desapareció.

TH: Pero era difícil saber qué tan lejos se había ido. El *onca* no suele atacar humanos, quizá niños, pero como nada era normal, mantuvimos la guardia y aventamos unas cuantas piedras más. Esta vez había dado resultado. Por el momento, se había desvanecido.

CW: Entonces empecé a decir: «Hola. ¿Hay alguien ahí? *¿Qui es* aquí?» Pues bien, sé que mi español deja mucho que desear, pero no hubo respuesta. Seguí volteando a ver, por si Alvin regresaba, y Ted se acercó para revisar esa entrada.

TH: Debo decirle que por poco y vomito. Tan malo era el olor. Hacía que le lloraran a uno los ojos. Así que aguanté la respiración e intenté golpear el tanque con una roca. Sonaba vacío, pero era difícil estar seguro. Coloqué mi oreja en el metal: parecía no haber nadie, pero sólo para asegurarme, me tapé la nariz y puse el oído en esa entrada…

CW: Y ahí es cuando dije: «Dios del cielo, hay alguien ahí dentro. Puedo escuchar que respira».

Agradecimientos

Este libro es producto de un proceso colaborativo y con frecuencia azaroso. Quizá jamás habría empezado de no ser porque mi amada esposa, Nora, decidió mudar a nuestra familia a Oaxaca durante un año, en 2009. Le estoy profundamente agradecido a ella y a las muchas personas con las cuales nos encontramos —mexicanos y expatriados— que nos hicieron sentir bienvenidos en uno de los lugares más hermosos, seductores y conflictivos en los que jamás he estado. *Los hijos del jaguar* es tanto una muestra de mi gratitud a Oaxaca y a los que la iluminaron para mí, como la materialización de un sueño de toda la vida.

Entre los que hicieron especialmente vívida la experiencia oaxaqueña están Niels Barmeyer, Miguel Batista, Katie Fellman, Aldo González, Carlos Hernández, John Kemner, Steve Lafler, Lapiztola, Cathey López, Mercedes López-Zschaemisch, Serena Makofsky, Linda Martin, Eric Mindling, Jorge Pinzón, Nina Pozzi, Jane Robison, David Sandler, Angélica Vásquez Cruz, Gracia Vásquez Olivera, Heather VerWys y Lauren Waits. Muchas gracias a Larry Cooper, Kara Hartzler, Saúl Orozco, Melanie Thon y Susana Valdivia por su lectura cuidadosa, y a David Riker, no sólo por leer dos veces, sino por su profundo entendimiento del lugar y el proceso.

Entre las muchas fuentes, ante todo están *The Devil's Highway* (*El camino del diablo*), de Luis Alberto Urrea, y *Exo-*

dus/éxodo de Charles Bowden. El pasaje de W.J. McGee «Desert Thirst as Disease» («La sed del desierto como enfermedad») se reproduce gracias a la cortesía del *Journal of the Southwest.* Por su contribución a mi entendimiento sobre el maíz, su historia, economía y genética, estoy en deuda con los profesores Michael Blake, George Haughn y Andrew Riseman, de la Universidad de British Columbia, y con Timothy Wise, del Instituto de Desarrollo Global y Medio Ambiente de la Universidad de Tufts.

Gracias a Richard Grant por compartir «la llave maestra de México», a Janet Chávez Santiago por su asesoría en la traducción del zapoteco y especialmente a Annita y al difunto Tom Harlan por internarme en El Camino del Diablo.

Mi más profunda gratitud la dirijo a Beatrice Monti della Corte von Rezzori y a la Fundación Santa Maddalena por otorgarme el espacio y el tiempo para escribir un primer borrador en el entorno más idílico que pudiera imaginar, y a Sonny Mehta y Louise Dennys por creer que ése es el lugar al cual pertenezco. Ted Hodgkinson, Miguel Syjuco y Evie Wyld fueron compañeros entrañables en esa época de ensueño.

También quiero agradecer a mi agente, Stuart Krichevsky, por lidiar con mi tránsito a la ficción zapoteca y en primera persona con tanta elegancia, y por su incansable entusiasmo en todo el proceso.

Finalmente, quedo en deuda con mis editoras, Louise Dennys y Amanda Lewis en Knopf Canada, y Jenna Johnson en Houghton Mifflin Harcourt, por ver al jaguar en su mejor ángulo.

Mil gracias, amigos.